AS ESTRELAS NÃO PODEM BRILHAR SEM UM POUCO DE ESCURIDÃO

Deixados
para trás

BESTSELLER DO NY TIMES

VI KEELAND e DYLAN SCOTT

1ª Impressão 2017

Modelo da capa: Siselee Maughan
Designer da capa: Sommer Stein, Perfect Pear Creative
Fotógrafa: Christie Q. Photography
Adaptação da Capa e Produção: Verônica Góes
Tradução: Ana Paula Doherty
Revisão: Jamille Freitas e Ingrid Lopes

Este livro segue as regras da Nova Ortografia da Língua Portuguesa.

CIP-BRASIL, CATALOGAÇÃO NA PUBLICAÇÃO
SINDICATO NACIONAL DE EDITORES DE LIVROS, RJ

Keeland, Vi e Scott, Dylan
Deixados para trás / Vi Keeland e Dylan Scott
Titulo Original - Left Behind
Editora Charme, 2017.

ISBN: 978-85-68056-40-0
1. Romance Estrangeiro

CDD 813
CDU 821.111(73)3

Editora Charme
www.editoracharme.com.br

VI KEELAND e DYLAN SCOTT

AS ESTRELAS NÃO PODEM BRILHAR SEM UM POUCO DE ESCURIDÃO

Deixados para trás

Tradução: Ana Paula Doherty

Editora **Charme**

"As estrelas não brilham sem um pouco de escuridão."

- Autor desconhecido

Ao meu marido maravilhoso; gostaria de tê-lo conhecido antes, assim eu poderia te amar por mais tempo.

- Dylan

~~Para as minhas duas filhas amadas~~

~~Dedicado às minhas crianças bem-comportadas~~

~~Para minhas meninas, que nunca brigam~~

~~Para as minhas filhas, que nunca batem portas~~

~~Açúcar e especiaria e tudo de bom, é do que as garotas são feitas~~

~~Por não aumentarem o volume da música enquanto estou tentando escrever~~

~~Às minhas crianças, que sempre escutam~~

Para Grace e Sarah, amo muito vocês.

- Vi

Capítulo 1

Nikki — Brookside, Texas

Estou sozinha no estacionamento. A chuva cai forte o bastante para ferir minha pele sensível, mas não sinto dor. O vestido de verão azul-marinho que estou usando, o único que tenho, está totalmente ensopado, grudado no meu corpo. Apertando os olhos, rezo para um Deus no qual não tenho mais certeza se acredito, implorando-lhe que faça desaparecer a imagem que acabou de ser gravada na minha mente vinda das profundezas da minha memória. Não adianta. Fechar os olhos só faz com que a imagem dela, deitada ali, fique ainda mais vívida. Forço-os a se abrirem e irem atrás do que vejo à distância, mas não adianta.

Meu corpo começa a tremer, os soluços rasgando através de mim mesmo antes de as lágrimas começarem a cair. É a primeira vez que choro desde que tudo aconteceu. O tempo passa, mas não tenho ideia do quanto fiquei lá parada, deixando dias de emoções reprimidas me lavarem. Eventualmente, a forte chuva começa a diminuir, e minhas lágrimas seguem o exemplo.

Faróis à distância chamam minha atenção, reduzindo a velocidade antes de entrar no estacionamento mal iluminado. Abaixada atrás de uma árvore próxima, não faço ideia de por que estou me escondendo. Só sei que não quero ver seja lá quem for. Estico o pescoço por trás do grande olmo e, rapidamente, passo os olhos por um estranho. Estacionada, uma mulher ajeita o cabelo no espelho retrovisor, e em seguida sai do carro. Durante um longo momento, ela fica em pé, parada, olhando para as palavras na parte de cima das grandes portas duplas.

Minutos depois, um segundo carro estaciona. Esse eu conheço muito bem. Saindo do carro, a Sra. Evans não perde tempo com ponderações. Ela caminha com passos firmes até a porta, abre-a e desaparece lá dentro sem piscar os olhos. Já conheci várias assistentes sociais ao longo dos anos, mas essa... ela é a pior de todas. *Eu odeio essa mulher.* Observá-la entrar tão casualmente no funeral da minha mãe me faz lembrar de todos os meses que ela nos manteve separadas. Tempo que poderíamos ter passado juntas. Tempo que não volta mais.

Passadas a tristeza e as lágrimas, a raiva toma conta de mim. Meu corpo fraco fica rígido, meus punhos cerram com força. *Odeio essa mulher. Muito.* Sentindo-me como uma chaleira com água fervendo, a tampa a ponto de ir pelos ares pelo vapor que precisa escapar, procuro no chão por alguma coisa que possa atirar. Qualquer coisa. Ao encontrar uma pedra enlameada, atiro-a em direção ao carro que me levou embora tantas vezes. A pedra faz um barulho ao bater no carro, mas o som não me satisfaz. Então, pego outra, e dessa vez faço força antes de arremessá-la com as mãos trêmulas. Um estilhaço alto ressoa pelo estacionamento vazio. Centenas de pedaços de vidro caem no chão enquanto o alarme dispara. Por mais estranho que pareça, o barulho me traz paz.

Dou a volta, me sentindo mais satisfeita do que nunca, a água ainda escorrendo por todo o meu corpo, e caminho lentamente em direção à minha casa.

Capítulo 2

Zack — Long Beach, Califórnia

Lembro-me da primeira vez que coloquei os olhos em Emily Bennett. A família dela tinha acabado de se mudar para o outro lado da rua. O caminhão de mudança branco ocupou quase metade do nosso quarteirão. Eu estava sentado em meu quarto no segundo andar, espiando pela janela. A maioria das coisas que os via descarregar parecia com as coisas da minha família... tapetes caros, móveis antigos, toda a porcariada da qual me proibiam de chegar perto. Coisas que pareciam muito chatas para uma criança de nove anos de idade.

Eu estava perdendo rapidamente o interesse em minha espionagem quando um objeto amarelo brilhante chamou minha atenção ao sair do caminhão gigante. Sessenta e seis centímetros de cromo brilhante e tinta amarelo-canário reluzente. *Inacreditável.* Minha boca encheu de água ao ver a Schwinn Twin Back IV Racer na qual eu estava de olho há dois meses. Não tinha certeza se estava mais animado por ter um menino na vizinhança com quem pudesse brincar ou se por ter a chance de dar uma volta na bicicleta do novo vizinho. Saí correndo escadaria abaixo, dois degraus de cada vez, escancarei a porta de tela tão rápido que quase arranquei as dobradiças e corri até o outro lado da rua, ignorando completamente os gritos da minha mãe para colocar os sapatos. E as minhas calças. Sim, em meio a toda a minha animação, saí correndo de cueca. Tinha nove anos e a minha mãe ainda me comprava cuecas do Batman. A lembrança de dar de cara com o novo vizinho, para descobrir que o novo *menino* era uma *menina*, parece ser coisa de uma vida atrás.

Emily e eu somos inseparáveis desde então. Ela me deixou dar uma volta na Schwinn no primeiro dia em que nos conhecemos. Logo depois de eu colocar as calças e minha mãe me obrigar a me apresentar educadamente aos pais de Emily, um casal legal, porém sério, que parecia muito mais velho e não tão feliz quanto minha mãe e meu pai.

Eu me apaixonei pela Emily antes mesmo de entender o que "se apaixonar" significava. Quando eu tinha dez anos e meu time perdeu o campeonato de futebol júnior, Emily estava bem ali, com seu uniforme de líder de torcida, falando sem parar como eu quase ganhei o jogo para o time inteiro. E, no ano seguinte, quando meu time ganhou, Emily gritou e torceu mais do que qualquer um. Essa era a Emily: minha maior torcedora, orgulhosa de todos os meus passos e loucamente apaixonada por mim. Como um cara poderia não adorar isso?

Mas muita coisa mudou nos últimos anos. A Emily mudou. Às vezes, não consigo reconhecer a Emily da bicicleta Schwinn amarela. Observo aquela mesma garotinha, agora toda crescida, vindo em minha direção enquanto busco em seus olhos um sinal da Emily que ela foi um dia. Fico triste quando não a encontro.

— Está pronto, Batman? — Emily volta à nossa mesa do almoço depois de fazer suas rondas sociais diárias. Oito anos depois e ela ainda me tortura por aquele dia. Só que, agora, ela sabe muito bem o que eu tenho por baixo da roupa: cuecas modelo *brief* cinza-escuro da Calvin Klein. Do tipo que ela gosta de se esfregar com seu corpo seminu algumas vezes na semana, mas que, ainda assim, não me deixa tirar.

— Vá sem mim. Vou conversar com Allison Parker. Ela é minha parceira no projeto de Inglês.

— Sério, Zack? De novo? Se eu não soubesse das coisas, começaria a achar que está acontecendo algo entre você e aquela garota esquisita.

Ela sabe que Allison e eu somos apenas amigos, não é por isso que está brava de verdade. Todas as suas amigas arrogantes se reúnem no pátio, todos os dias, depois que terminam de comer, e seria um escândalo não poder me exibir para lá e para cá. Na maioria dos dias, ela nem quer mais falar comigo, mas continua pendurada em mim como se fôssemos grudados nos quadris.

— Você não vai nem notar que não estou lá.

Eu me levanto e recolho meus livros da mesa, marcando silenciosamente o fim da conversa. Pelo menos para mim.

— Claro que vou, e todo mundo também vai notar — ela reclama, tentando alcançar minha mão.

E aí está a verdadeira razão da implicância por eu querer trabalhar no projeto de Inglês. A capitã das líderes de torcida *tem* que ser vista com o capitão do time de futebol. A Terra pode sair do eixo se tudo na vida de Emily não sair perfeito. Mas sou mestre em consertar meus erros com Emily Bennett, então jogo meus livros ruidosamente em cima da mesa, para ter certeza de que todos os olhares estão em nós. Em seguida, coloco os braços ao redor de sua cintura fina e puxo-a mais para perto, de um jeito que a obriga a levantar a cabeça para olhar para mim. Selando minha boca na dela, dou-lhe um beijo intenso e demorado.

Ela fará de conta que está brava com minha manifestação pública de afeto, mas não estará. Emily adora cada maldito segundo de atenção. E quanto mais garotas suspirarem enquanto ela passa, melhor o tratamento que receberei quando encontrá-la de novo depois da escola.

Capítulo 3

Nikki — Brookside, Texas

O sol da manhã brilhando por entre as árvores não está servindo para melhorar o meu astral. Depois de virar de um lado para o outro a noite toda, estava mais exausta quando saí da cama do que quando me deitei nela.

A falta de sono me deixa com os nervos à flor da pele e eu levo um susto quando meu celular toca.

— Não pulei pela janela, Ashley — eu grito ao bater no botão do alto-falante do celular, dando um tempo na limpeza das gavetas da cômoda da minha mãe. Ela não faz por mal, mas já ligou quatro vezes e são só onze da manhã. — Você não deveria estar na aula de Matemática?

— Sou inteligente. Além disso, vou me dar bem na vida só com o meu charme — ela diz em tom sarcástico. — Cálculo é para os fracos.

— É mesmo? Sempre achei que Cálculo fosse para pessoas inteligentes.

— Claro que não. Só dizem isso para os jovens sem personalidade, assim não se jogam pela janela. Dizemos que são brilhantes, mas o que isso realmente quer dizer é *você é chato como uma piada sem graça, então tem que se esforçar dobrado.*

— Sabe que as pessoas me dizem que sou *brilhante*, não é?

— Tudo bem, fique comigo e eu te deixo bem burra. — Ela faz uma pausa. — Só faltam Inglês e Ginástica, pensei em dar uma fugida e te fazer companhia esta tarde.

Surpreendentemente, consigo convencer Ash a não matar aula. Sei que ela quer ver com os próprios olhos se estou bem. E foi por isso que não contei que descobri que estarei de mudança na semana que vem. A Sra. Evans me deu a notícia hoje de manhã. Família temporária. De novo. A mãe de Ashley concordou em ficar comigo por um tempo, mas o trailer dela tem menos espaço do que o meu.

Minhas passagens frequentes por famílias temporárias toda vez que a mamãe era hospitalizada geralmente não duravam muito. Eu sabia que elas eram apenas temporárias. Mas eu ainda tenho quase um ano inteiro até fazer dezoito anos e não quero nem pensar em viver com estranhos durante esse tempo todo. Não consigo me imaginar sobrevivendo sem a mamãe *e* a Ashley.

Ashley Mason é minha melhor amiga há quatro anos. É o tempo mais longo que já tive uma melhor amiga. Na verdade, é o tempo mais longo que já tive *qualquer* amiga. Nós nos conhecemos na aula de Inglês do Sr. Carson. Tínhamos começado a ler *O Sol é para Todos* quando fui transferida para Brookside. Eu sou a geek que lê dois livros por semana e faz todos as lições de Inglês antes do prazo. Ashley é o outro tipo de garota. O tipo que lê resumos literários e despreza qualquer livro que não tenha ilustrações. Algumas pessoas simplesmente odeiam ler; Ashley é a rainha delas. E não era capaz de entender que eu já tinha lido *O Sol é para Todos* porque queria. Nossas diferenças óbvias foram o que nos atraiu uma para a outra. Ashley precisava de ajuda e eu ajudava. É assim que eu sou. Acho que todos esses anos cuidando da mamãe criaram um hábito em mim.

Jogo meu celular em cima da cama e respiro fundo, olhando ao redor. De quem vou cuidar agora?

Cadernos cheios de pensamentos desconexos.

Artigos de jornais aleatórios dobrados em quadradinhos.

Centenas de embalagens vazias de comprimidos.

Sou grata por Ashley ter ficado na escola; isso me deu um pouco de tempo para terminar de limpar as gavetas da mamãe sem ter que explicar nada. Sei que Ash não nos julgará, mas algumas coisas que descobri esta manhã não têm explicação. Ashley sabe tudo sobre a mamãe. Ela é uma das poucas pessoas que sabia. A diabete da mamãe não era segredo — e foi o que, ao final, lhe tirou a vida. Mas quase ninguém sabia de sua doença mental. Não era algo fácil de ser explicado. A maioria dos jovens não sabe o que é Transtorno Bipolar, muito menos como cuidar de uma mãe lutando contra seus demônios todos os dias. Era simplesmente mais fácil não trazer ninguém para casa. Exceto Ashley. Ela já tinha visto tudo. Especialmente as últimas semanas mais críticas... A doença da mamãe tinha tudo a ver com dias bons e dias ruins. Mas não tínhamos tido dias bons há algum tempo. Em muito, muito tempo.

Olho ao redor do pequeno trailer que mamãe e eu dividimos nos últimos quatro anos. Como sempre, minhas coisas estão prontas para ir, fáceis para partir. Nunca confiei em permanência mais do que a mamãe um dia confiou. Tínhamos um acordo silencioso de que os meus pertences ficariam dentro das pesadas caixas de papelão que eu mantinha organizadas como se fossem gavetas. Mesmo quando mamãe e eu vivemos em um lugar mobiliado com cômodas de verdade, eu nunca as usei.

São as coisas da mamãe que precisam ser organizadas e separadas. Não é uma tarefa com a qual me sinta confortável. A mamãe sempre meio que manteve suas coisas privadas. Mesmo com sua morte, ainda sinto como se estivesse fazendo algo errado mexendo nas coisas dela.

A parte de trás da gaveta é onde ela mantinha sua caixa de joias. Não sei muito bem por que ela sempre a escondeu, já que nenhuma de nós duas jamais teve alguma coisa de valor. Abro a caixa cor-de-rosa enferrujada. A familiar bailarina aparece para me cumprimentar e, de repente, tenho seis anos de idade e estou espiando dentro do quarto da mamãe quando ela não está em casa. Eu dava corda vez após outra, observando a pequena bailarina de plástico rodopiar ao som da música e tentando imitar sua pose.

Não consigo resistir. Dou corda na chave atrás da caixa, com força, e, à medida que a música flui, o primeiro sorriso de verdade, em semanas, aparece no meu rosto.

Com dois longos fios de miçangas metálicas enrolados no pescoço, cantarolo a canção da bailarina enquanto deslizo anéis de bijuteria barata em todos os dedos. O prateado com a pedra roxo-escura muda de cor. Eu me lembro da mamãe me dizendo que aquele era seu anel do humor, que ele conseguia ver como ela se sentia por dentro. Verde-escuro queria dizer triste, vermelho significava feliz. Sempre achei que ela estivesse brincando comigo. Mas, olhando fixamente para o meu dedo, vejo o roxo-escuro se transformar em verde.

— Está brincando de se fantasiar sem mim?

Assustada, salto da cama, largando a caixa de joias, que voa pelo quarto, o conteúdo se espalhando enquanto a caixa se espatifa na parede.

— Ashley! Quase me matou de susto!

Ela dá um sorrisinho.

— Sinto muito. Você não respondeu quando eu bati, então entrei. Por falar nisso, ótima precaução de segurança deixar a porta escancarada, assim qualquer estranho pode entrar.

— E, pelo jeito, entrou.

Fico de quatro procurando as bijuterias da mamãe, agora todas espalhadas pelo quartinho. Não é mensurável em termos de dinheiro, mas aquela porcaria toda não tem preço para mim.

— Você não estava atendendo as ligações.

A preocupação de Ashley está em sua voz e visível no seu semblante. Levanto os olhos, descobrindo que as pontas do seu cabelo preto-piche foram pintadas de violeta ontem à noite. Tão a cara da Ashley. Realmente vou sentir muita saudade dela.

— Me desculpe, Ash. Eu só precisava de um tempinho para dar uma olhada nas coisas da minha mãe.

Estico o braço para pegar a caixa de música e ergo-a, virando-a para cima, mas a bandeja grudada ao fundo se desloca e cai no chão durante o processo. Duas pulseirinhas de plástico, que devem ter sido guardadas entre a bandeja e o fundo da caixa de música, caem, aterrissando nos meus pés.

Ashley pega as pulseirinhas, semicerrando os olhos diante das palavras apagadas escritas no plástico.

— O seu aniversário não é no dia 14 de fevereiro?

— Sim, você sabe que é. Lembra, você comprou aquele enorme coração de chocolate do Dia dos Namorados e o embrulhou em papel de presente? Eu sempre saio perdendo no meu aniversário — brinco. Mas algo no rosto de Ashley apaga o meu sorriso. Puxando as faixas das mãos dela, leio as palavras que fizeram seu rosto feliz e rosado perder toda a cor. Um bracelete diz: Gêmea A: 14/02/97, Mãe: Carla Fallon. O segundo bracelete diz: Gêmea B, 14/02/97, Mãe: Carla Fallon.

Capítulo 4

Zack — Long Beach, Califórnia

As manhãs de sábado são meu horário predileto com Emily. Enquanto me abaixo para alongar as panturrilhas, observo quando ela atravessa a rua vestindo a roupa de corrida. Sem maquiagem e com uma faixa puxando o cabelo para trás num rabo de cavalo simples, ela parece jovem e bonita. Mais parecida com a garota por quem eu me apaixonei do que com a que ela se tornou ultimamente. De algum modo, a informalidade de sua aparência se mistura à sua atitude, fazendo-a perder o ar de superioridade que aparentemente piorou nos últimos meses.

— Bom dia. — Ela dá um sorriso largo e feliz, ficando na ponta dos pés enquanto me beija na bochecha.

— Alguém acordou com o pé direito. — Eu troco a perna, me abaixando para completar meu alongamento pré-corrida.

— E por que não estaria feliz?

Concordo totalmente, mas estou curioso para saber o que a fez se dar conta disso esta manhã.

Começando seu próprio alongamento, Emily separa as pernas, abaixando-se dramaticamente, colocando as palmas das mãos no chão. Seu traseiro está perfeitamente posicionado à minha frente. Definitivamente de propósito, mas quem sou eu para reclamar de uma vista tão maravilhosa?

— Também acho. Para falar a verdade, estou mais feliz a cada minuto. — Dou-lhe um tapa no traseiro, e ela gargalha como uma garotinha.

— Quer fazer o circuito pela cidade até a biblioteca e voltar, ou ir direto para a pista da escola?

Corremos juntos nas manhãs de sábado desde o ensino médio. Ultimamente, às vezes, acho que é o único momento que curto com Emily. E talvez quando seus pais saem por algumas horas e eu dou uma passadinha por lá, mas isso sempre começa bem e acaba comigo ficando frustrado.

— Volta. — Ela encaixa um fone de ouvido e deixa o outro pendurado. — Aposto que corro mais do que você até a casa do velho Wilkins! Quem perder paga o almoço. — Emily sai correndo antes mesmo de eu conseguir responder.

A casa dos Wilkins fica a dois quarteirões de distância, mas são quarteirões compridos. Deixo-a liderar por mais ou menos um quarteirão e meio. Então, ultrapasso-a correndo, bem quando ela começa a sentir o cheiro da vitória se aproximando. Nenhum de nós dois gosta de perder nada; é uma das poucas coisas que ainda temos em comum. Mas também uma das coisas que nos atrapalha.

— Você trapaceou. — Com o rosto vermelho e debruçada com as mãos nos joelhos enquanto tenta recuperar o fôlego, Emily faz uma careta.

— Como posso trapacear? É uma corrida e você saiu antes de mim. Até parece que eu entrei num carro e dirigi até aqui quando você não estava olhando.

— Você me deixou achar que eu ia vencer.

— E?

— E isso é trapaça.

— Isso não é trapaça, é uma brincadeira com você.

— Brincadeira? — Ela se endireita, as mãos nos quadris.

— É. — Eu me inclino e beijo-a suavemente. Ela ainda está sem fôlego, mas dá para ver que está tentando não demonstrar. Eu não estou nem um pouco cansado.

— Bom, então vamos ver se vai conseguir *brincar comigo* esta noite.

— Isso soa como um desafio. — Dando um passo para dentro de seu espaço pessoal, olho para baixo tentando intimidá-la ao máximo. Mas isso só a deixa ainda mais mal-humorada.

— Talvez, se me deixasse ganhar de vez em quando, eu deixaria você ganhar.

Passamos duas horas correndo juntos e então eu pago o almoço, mesmo ela tendo perdido a aposta. Não tenho certeza por que concordo com as apostas dela, pois, mesmo quando eu ganho, ela não perde.

Emily empurra metade de sua salada pelo prato com o garfo.

— Meus pais vão sair da cidade no próximo sábado à noite para uma convenção.

— Ah, é? Você vai ficar com a Blair?

— Estava pensando em dizer aos meus pais que ficaria com a Blair, mas nós poderíamos ficar na minha casa. Passar a noite toda juntos.

Emily morde o lábio inferior; é seu tique nervoso. Desde quando éramos crianças, sempre conseguia saber quando ela estava assustada, mesmo quando, na maior parte do tempo, fazia cara de corajosa.

— Talvez possa dizer a seus pais que vai ficar na casa do Keller depois da fogueira na praia. Até chegarmos em casa, seus pais já estarão dormindo e nem vão notar quando entrarmos de fininho de volta na minha casa.

Entendo o que ela está me dizendo. Que droga, chegamos até a discutir sobre isso algumas vezes no ano passado. Parece que estou esperando por esse momento há uma eternidade. E agora que ela está oferecendo, me sinto culpado só de pensar em lhe tirar isso, a não ser que esteja preparada.

— Não precisamos fazer isso, Em. — Estendendo o braço, puxo a mão dela para dentro da minha, em cima da mesa. — Eu espero, se você não estiver pronta. — Posso até explodir, mas espero.

— Eu quero.

— Tem certeza?

Ela se inclina, chegando mais perto, e fala com a voz baixa:

— Comecei a tomar pílula no mês passado. Estou pronta.

Meu Deus, não acredito que finalmente isso vai acontecer! Só de pensar, fico feliz por estar sentado, assim o restaurante inteiro não consegue ver o volume na região do zíper da minha calça.

Talvez eu estivesse descarregando minha frustração acumulada em cima da Emily nos últimos meses e isso estava afetando nosso relacionamento, porque tudo pareceu ter ficado mais leve, mais solto. Juntos, nos sentimos mais como o Zack e a Em dos velhos tempos, como há muitos anos não nos sentíamos.

Fecho a porta da Emily e dou a volta até o meu lado do carro. Ela se aconchega perto de mim, descansando a mão no meu colo carinhosamente.

— Logo, logo sou eu quem estará te levando ao cinema.

Giro a chave na ignição e o motor restaurado do Dodge Charger 68 do meu pai ganha vida. Ainda não consigo acreditar que ele me deixa dirigir essa coisa.

— O motorista paga o cinema, sabia? — eu brinco.

— Não sabia que existiam regras.

— Claro. Muitas. Mandam pelo correio uma lista junto com sua carteira de motorista. Sabe como é, presumindo que você passe na prova prática.

— Não acha que sou uma boa motorista? — A mão de Emily voa até o peito em uma pose fingida e dramática.

— Os homens são melhores motoristas. — Dou de ombros.

Ela ri.

— Do que está falando?

— É fato sabido.

— Sabido por quem?

— Por todo mundo.

— Não por mim.

— Isso é porque ainda não tem sua carteira de motorista. Esses fatos vêm dentro do mesmo envelope das regras.

Paro no cinema e um bando de amigas dela acena quando eu estaciono.

— Elas todas vão ao cinema?

— São todas minhas melhores amigas.

— Como pode ter tantas melhores amigas? Você sabe que o termo melhor refere-se a mais de todas, não sabe? — Faço uma piada, mas não estou totalmente brincando.

— Você e suas regras. — Emily confere a maquiagem pela terceira vez na curta distância até o cinema.

Levo menos de cinco minutos para perder a Emily que eu estava curtindo de verdade hoje assim que ela é rodeada pelas amigas. Paro para cumprimentar dois caras da minha classe de Espanhol e Emily rola os olhos na minha direção. Passo o filme todo sentindo falta do toque da mão dela no meu colo, já que Emily está sentada entre duas de suas melhores amigas, cochichando. Mas a crescente distância entre nós é muito mais do que física.

Capítulo 5

Nikki — Brookside, Texas

Acordo com as roupas que vestia ontem. Minha cabeça está latejando e minha mente, rodopiando; a manhã não me traz mais clareza do que ontem. Exceto que agora estou sóbria. Pelo menos acho que estou. Tentando abrir uma fresta do olho, minha linha de visão como um ímã no metal, a primeira coisa que vejo com meus olhos enevoados são as pulseirinhas cor-de-rosa. Eu mal chego ao banheiro antes de esvaziar o conteúdo do meu estômago.

Minha respiração pesada e meu vômito tiram Ashley de seu estado de sono inconsciente, e ela vem ver se está tudo bem comigo. Ela parece tão ruim quanto eu estou me sentindo.

— Que porcaria foi essa que bebemos? — Ash molha uma velha toalha de rosto e a dobra em cima da cabeça, deitando-se no chão fresco azulejado do banheiro, perto de onde estou sentada agarrada ao vaso sanitário.

Incapaz de levantar a cabeça para olhar para ela, tento me lembrar. Havia vodca. Não muita, só três minigarrafas, do tipo que distribuem nos aviões. Mamãe as mantinha guardadas em uma prateleira atrás de um prato pintado com a figura de algum cantor antigo. Eu me lembro de estarmos bebendo aquilo... mas não consigo me lembrar direito do que veio depois.

— Bebemos as garrafinhas de vodca.

Gemendo, Ashley fala baixinho:

— E depois o gin.

— Gin? — Eu me lembro vagamente de uma garrafa de vidro verde-escuro. — Garrafa verde?

— Sim.

— E quanto nós bebemos?

— Tudo. E depois você a quebrou do lado de fora do trailer.

— Mesmo? — Estou chocada por não conseguir me lembrar daquilo, e não com as minhas ações.

— Sim. E também estava gritando bem alto.

Beber é um dos passatempos favoritos do lugar onde estacionamos nossos trailers, mas não é algo que Ash e eu fazemos. A preocupação em ser pega entra em meu cérebro, provavelmente pela primeira vez. Pouca coisa permanece em segredo na nossa pequena comunidade.

— Sua mãe sabe?

— Acho que não.

— Como ela deixou você dormir aqui?

— Eu disse a ela que iríamos à igreja e depois correríamos, e que você não deveria ficar sozinha.

— Igreja? — Arqueio uma sobrancelha, mas ela não consegue ver porque minha cabeça continua pendurada sobre o vaso sanitário. Não sei o que é mais difícil de acreditar: Ashley na igreja ou ela comigo em uma das minhas corridas de dez quilômetros.

— Era isso ou ir para casa, e eu estava com medo de te deixar sozinha. — A voz de Ashley fica mais baixa, quase um sussurro. — Não acredito que você pode ter uma irmã.

Horas mais tarde, minha ressaca finalmente acabou, depois de uma dose dupla de Tylenol e litros de água. Mas olhar ao redor do quarto me faz sentir enjoada de novo, só que dessa vez não tem nada a ver com o álcool.

Todos os meus pertences neste mundo cabem em oito caixas: minhas sete de sempre e uma caixa nova de supermercado com as coisas da mamãe que eu quero manter. Dezessete anos de vida e isso foi o que consegui guardar ao longo da jornada. E uma das caixas está quase completamente cheia de livros. Enquanto fecho-as com fita adesiva, barulho de pneus na entrada de cascalho ao lado do nosso trailer me alerta sobre um visitante. Uma espiadela pela janela da cozinha confirma que a visitante não é bem-vinda: Evans Cruela.

Ela bate na beirada da porta de tela, apesar de a porta de dentro estar escancarada e de poder me ver claramente a menos de dois metros de distância.

— Pode entrar. — Não paro o que estou fazendo para olhar para ela.

— Como você está se sentindo hoje, Nikki? — Não há nenhum carinho em sua voz. As pessoas que trabalham com crianças não têm que ser carinhosas e acolhedoras? Essa mulher é mais parecida com a rainha do gelo.

— O que você quer? Pensei que meu prazo fosse até amanhã.

— Vim te dar uma coisa. — Olho-a, mas ela não se mexe imediatamente para pegar nada. Em vez disso, me força a manter contato visual se quero saber o que ela veio entregar. Então, espero, segurando seu olhar.

— Sua mãe me deu uma coisa algumas semanas atrás. Ela me pediu que lhe entregasse depois que ela tivesse morrido. Eu quis te dar alguns dias de luto antes de trazê-la aqui.

A Sra. Evans abre sua maleta estufada, tira um envelope e o segura. A letra cursiva da mamãe está do lado de fora. Há uma dor no meu peito e luto contra a vontade de esticar a mão para pegá-lo.

— Você leu?

— Não, não li. — Seu tom monótono combina com seu terno cinza sem graça.

— Me dê isso. — Estendo as mãos, meus olhos segurando o olhar dela. Não vou dar o braço a torcer a essa mulher horrível. Ela não pode mais me tirar da minha mãe, já que minha mãe se foi. Olho fixamente para o rosto dela, sem expressão, não deixando que ela perceba a emoção escondida atrás da máscara. Depois de um tempo, ela me entrega o envelope.

— Voltarei amanhã. Perto do meio-dia?

— Tanto faz. — Viro de costas e caminho até o quarto dos fundos, batendo a porta atrás de mim. Espero até ouvir o carro sair antes de abrir o envelope.

Ver a letra cursiva da minha mãe traz lágrimas aos meus olhos antes mesmo de eu começar a ler as palavras.

Querida Nikki,

Sei que provavelmente está muito brava por eu ter morrido, mas ficar brava às vezes é bom. Faz a pessoa manter a guarda. O mundo está cheio de gente em quem não se pode confiar. Eles se mascaram de bons, mas só para disfarçar o mal que está escondido. Você precisa prestar atenção, descobrir quem está realmente embaixo dessa capa de bondade.

Só preciso ler as primeiras frases da carta para perceber que ela a escreveu durante um de seus períodos sombrios, os dias em que ela se recusava a tomar remédio. Às vezes, os efeitos colaterais dos vários comprimidos eram piores do que a própria condição. Eles a deixavam exausta, incapaz de sair da cama durante dias, às vezes até durante semanas. Ao final, ela parou de tomar os remédios. O período sombrio que se seguia geralmente durava algumas semanas. A princípio, não era ruim. Mas, a cada dia sem remédio, ela ficava mais e mais paranoica. Quando eu era mais nova, achava que era verdade que as pessoas realmente vinham nos pegar. Eu olhava constantemente por cima do ombro, como a mamãe fazia.

Há tantas coisas que eu deveria ter lhe contado. Coisas que escondi de você porque precisava protegê-la. Eu não queria que nos separassem. Eu te amo, minha pequena. Até a lua e de volta, como naquele livro que eu costumava ler para você. Só que mais. Muito mais. E todos esses segredos, eu os mantive por nossa causa. Porque éramos mais fortes juntas do que separadas.

Mas agora você está sozinha. E a verdade precisa vir à tona. Perdão por ter guardado esse segredo durante todos esses anos. Não sei outra maneira de contar a você... gostaria que houvesse uma maneira mais fácil.

Nikki, você tem uma irmã gêmea. E uma tia também. Nenhuma de nós é filha única. Embora, em nossos corações, sempre seremos.

Sua irmã estava doente. Eu não podia cuidar dela e cuidar de nós. Então, sua tia tomou algumas providências. Ela colocou o outro bebê para ser adotado.

No seu primeiro aniversário, liguei para sua tia para ver se ela poderia descobrir como estava sua irmã. Ela disse que o bebê saiu do hospital com saúde e que não sabia de mais nada. Ela poderia estar mentindo, pois estavam ouvindo. Então eu desliguei o telefone rapidamente para que não pudessem rastrear a chamada e nunca mais liguei para ela. Ela jurou manter a adoção em segredo, pois os pais adotivos lhe imploraram. Eles nunca planejaram contar à sua irmã que ela não é filha deles de verdade. Peço desculpas por não estar com você agora. Odeio deixá-la sozinha. Ninguém deveria ficar sozinho neste mundo. E é por isso que estou te contando sobre sua tia. O nome dela é Claire Nichols. Ela tem condições e lhe ajudará, se você pedir. Mas tenha cuidado. Ela fará qualquer coisa para evitar expor o segredo da sua irmã.

Sempre te amarei. Até a lua e de volta.

Mamãe

Quando terminei de ler, algumas das palavras escritas à tinta estavam manchadas pelas minhas lágrimas. Apertando a carta com força contra o peito, eu me enrolei na cama e chorei até dormir, repetindo as palavras sem parar. *Até a lua e de volta. Até a lua e de volta.*

No dia seguinte à tarde, congelo ao ouvir a batida na porta do trailer. Tinha ensaiado o que iria dizer para a Evans Cruela a noite toda, mas agora as palavras me escapavam. Eu mal balbuciei um "Pode entrar". É bem irônico que eu esteja a ponto de lhe pedir ajuda, quando tudo o que eu queria antes era que ela me deixasse em paz.

— Está pronta, Nikki? — Fazemos contato visual, mas rapidamente afasto os olhos, retomando o controle com um suspiro profundo.

— Sra. Evans, preciso da sua ajuda. — Cruzo as mãos em cima da barriga. As palavras, na verdade, causaram dor física quando eu as pronunciei.

É a primeira vez que a vejo sem palavras.

— É sobre a carta da minha mãe. — Meus olhos se enchem de lágrimas. — Eu tenho uma tia — solto. — O nome dela é Claire Nichols. Preciso encontrá-la. Preciso muito encontrá-la. Poderia me ajudar? — Fiquei acordada metade da noite pesquisando na internet, mas há mais de quatro mil pessoas com o nome da minha tia. A Sra. Evans poderia procurar nos arquivos... talvez até contratar um investigador.

Ela me ouve explicar o que quero que ela faça.

— Nikki...

— Por favor, Sra. Evans, por favor. Não me leve para lugar nenhum ainda. Tente encontrá-la primeiro. Por favor. Ela é minha única família.

Percebo-a mentalmente repassando todos os seus casos, decidindo se eu valho a pena.

— Encontrá-la talvez não seja tão fácil como você pensa. — Ela suspira e olha para o teto. Um pouco depois ela concorda, relutante. — Pode ficar aqui. Tenho que conversar com a mãe da Ashley sobre ficar com você mais alguns dias. Se ela não puder, terá que ir para sua família temporária hoje à noite. — A ameaça na voz dela é nítida.

Não conto sobre minha irmã à Sra. Evans. *Minha irmã*. Depois que Evans sai, digo as palavras em voz alta para mim mesma para ver como soam.

— Minha irmã.

Depois de dezessete anos, como alguém pode ter uma irmã?

Detesto chorar. Contar à Ash sobre a carta da minha mãe certamente abriria as comportas. Assim, em vez disso, apenas lhe passei o envelope e deixei que lesse a história maluca por si mesma. Quando termina de ler, *Ashley* começa a chorar. Não consigo segurar minhas lágrimas quando vejo as dela. Nós nos abraçamos com força, amparando uma à outra.

Foi necessário um pouco de persuasão. Ashley, na verdade, implora à mãe para que me deixe ficar com elas um pouco mais. Não que a mãe dela não goste de mim, mas ela não gosta de um corpo extra dentro do trailer pequeno; cinco filhos já é aperto suficiente. Mas Ashley a convence e ela, resignada, liga para a Sra. Evans para dizer que eu posso ficar.

— A mãe do ano disse que você tem uma semana. Generosa, hein? — Ashley comenta enquanto andamos para pegar algumas das minhas roupas.

— Pelo menos ela está me deixando ficar. — Dou de ombros.

— Bem, se acabar seu tempo, acho que vamos ter que cortar seu cabelo estilo Chitãozinho e Xororó, colar um bigode malfeito, e colocar uma barriga de cerveja dentro de uma camisa de flanela vermelha. Aí sim ela vai encontrar um quarto para você. Caramba, ela terá o restante da prole te chamando de Tio em alguns dias.

Dou risada. A descrição dela é um pouco dramática demais, mas nem tanto assim.

— O que aconteceu com o *tio* Kenny?

— Você quer dizer *tio* Joe. O *tio* Kenny foi no mês passado.

— Verdade, esqueci que você tinha um tio novo.

— Não se preocupe em se lembrar dele. Foi comprar leite e nunca mais voltou. — Olho incrédula para Ashley. — Não, sério. Ele *literalmente* foi comprar leite. A mamãe lhe deu vinte paus e ele nunca mais voltou.

Balanço a cabeça.

— Ela é boa demais.

— Vai nessa. — Ashley me olha como se eu fosse louca. — Vamos deixar por isso mesmo.

— Sinceramente, sou grata por ela me deixar ficar. Eu não duraria muito com mais ninguém.

— E que opção você tem?

— Não sei. Tenho um pouco de dinheiro guardado. Vou sair daqui, com ou sem a ajuda da Evans.

Capítulo 6

Zack — Long Beach, Califórnia

Depois que Emily me disse que estava pronta no último final de semana, pensei que, talvez, finalmente transar com ela nos aproximaria. Mas, se esta semana é alguma indicação das coisas que estão por vir, estou começando a questionar se dormir com Emily é mesmo uma boa ideia. Seu jeito "mandão" atingiu um novo patamar extremo esta semana. Eu me pergunto, secretamente, se ela acha que consegue se safar de qualquer coisa agora, por estar segurando a iminente cartada do sexo sobre minha cabeça. Ela tem me tratado com um cachorro com um osso na frente do nariz, mas fora do alcance. Só que logo esse cachorro pode querer mordê-la e sair para encontrar um dono mais legal. Seria muito irônico se, ao final, eu acabasse recusando-a, depois de passar o último ano inteiro quase implorando.

— Tudo bem, tudo bem. Só pare de gritar comigo. Levo você para casa depois do treino e volto para a biblioteca.

— Faz ideia do que parece quando você fica com *eles* em público? — O jeito que os lábios crispam para cima transforma sua beleza em feiura.

— Faço. *Parece* que tenho amigos de verdade, caras que não são mais plastificados que seus cartões de crédito — rebato, minha voz com um desprezo que eu não tento mais esconder.

Com os olhos arregalados, ela tem a audácia de parecer chocada.

— Minhas amigas não são de plástico!

— Tenho que ir para a aula. — Abro a porta que dá para dentro, saindo do pátio agora vazio. Todos já foram e me atrasarei para a aula de Inglês. Seguro a porta aberta e falo sem me virar para encará-la: — Você vem ou não?

Emily bufa, mas passa pela porta batendo o pé. Imagine só se ela seria vista sozinha no pátio.

Sento-me na aula de Inglês do Sr. Hartley, mas não ouço uma só palavra do que ele diz. Minha cabeça está tão cheia, imaginando onde Emily e eu saímos do curso para acabarmos em lugares tão diferentes. Durante os últimos oito anos, sempre fomos Zack e Em. Não acho que um dia cheguei a pensar de verdade em namorar outra pessoa; todo mundo sempre presumiu que Emily e eu acabaríamos juntos, inclusive eu. Mas não tenho certeza se consigo continuar com isso. Em alguns dias, eu mal consigo reconhecer quem ela é; ela mudou tanto.

Eu achava que a atitude dela fazia parte da sua insegurança; colocar as pessoas para baixo a fazia sentir-se melhor. Do lado de fora, todos veem uma garota linda, cheia de confiança, destemida. Só eu sei a verdade. Ela foi criticada durante anos.

Quando éramos mais novos, Emily odiava a fixação de sua mãe pelo status social. Lembro-me de uma vez, quando tínhamos onze ou doze anos e fomos de bicicleta até o parque, no dia seguinte a uma forte tempestade. A terra embaixo dos balanços tinha se transformado em lama mole e grossa. Passamos horas correndo um atrás do outro, atirando bolas de lama até a única parte visível ser o branco dos nossos olhos. Tivemos um dia maravilhoso; nenhum dos dois conseguia parar de sorrir. Até que a Sra. Bennett nos viu. Ela enlouqueceu, preocupada com o que as pessoas pensariam se vissem a filha dela coberta de lama.

Durante anos, Emily reclamou da obsessão de sua mãe pela aparência das coisas. Com a aparência *dela*. E então, pouco a pouco, começou a se transformar exatamente naquilo que desprezava. A criticada se tornou a crítica. Sei que não é totalmente culpa dela. Assim, durante muito tempo, aguentei Emily colocando as pessoas para baixo, com ninguém sendo bom o bastante, pois isso é o que ela sempre conheceu. Mas estou cansado de inventar desculpas sobre quem ela se tornou... de inventar desculpas para mim mesmo.

— Você está bem? — Allie Parker me tira do pensamento profundo. Olho em volta, encontrando a classe quase vazia. Acho que não ouvi o sinal tocar.

— Hã... sim. Só estou cansado hoje. O técnico nos deu um treino extra por causa do jogo que está chegando. — Não é mentira. O time todo tem treinado mais tempo, embora fisicamente eu não esteja nem um pouco cansado.

— Posso cobrir a sua parte do projeto. Por que não vai para casa e dorme um pouco? — Allie oferece com um sorriso doce no rosto. Ela é realmente linda. Como nunca notei antes? Cabelo escuro, pele clara, olhos verdes com um toque de cinza. A cor é realmente incomum e me pego encarando-a para conseguir ver melhor.

— Você está bem? — Allie pende a cabeça para o lado, seu sorriso se transformando em um olhar preocupado. Eu me obrigo a sair da situação.

— Desculpe. Sim, estou bem. Encontro você na biblioteca depois do treino.

— Tudo bem. Mas, se mudar de ideia... cobrimos sua parte. Sem problemas.

O treino das líderes de torcida terminou antes do treino de futebol americano hoje, e, como sempre, Emily está me esperando do lado de fora do vestiário. Não tenho certeza do que esperar depois da cena do pátio algumas horas antes, mas ela pega minha mão e começa a andar e a falar, como se nada tivesse acontecido.

— Quanto tempo acha que vai ficar na biblioteca hoje à noite? — ela pergunta, como se o assunto não tivesse causado uma discussão acalorada algum tempo atrás.

— Não faço ideia, por quê?

— Meus pais vão sair para jantar com os Schumers hoje à noite, e vão chegar tarde. Pensei que talvez você pudesse dar uma passada lá e me ajudar com umas coisas. — Ela se vira e caminha de costas, ainda segurando minha mão. Seus quadris balançam a cada passo. Não pergunto com o que ela precisa de ajuda, mesmo assim ela continua: — Tipo tirar meu sutiã... esfregar creme na minha pele... — Emily arrasta a frase, deixando meu cérebro preencher o restante.

Há um ano, eu teria agarrado a chance, mas minha cabeça simplesmente não está alinhada com o resto do meu corpo, que responde ao convite sem pensar.

— Deixe-me ver quanto tempo vamos demorar.

Deixo Emily em casa e volto para a biblioteca. Ficar perto dela pode causar espasmos em um cara. Num minuto, ela é quente; no outro, gelada. Alguma coisa parece mais estranha do que as costumeiras mudanças de humor que eu passei a aceitar como parte do charme que é Emily Bennett. Nos últimos tempos, seus altos têm sido mais altos e seus baixos cada vez mais baixos.

Allie e nossos outros dois parceiros do projeto de Inglês estão na biblioteca trabalhando quando eu chego. É tão fácil estar perto deles, é uma mudança boa passar tempo com pessoas que gostam realmente de ler um livro. Mesmo que Emily se divertisse fazendo a lição de casa, ela nunca admitiria por medo de ser descoberta pelos descolados e ser expulsa do clube de elite, do qual ela é presidente e garota-propaganda atualmente.

— Graças a Deus você está aqui. Allie e Cory querem fazer nosso projeto baseado em *A Letra Escarlate*. Preciso de você do meu lado, cara. — Keller Daughtry parece desesperado para que um pouco de testosterona se junte a ele nessa briga.

Nosso projeto é ler um livro que seja considerado literatura adulta, extrair os conflitos e a resolução, e incorporar os elementos em uma história mais jovem e mais apropriada para os alunos do ensino fundamental.

— Querem escrever uma história sobre uma adúltera para crianças de sete anos de idade? — Tiro minha jaqueta, viro a cadeira com as costas para frente para me sentar e caio de paraquedas bem no meio do debate.

— Não uma história sobre uma adúltera... podemos fazê-la sobre algum tipo menos maduro de pecado... mas acho que os pontos principais, a moral da história, podem ser facilmente simplificados — Allie explica.

— Zack, me ajude aqui. Diga a essas duas que *A Letra Escarlate* é um livro de mulherzinha e deveríamos fazer algo um pouco mais interessante. — Keller se recosta na cadeira, as mãos cruzadas atrás da cabeça, esperando que eu defenda sua posição.

Olho para Allie. Os olhos dela cintilam.

— Não sei não, Keller, *A Letra Escarlate* pode funcionar.

Allie sorri vitoriosa, dando a Keller um tempo para se recompor.

— Então está resolvido, nosso livro é *A Letra Escarlate*... E que tal se cada um de nós escrever qual a lição que achamos que o livro supostamente ensina, daí trocamos os papéis e vemos se conseguimos encontrar uma maneira de passar a mensagem para as crianças mais novas?

É preciso um pouco de persuasão de nós três, mas Keller concorda em tentar a ideia da Allie. Nove horas da noite chega rápido demais e a bibliotecária está praticamente nos expulsando quando finalmente resolvemos a trama da nossa história. Sou o único com carro esta noite, então ofereço carona a todos. Deixo primeiro a Cory e o Keller, embora eles morem mais perto de mim e fizesse mais sentido deixá-los depois da Allie.

Paro em frente à casa da Allie e nossa conversa gostosa se transforma em silêncio. De repente, há um mal-estar entre nós. Pelo menos é isso que eu sinto, embora não tenha certeza se Allie se sente do mesmo jeito. Ou talvez ela seja muito boa em escondê-lo.

— E então, vai à fogueira no sábado à noite? — pergunto.

— Estava pensando em ir.

— Deveria ir — digo com uma ponta de desespero na voz que surpreende até a mim quando ouço.

Allie sorri, virando-se para me encarar. Está escuro, mas consigo ver o verde dos olhos dela se acender.

— Ok. *Talvez* eu vá.

— Então, *talvez* eu te veja por lá — brinco.

Ela ri, se inclina para frente e me beija no rosto.

— Obrigada pela carona, Zack.

— Sem problema. — Fico olhando-a caminhar até a porta, dizendo a mim mesmo que é a coisa mais cavalheiresca a ser feita... ter certeza de que ela entra em casa e está bem e tudo mais. Mas o jeito como meus olhos ficam grudados nela a cada passo do caminho é qualquer coisa, menos cavalheiresca.

Estacionando na minha garagem, espero pacientemente enquanto a porta sobe devagar. Do outro lado da rua, a luz do quarto de Emily está acesa. Tenho certeza de que ela a deixou ligada para me dizer que está acordada. O carro dos pais dela ainda não está na garagem.

Saio do carro e aperto o botão para baixar a porta. Há tempo para me agachar e passar por baixo, mas, em vez disso, observo o portão ruidoso descer até alcançar o chão e a casa de Emily não estar mais à vista. Tenho certeza de que amanhã vou escutar muito por não ter passado lá. Mas esta noite não me parece a coisa certa a ser feita.

Capítulo 7

Nikki — Brookside, Texas

Quando olho pela janela da cozinha pela vigésima vez na última hora, Ashley tenta me fazer relaxar.

— Nunca pensei que um dia fosse ver você ansiosa para ver a Evans Cruela — ela brinca.

— E se ela não a encontrou?

— Ela encontrou. Não se preocupe.

Quatro longos dias esperando, sem ouvir uma só palavra da Sra. Evans, me deixaram convencida de que, para ela, eu não passava de um arquivo. Não uma pessoa cujo futuro dependia da capacidade dela de passar mais de uma hora em um dos casos das mais de quarenta crianças em sua pilha de arquivos. Até hoje, quando ela ligou e disse que precisava falar comigo.

— Você não sabe — retruquei.

— Sim, eu sei.

— Não, não sabe. — Minhas palavras saem um pouco ásperas. É um tom que jamais usei com Ashley e as sobrancelhas dela arqueiam em surpresa.

— Posso não ter ouvido as palavras, mas sei no meu coração. Sei que as coisas têm que dar certo para você, Nikki.

— Por que tem tanta certeza? — eu murmuro.

O som de pneus estacionando no caminho de cascalho do trailer salva Ashley de ter que dar uma resposta. Ela sai de fininho com um sorriso fraco. Abro a porta antes mesmo de a Sra. Evans sair do carro.

— Parece cansada hoje, Nikki. — Ela dá uma olhada na parca mobília ao redor e respira fundo. — Por que não nos sentamos?

Meu coração bate desenfreado dentro do peito. Os médicos sempre me pediam para sentar quando tinham que dar notícias ruins. Fico me perguntando se os adultos acham que posso desmaiar se me disserem algo que não quero ouvir. Algo irracional me diz que, se eu ficar em pé, ela não será capaz de me dar a má notícia.

— Prefiro ficar em pé — digo, tentando ao máximo não parecer difícil. Não estou a fim de perder tempo debatendo os benefícios de sentar versus ficar em pé.

A Sra. Evans respira fundo e olha para mim por um minuto antes de assentir e se sentar. Ela pega uma pasta de couro grande, com o zíper quase estourando por segurar os vários arquivos de papel manilha enfiados lá dentro. Remexendo em pelo menos uma dúzia de pastas desgastadas com anotações espalhadas do lado de fora, ela para em uma e a retira da pilha. É mais grossa do que todas as outras.

— Encontrei sua tia, Nikki.

Animada. Assustada Nervosa. Ansiosa. Pensando bem, resolvo me sentar.

— Ela quer se encontrar com você.

— Sério? — Meu coração dispara com animação. — Onde ela está?

— Está aqui, no Texas.

— Ela mora no Texas? — Com o aumento da esperança, não tem como esconder como me sinto. A Sra. Evans lê meu rosto e vejo a expressão dela hesitar.

— Não. Infelizmente, ela mora na Califórnia.

— Então por que ela está no Texas? Ela veio me ver?

— Ela veio para o enterro da sua mãe.

Meus olhos se arregalam. Eu vi minha tia e nem sabia.

— Mesmo?

— Sim. Ela acha que te viu no estacionamento quando parou o carro, mas você parecia chateada e ela não quis piorar as coisas se aproximando.

— Mas o enterro da mamãe foi há uma semana. Ela ainda está aqui?

— Ela tem tentado decidir o que fazer. Não tinha certeza se deveria procurá-la.

— E agora ela quer se encontrar comigo? Por quê?

— Como assim, por quê? Achei que fosse ficar feliz com a notícia.

Estou feliz. Pelo menos acho que estou... mas algo me faz sentir ainda mais incomodada do que antes de a Sra. Evans vir me falar do meu destino.

— Ela quer me ver para decidir se quer me levar, não é?

— Não é bem assim, Nikki.

— Ela já concordou em me levar? — pergunto direto ao ponto.

— Não. Mas ela também não disse que não.

— Então está indecisa.

— Acho que ela quer o que é melhor para você. Ela quer conhecê-la. Conhecer você um pouco melhor.

Ótimo. Um teste. Exatamente o que eu preciso agora.

— Quando?

— Amanhã.

Colocando o pânico de lado, faço o melhor que posso para disfarçar o medo.

— Ok.

A Sra. Evans sorri para mim. Se eu não a conhecesse, hoje quase poderia dizer que ela gosta de mim.

— Pego você ao meio-dia e aí vocês podem almoçar. Se conhecerem um pouquinho.

Como se eu tivesse outra opção, forço um sorriso e assinto.

Remexo em todas as minhas caixas fechadas com fita adesiva e no guarda-roupa da Ashley, tentando decidir o que vestir. Não há nenhuma roupa que grite *Eu sou uma garota a quem você nunca conheceu, mas tem que me deixar viver com você de qualquer maneira.* Finalmente, decido por um jeans e uma camiseta cor-de-rosa. A camiseta é um pouco cheia de frufrus para o meu gosto, mas Ahsley jura que ela me faz parecer doce e inocente. Aceito qualquer ajuda que puder.

Durante todo o percurso até o restaurante onde nos encontraremos com minha tia, a Sra. Evans tenta bater papo, mas estou muito nervosa para participar da conversa. Olho fixamente pela janela, observando o estacionamento de trailers sumir à distância à medida que Houston se aproxima.

— A Sra. Nichols é muito agradável, acho que vai gostar dela — Evans Cruela diz enquanto entramos no estacionamento.

— Sra. Nichols? É assim que devo chamá-la? Ela é casada? — Há tantas coisas passando na minha cabeça... Achei que estivesse totalmente preparada para hoje, mas já há duas coisas sobre as quais eu não havia pensado. Como deveria chamá-la? E se ela já for casada e tiver filhos? Talvez não queiram outra boca para alimentar.

— Relaxe. — A Sra. Evans baixa o braço e cobre minha mão com a dela. Não sei por que, mas deixo-a fazer aquilo.

— Acho que pode chamá-la de Claire, ou de Sra. Nichols, se isso a deixa mais confortável. E, não, ela não é casada. É viúva.

— Como o marido dela morreu? — Não faço ideia de por que fiz essa pergunta, mas, por alguma razão, quero saber a resposta.

— Não perguntei, Nikki.

— Então acho que não deveria perguntar também. — É mais uma pergunta do que uma consideração.

— Acho que você ficará bem. Pergunte o que precisa perguntar. É necessário que isso funcione para vocês duas. Não só para a Sra. Nichols. — Ela dá um tapinha na mão que está segurando.

Respiro fundo e solto o ar exageradamente.

— Está pronta?

— Como nunca estarei.

Claire Nichols não é nada do que eu esperava. Ela é alta, diferente da minha mãe e eu, que somos tamanho *petite*. O tamanho *petite* que minha mãe era. O cabelo está puxado para trás num rabo de cavalo simples, mas ainda assim lhe dando um ar sofisticado e estiloso. Está vestindo um twin set e uma saia, muito moderna e elegante.

A Sra. Evans faz as apresentações embaraçosas e nos deixa sozinhas apenas alguns minutos depois para lidar com outra emergência, a segunda que apareceu durante as duas horas em que estive com ela.

— Como você está lidando com tudo isso, Nikki? — Parece ser uma pergunta comum que os adultos gostam de fazer. Bem genérica e aberta.

— Estou bem.

— Mesmo? — Claire espera até conseguir me encarar. Os olhos dela me tiram o fôlego. São os mesmos da minha mãe, azul pálido com um anel escuro de azulesverdeado ao redor.

— Você tem os olhos da mamãe. — As palavras escorregam dos meus lábios e ouça-as se enrolarem quando alcançam o ar.

Claire sorri com hesitação.

— Nossa mãe costumava dizer que, se não fosse pelos nossos olhos, ela não acreditaria que éramos irmãs.

— Vocês não se parecem muito, eu acho.

Ela balança a cabeça.

— Você também tem os olhos dela.

— Eu sei.

— Você sabia que sua mãe tinha uma irmã, Nikki?

Sem saber qual é a resposta certa, minto.

— Sabia. — Claire me levar para casa com ela é o primeiro passo do meu plano para encontrar minha própria irmã. Tenho que fazê-la pensar que minha mãe realmente queria que eu ficasse com ela. Minha opinião é que isso, sinceramente, é o mais longe da verdade, já que a mamãe só me contou que tinha uma irmã *depois* de ter morrido.

— Estou surpresa — Claire responde, e posso ver o choque no rosto dela. Não está mentindo.

— Minha mãe disse que sentia muito por ter parado de falar com você muito tempo atrás. Ela se arrependia disso, tia Claire. — Coloco a "tia" no meio, esperando que possa ajudar. Porcaria... ela parece cética.

— Verdade? Quer dizer, com todo respeito à sua mãe. Ela era minha irmã, afinal de contas, mas, em todos os anos que passei com ela, nunca a vi se arrepender de nada. Achei que fosse alguma coisa que... — Ela para abruptamente, como se tivesse dito algo errado. Será que está com medo de mencionar a doença da mamãe, ou acha que eu não sei que a mamãe tinha uma doença mental? Eu vivi com ela durante dezessete anos. Como pode achar que eu não sabia?

— Eu sei tudo sobre a doença da mamãe. Ela precisava que eu soubesse para que pudesse ajudá-la. Além disso, não era exatamente uma coisa muito fácil de esconder, se é que me entende.

Uma combinação de alívio e tristeza se espalha por seu rosto lindo e pálido. É algo com o qual estou acostumada. Ninguém quer conversar com um jovem sobre doença mental. As pessoas se sentiriam mais à vontade falando a uma criança que a mãe tem câncer do que uma doença psiquiátrica. Doença mental é um tabu na sociedade. Não entendo. Nunca entendi. Mas aprendi a lidar com isso. Todos ficavam muito à vontade falando da diabete da mamãe — um problema com o qual ela nasceu e que a obrigou a tomar insulina pelo resto da vida. Mas, quando a conversa mudava para a doença na cabeça dela, todos ficavam com medo.

— É um assunto difícil de falar, não é? — Os pensamentos de Claire estão longe. — Ela era minha irmã e eu mesma tenho dificuldade. Acho que é porque, quando crianças, nossa mãe nunca falava sobre o assunto. Todo o foco era na diabete da sua mãe e nos remédios para isso. Todo o resto era tratado como um segredo até ficarmos adolescentes. E, daí, as coisas sobre as quais meus pais não conversavam, as coisas que eu não entendia, abriram um verdadeiro abismo entre sua mãe e mim.

Conversas íntimas desse tipo com estranhos me deixam nervosa. Tento esconder, mas Claire percebe logo de cara.

— Não precisamos falar sobre isso agora. É muita coisa, muito rápido. Desculpe-me.

Sempre tenho calafrios quando sinto que alguém sabe o que estou pensando. Esfrego minhas mãos para tentar fazê-los ir embora.

— Eu moro na Califórnia, Nikki. Sabe disso? É onde sua mãe e eu nascemos e fomos criadas.

Nós nos mudamos dezenas de vezes, mas nunca para fora do Texas. Eu simplesmente presumi que a mamãe fosse daqui. Não sabia que ela tinha sido criada na Califórnia, mas não tenho certeza se devo demonstrar.

— Você tem filhos? — pergunto, em vez disso.

O rosto de Claire fica triste.

— Não, não tenho. Não estava destinada a ter. Perdi meu marido antes de termos filhos.

— Quanto tempo você é mais velha do que a mamãe? — pergunto, esperando imediatamente que não tenha metido os pés pelas mãos. Por que acho que ela é a irmã mais velha?

— Três anos. Eu tinha três anos quando sua mãe nasceu. Tinha acabado de fazer vinte e cinco quando você nasceu.

Eu sempre soube que a mamãe era jovem quando eu nasci, mas é estranho pensar que ela era só poucos anos mais velha do que sou agora quando deu à luz a mim... e à minha irmã. Não consigo nem imaginar ter um bebê, quanto mais dois, e com todos os problemas médicos dela.

A idade da mamãe é realmente o único detalhe que sei sobre o meu nascimento. E que a diabete dela piorou muito depois da gravidez; outra gravidez provavelmente a teria matado. Eu me lembro de um médico dizendo isso a ela quando eu tinha sete ou oito anos. Não sei por que, mas aquela conversa ficou na minha cabeça durante todos esses anos.

Depois disso, a mamãe teve que colocar uma bomba de insulina. Ficava na cintura, em uma bolsinha; a insulina era enviada através de um cateter de plástico para dentro do corpo, para ajudar o pâncreas a funcionar. A mamãe tratava tantas coisas em nossa vida como um segredo paranoico que eu sempre me apego cegamente aos fatos.

Claire alivia a conversa para tópicos menos intrusivos: escola, viagem, hobbies. Descobrimos até que temos algumas coisas em comum. Nós duas gostamos de ler, nenhuma das duas sabe nadar e matemática não é nosso forte.

A Sra. Evans dá uma olhada em nós algumas vezes, mas não fica por perto. Depois de um tempo, há um silêncio incômodo em nossa conversa. Depois de uma pausa longa e ensurdecedora, Claire me olha nos olhos e pergunta com delicadeza:

— O que você quer que aconteça aqui, Nikki?

A pergunta direta me pega desprevenida, me fazendo congelar. Não posso simplesmente gritar "Quero encontrar minha irmã!". Claire não fez menção a ela, e minha mãe me avisou na carta que Claire não me ajudaria a encontrá-la e que, provavelmente, nem admitiria que existe uma gêmea.

— Eu não sei o que eu quero, tia Claire. — Faço uma pausa, escolhendo cuidadosamente as palavras. — Quero minha mãe de volta, mas sei que isso é uma coisa que ninguém pode me dar. Não quero ir para uma casa temporária. Isso eu sei que não quero.

— Eu gostaria de te ajudar, Nikki. Você é minha sobrinha. Quero o melhor para você, mas não sei se eu sou o melhor. Não quero ser egoísta. Talvez possamos levar um dia depois do outro e ver o que cada dia traz? Acha que conseguiria deixar seus amigos e sua vida no Texas e começar de novo na Califórnia? É bastante coisa para pensar, não é?

Não há nada em que eu precise pensar. Minha cabeça já está feita. Mas, se ela acha que é uma grande decisão, fingirei que tenho que pensar. Embora nada possa me impedir de ir.

Depois do almoço, tia Claire conversa com a Sra. Evans. Elas resolvem que seria melhor tentar providenciar para que eu fique alguns meses com a família de Ashley, assim posso terminar a escola aqui. Já é março e a tia Claire não consegue me matricular em uma escola na Califórnia até que o juiz lhe dê custódia temporária, o que pode demorar um pouco.

Mais tarde, a mãe de Ashley concorda em me deixar morar com elas enquanto a tia Claire volta para a Califórnia para trabalhar. Obviamente, o estado do Texas pagar para que a mãe de Ashley me mantenha ali tem mais a ver com a decisão dela do que o meu próprio bem-estar.

Fico surpresa quando a tia Claire diz que virá a cada dez dias para ficar comigo até a audiência ser marcada. Só espero que não seja um teste contínuo que, ao final, eu não consiga passar.

Capítulo 8

Zack — Long Beach, Califórnia

— Não vai usar isso, vai? — Emily rosna da ponta da rampa da garagem.

— Muito cedo para brigar, Em. É sábado. Posso usar o que eu quiser. Estou lavando o carro — refuto, nem me dando ao trabalho de tirar os olhos do balde de água que estou enchendo.

— *Zack*! — Emily berra enquanto caminha pela rampa.

Ao parar o que estou fazendo, levanto os olhos, vendo seu rosto cheio de frustação. Agora também vejo que ela está usando um vestido branco novo. Do tipo que me faz ficar feliz por ter uma mangueira de água fria por perto. O vestidinho justo abraça suas curvas sensuais, e dezenas de pulseiras prateadas brilham em sua pele perfeitamente bronzeada. Acompanho o acabamento da saia curta por suas pernas longas e torneadas até chegar às sandálias prateadas de tiras.

— Estou falando de hoje à noite. Não vai usar isso hoje à noite, né?

— São dez horas da manhã, Em. Ainda não pensei sobre hoje à noite nem o que vou vestir.

— Zack! — ela responde irritada, enquanto entra no meu espaço pessoal, esbarrando em mim de propósito.

Tem sido três dias de inferno por eu não ter ido ao quarto dela depois da biblioteca na outra noite. Eu nem sabia se ela ainda tinha a intenção de ir à fogueira na praia hoje à noite. Mas deveria saber. Emily nunca perde um evento social, especialmente um que celebrará o fim do segundo ano. Ela nunca quer ser vista sem estar nos meus braços, sempre precisando que eu seja o Ken da sua Barbie.

— Você ainda quer ir à fogueira? — pergunto.

— Claro que quero ir! Todo mundo está nos esperando lá.

Chegando mais perto para que eu possa sentir a respiração dela no meu pescoço, Emily diz com sua voz baixa e sexy:

— Gosta do meu vestido? Comprei só para você. Para *depois* da fogueira. Você ainda quer que hoje à noite seja nossa primeira vez, não quer?

— Mal posso esperar, Em — respondo, esperando soar mais entusiasmado do que me sinto.

— Cuidado com o meu vestido. Você quer que eu o use mais tarde e que esteja perfeito, não é?

Se eu a quero naquele vestido? Essa é uma pergunta capciosa? Opto pela resposta certa em vez de dizer o que quero falar de verdade.

— Claro, Em. Você está maravilhosa. Será a garota mais linda na fogueira. Mas você fica linda de qualquer jeito. Por que não vai se trocar e vem lavar o carro comigo?

Alguns anos atrás, Emily teria subido as escadas correndo e trocado de roupa. Mas tantas coisas mudaram. Emily mudou. Eu mudei.

— Esteja pronto às seis — ela diz em voz alta, ignorando minha oferta. — Esta será a melhor noite da nossa vida, Zack. Eu prometo.

Quando Emily desliza para o banco do passageiro do meu carro, um pouquinho depois das seis, meu corpo reage instintivamente. Ela está mais do incrível esta noite.

— E então, como estou? — Obviamente Emily sabe a resposta. Ela tem quatro espelhos no quarto dela, pelo amor de Deus! E passa todo seu tempo livre se olhando neles.

— Deslumbrante. Nunca esteve tão linda, Em. — Não estou mentindo nem um pouco. Sua pele macia e bronzeada brilha em contraste com o vestido branco justo. O cabelo louro grosso, ondulado e comprido cai perfeitamente sobre os seios altos e firmes. Ela vai chamar a atenção de todos os caras essa noite... Exatamente o que ela quer. Quem precisa da maldita fogueira? — Vamos ficar em casa só nós dois, Em. Eu não quero dividir você com ninguém esta noite. Que tal se formos de bicicleta até o calçadão, como costumávamos fazer?

Aparentemente, *essa* é a coisa errada a dizer.

— Andar de bicicleta? Sério, Zack? — Emily fala com uma voz estridente. — Esta é a maior noite do ano! *Temos* que ir.

— Tudo bem, Em — concordo, parecendo um bom menino enquanto começo a dar ré na rampa da garagem. Ela nem nota que estou desanimado.

Emily matraqueia durante todo o caminho sobre quem estará lá, quem está saindo com quem e outras besteiras superficiais que eu não consigo, nem quero, saber.

Quando saímos do carro no estacionamento da praia, o burburinho da festa da fogueira já pode ser ouvido à distância. Dúzias de carros chegam ao mesmo tempo que nós e só leva um minuto antes de Emily e eu estarmos cercados de gente.

— Ai, meu Deus, você está maravilhosa — uma das devotas do harém da Emily comenta com um gritinho. É o primeiro de muitos gritinhos, e rapidamente Emily e eu somos separados para que as garotas possam cercá-la e lhe fazer elogios. Tento não rolar os olhos.

Uma voz conhecida chama minha atenção:

— Você parece perdido.

Eu me viro e vejo Allie sorrindo para mim. Ela estava pegando alguma coisa no porta-malas e eu quase passei por ela sem perceber.

O sorriso de Allie é contagiante. É sincero, não só para manter a aparência. Não há nenhum cortejo de amigos em volta dela. Vestindo short e camiseta, ela segura uma bola de vôlei nas mãos. Um rabo de cavalo solto prende seu cabelo longo e escuro. *Ela* com certeza não ficou se aprontando desde as dez da manhã. Mas, por algum motivo, acho que prefiro o visual dela. Emily teria um chilique se soubesse disso... mas é verdade. Tudo bem, Emily está maravilhosa esta noite, mas a beleza dela é unidimensional, do tipo que, como estou começando a perceber, acaba rapidamente.

— Está pensando em me enfrentar? — brinco de uma maneira que, com toda sinceridade, chega à beira da paquera. Meus olhos apontam para a bola de vôlei e então se deparam com o olhar dela com um sorrisinho.

O rosto dela enrubesce, mas ela rebate sem pestanejar.

— Acha que você consegue *me* enfrentar, Zack? Posso surpreendê-lo.

Uau... é melhor eu ir andando. Emily perceberia o que está acontecendo num piscar de olhos. O termômetro *outra-mulher* é o órgão mais sensível de seu corpo.

Assim que Allie e eu chegamos à areia e nos juntamos ao pessoal, vejo Emily rindo e fazendo poses no meio de um grupo de garotas aspirantes a Emily. Olho dela para Allie e sigo meu cérebro em vez do meu instinto.

— A gente se vê mais tarde, Allie — digo, querendo mesmo encontrá-la depois, enquanto saio para me juntar à Emily. Para uma noite que é para ser só sobre mim e Emily, com certeza não está começando assim.

— Zack, por onde você andou? — Emily quer saber. Com o grupo à sua volta, ela poderia muito bem estar no palco. Um palco onde ela toma vida, encenando.

— Perdi você na multidão por um minuto. Estou aqui. Relaxe.

Agarrando minha mão, ela me puxa para dentro de seu pequeno círculo.

— Fique com a gente. A diversão está toda aqui.

A "diversão" consiste em tirar fotos de nós dois em frente à fogueira para o Instagram, Emily ouvindo com toda a atenção cada fofoca que as amigas compartilham, e eu a poucos centímetros do lado dela o tempo todo.

Dylan, o namorado de uma das garotas com quem Emily está fofocando, parece tão entediado quanto eu. Ele é calouro da faculdade e, sem dúvida, está cansado dessa cena toda também. Trocamos olhares e Dylan balança a cabeça. Um minuto depois, ele diz à namorada que vai jogar vôlei ali perto. Convida-me para ir com ele. É a desculpa perfeita para fugir da tortura que tenho sofrido desde que chegamos aqui. Surpreendentemente, Emily sorri quando lhe digo que estou indo com Dylan. Tenho certeza de que ela acha legal que eu esteja junto com um calouro da faculdade.

Depois de tirar a camiseta, para o deleite do segundo ano, Dylan sorri.

— Vamos nos divertir e deixá-las por perto, brincando com seus telefones.

Graças a Deus existe alguém de bom senso nesse grupo.

Dylan é a estrela do jogo em questão de minutos. E eu não estou jogando tão mal. O pessoal do vôlei é, sem dúvida, diferente do pessoal da Emily. Há palavrões, mergulhos na bola e pessoas que não estão nem aí se estão suados como porcos. Até que enfim um pouco de divertimento.

Na metade do jogo, vários jogadores do outro lado são retirados e substituídos por novos oponentes. Ergo os olhos e vejo Allie bem na minha frente do outro lado da rede. Faço uma careta e grito:

— Ah, então quer dizer que vai me enfrentar, não é mesmo?

Allie dá um sorriso de volta e passa a bola direto para mim. Deveria ser uma jogada fácil, mas eu perco porque não sou capaz de tirar meus olhos do sorriso dela. Ela parece tão feliz e livre. Minha perda faz o placar empatar e gera algumas brincadeiras espirituosas e risadas das pessoas à nossa volta. Aparentemente, é alvoroço suficiente para chamar a atenção de Emily. A princípio, eu não noto, mas ela está em pé ao lado da quadra, fervendo de raiva.

— Eu estava distraído. Você deu sorte — eu brinco quando Allie faz a próxima jogada. A bola vai e volta algumas vezes e então eu corro até a rede e dou uma cortada. Dylan e eu nos cumprimentamos e é a minha vez de sacar.

— Essa é só para você, Allie. — Eu jogo a bola bem alto no ar e arremesso-a, passando pela rede o mais forte que consigo, ainda sorrindo. Eles perdem. Allie mostra a língua para mim e é nesse momento que finalmente vejo Emily.

Ela deixa a raiva queimar em seu olhar o suficiente para chamar a atenção de todos, e, em seguida, se vira e sai pisando duro, com seu séquito de seguidoras atrás dela.

— Deixe-a esfriar a cabeça. Ela vai superar isso — Dylan comenta, dando de ombros e balançando a cabeça. Com a sensação de não ter feito nada errado, nem sei se me importo se ele está certo ou não. Deixo Emily ir.

Meia hora depois, encontro Emily sentada ao redor da fogueira, no meio do seu grupo.

— Quer caminhar um pouco? — pergunto baixinho, oferecendo minha mão para ajudá-la a levantar. Juro que conseguia ouvir o tititi começar antes mesmo de termos saído. Com essa turma, ou você fala dos outros ou falam de você.

— Ouça, Em — digo quando estamos fora do alcance do grupo. — Eu estava jogando. Você sabe como sou competitivo. Que inferno, você é igual! Não sei por que ficou tão brava.

Emily para e vira o rosto para mim.

— Você realmente não sabe por que eu fiquei tão brava?

— Acho que foi porque eu estava brincando com a Allison, mas não sei o que deixou você tão brava. Ela é só uma amiga.

— Por que ela é uma amiga? Essa é a parte que eu não entendo, Zack. Nós temos tantos amigos, por que você precisa ficar com pessoas como ela?

— Espere aí. Quer dizer que não tem *ciúmes* da Allison?

— *Ciúmes?* Por que teria ciúmes *dela?* — Ela praticamente ri da ideia.

— Deixe-me esclarecer isso. Você está louca da vida porque eu estava me divertindo com pessoas que você não considera legais o bastante para serem amigas?

— Isso mesmo, Zack. Você está estragando tudo.

— Estragando tudo? Do que você está falando?

— Tudo está tão perfeito agora. — Ela cruza os braços no peito, fazendo-me lembrar uma criança mimada prestes a aprontar um escândalo. — Temos os melhores amigos, que são como nós, não entendo por que isso não é suficiente para você.

— Você está ouvindo o que está falando? — Se eu não estivesse tão chocado, provavelmente estaria mais bravo. — Emily, você não escolhe os amigos pelo status social nem pela aparência. Eu quero amigos que se divirtam, não que façam pose e fiquem por aí preocupados com o que outras pessoas vão pensar sobre eles.

— E não se diverte conosco? — O tom da voz dela aumenta algumas oitavas.

— Não. Para ser sincero, não me divirto. — Tenho uma sensação de alívio ao admitir isso. Dizê-lo em voz alta me faz sentir honesto comigo mesmo. Finalmente.

A expressão doe Emily é ameaçadora.

— De jeito nenhum você terá o que pensa quando chegarmos em casa.

E aí está, a aposta que ela continua fazendo. Fica ali me olhando fixamente, esperando que eu me arraste, ou tente arrumar o que ela acha que eu fiz de errado. Só que não quero o que ela está me oferecendo neste momento. Nunca pensei que fosse chegar o dia em que eu não quisesse transar com Emily Bennett. Mas, neste momento, é a coisa mais distante da minha mente. Olhando-a bem nos olhos, digo a verdade nua e crua:

— Sabe de uma coisa, Em? Hoje eu não estou a fim.

Ela fica boquiaberta; o choque no rosto dela não tem preço. Eu adoraria terminar essa conversa simplesmente virando as costas, mas estamos bem longe do grupo e não vou deixá-la caminhar de volta sozinha.

— Vamos. Eu levo você de volta até seus amigos.

— Você vai se arrepender amanhã, Zack Martin. E sabe de uma coisa? Já será tarde demais.

Com o nariz para cima, Emily caminha empertigada em direção à fogueira para se juntar ao grupo.

À meia-noite, tento fazer Emily me deixar levá-la para casa. Mesmo que ela não esteja falando comigo, eu a trouxe até aqui e me sinto responsável por levá-la de volta.

— Em... — digo em voz baixa, mas alto o suficiente para que ela possa ouvir.

Todos os bicos de suas galinhas tagarelas se fecham e viram o rosto para mim, esperando ansiosamente pelo que vai acontecer entre nós. Emily me olha, mas não diz nada.

— Vamos indo?

— Vou ficar. Pego uma carona — ela responde, esperando uma reação minha. Acha que ficarei chateado por não estarmos voltando para casa juntos, pelas coisas não acontecerem do jeito que tínhamos combinado antes.

— Tudo bem. E quem vai te levar? — É uma pergunta inocente, apenas para ter certeza de que ela chegará em casa em segurança, embora não seja essa a maneira que Emily escolhe para ouvi-la.

— Dylan vai me levar. — Ela dá um sorriso forçado e vejo suas amigas tentando esconder seus sorrisos. Tenho certeza de que todas sabiam o que era para acontecer esta noite e estão orgulhosas de Emily pelo que elas imaginam ser uma punição. — Não precisa esperar acordado.

— Ok, Emily. Vá com cuidado.

VI KEELAND e DYLAN SCOTT

Capítulo 9

Zack — Long Beach, Califórnia

Acordo com o rangido da porta e o som da minha mãe me chamando. Puxando as cobertas por cima da cabeça, tento abafar o som, mas algo na voz dela me faz estremecer por dentro. Há um tremor pesado quando ela diz:

— Zack, acorde.

Ela funga.

Meu cérebro passa de grogue para alerta máximo. Meu corpo se endireita subitamente. Ela está chorando. Minha mãe não chora.

— O que foi, mãe?

Presumindo o pior, o pânico me invade. Alguma coisa aconteceu ao meu pai, temo.

Seu choro se transforma em soluços. Ela não responde.

— Mãe, onde está o papai? — Minha voz fica cada vez mais alta.

Mais soluços. Ela se joga em cima de mim à medida que seu choro se intensifica. Colocando meus braços nas costas dela, eu a abraço, mas minha voz fica mais insistente.

— Mãe, o que está havendo? Onde está o papai? — Minhas próprias lágrimas começam a vir à tona, embora eu ainda não saiba por que estou chorando.

— Ele está lá embaixo — ela finalmente solta, quase sem fôlego entre um soluço e outro.

— O que aconteceu, mãe?

— É a Emily.

Meu coração aperta no meu peito.

— O quê? — Minha voz aumenta a ponto de gritar. — Mãe, o que aconteceu com a Emily?

Ela chora mais. Meu pai vem até a porta. Eu me viro e olho para ele. Papai também está chorando. Meu coração vem parar na boca.

— Zack. — Meu pai respira fundo. — A Emily sofreu um acidente, filho.

A náusea toma conta de mim, minha cabeça gira, mas eu me forço a sair da cama.

— Onde ela está? — Estou vestindo a roupa enquanto falo.

— No Hospital Universitário de Long Beach.

Freneticamente, procuro minhas chaves em cima da escrivaninha e desço as escadas correndo. Meu pai grita me pedindo para esperar, mas já estou do outro lado da porta antes que ele consiga me alcançar. Ele abre a porta do passageiro no momento em que estou dando ré e pula para dentro.

Andando de um lado para o outro na sala de espera da emergência, como um leão dentro de uma jaula, espero e espero pelo que parece uma eternidade. Minha mãe chega carregando meus sapatos. Quando olho para baixo, fico surpreso ao perceber que estou descalço.

— Teve alguma notícia? — ela sussurra para meu pai.

Ele balança a cabeça e coloca os braços sobre os ombros dela, puxando-a para mais perto.

Finalmente, depois do que parecem ser dias, os pais de Emily surgem pelas portas vai e vem que a separam de mim. Corro até eles. O Sr. Bennett olha para mim e balança a cabeça em negação. *Não? Como assim, não?* Meu pai fica em pé ao meu lado. A Sra. Bennett finalmente levanta os olhos e, ao me ver, perde completamente o controle. Chorando, ela cai no chão.

Minha respiração fica mais curta e mais rápida. *Estou tonto.* Meus pensamentos giram tão rápido que não consigo enxergar nada. Eles só param quando meu mundo inteiro escurece.

Capítulo 10

Zack — Long Beach, Califórnia

dois dias depois

Estou sozinho no estacionamento. A chuva cai sobre mim com tanta força que deveria machucar, mas não sinto dor. Não sinto nada. Vazio. Uma casca de corpo incapaz de sentir qualquer emoção. Baixo os olhos para meu terno azul-marinho, o que usei para o baile de boas-vindas com a Emily, e está totalmente ensopado, grudado no meu corpo. Apertando os olhos, rezo para um Deus no qual não tenho mais certeza se acredito, implorando-lhe que faça desaparecer a imagem que acabou de ser gravada na minha mente vinda das profundezas da minha memória. Não adianta. Fechar os olhos só faz com que a imagem dela, deitada ali, fique ainda mais vívida. Forço-os a se abrirem e irem atrás do que vejo à distância, mas não adianta. As visões de Emily ali deitada, tão quieta, tão tranquila, me consomem. Sua pele, normalmente brilhante e bronzeada, está pálida e sem vida, o cinza tomando o lugar do bronze e do tom rosado do sol.

Meu corpo começa a tremer, os soluços rasgando através de mim mesmo antes de as lágrimas começarem a cair. É a primeira vez que choro desde que tudo aconteceu. O tempo passa, mas não tenho ideia do quanto fiquei lá parado, deixando dias de emoções reprimidas me lavarem. Eventualmente, a forte chuva começa a diminuir, e minhas lágrimas seguem o exemplo.

— Zack? — A voz do meu pai é baixa e cautelosa. É o mesmo tom tímido que todos têm usado para falar comigo nos últimos dois dias. Eu não respondo. Eu mal disse duas palavras para qualquer um desde que tudo aconteceu. — Volte para dentro, filho. O pastor vai começar em breve.

Minha mãe espera do lado de dentro da porta; o mesmo olhar de preocupação encravado em seu rosto desde que me acordou naquela manhã. A manhã quando tudo mudou. Ela coloca o braço ao meu redor e juntos caminhamos vagarosamente até a sala. O cheiro de flores paira no ar à medida que nos aproximamos, me deixando nauseado.

A Casa Funerária Jefferson é grande; as três salas separadas para a visitação geralmente têm serviços simultaneamente. Mas hoje o espaço inteiro é para Emily. As portas retráteis entre as salas estão abertas, assim há espaço para as centenas de pessoas se sentarem. Mesmo assim não é o suficiente. As pessoas fazem fila na sala, de ponta a ponta. Família, amigos, professores, estranhos. A fila para visitar o caixão vai até a porta da frente e metade do quarteirão. Todos estão aqui, exceto o motorista, que ainda está lutando pela própria vida no Hospital Universitário de Long Beach. A frente do carro levou o golpe do impacto quando Dylan desviou de repente para evitar bater em um caminhão que estava vindo na direção contrária. Surpreendentemente, os outros passageiros saíram apenas com pequenos machucados e arranhões.

Um burburinho baixo começa assim que eu entro. Cabeças viram em nossa direção. O pastor se posiciona em frente à sala, silenciando o barulho sem palavras. Ao poucos, meus pais me levam até a primeira fila. Sinto todos os olhos da sala me observando, mesmo sem levantar o olhar.

Três cadeiras nos esperam. O Sr. Bennett insistiu para que sentássemos com ele. Ele me disse que eu era a família de Emily tanto quanto ele. Achei que o peso da minha culpa poderia ser o suficiente para me fazer cair no chão.

À nossa frente, uma pequena mesa foi colocada ao lado do caixão de madeira ornamentado com um tributo à vida de Emily. Um santuário. Quatro fotos emolduradas mostram a vida da garota que eu amava: ela e os pais na primeira comunhão. A foto do anuário do ensino fundamental. Eu e Emily vestidos para o Baile de Formatura do ensino fundamental. Mas é a última que me toca, que abre um buraco bem no meio do meu coração já destruído. Emily andando em sua bicicleta Schwinn amarelo-canário. As lembranças me inundam... o dia em que a conheci, a primeira vez que ela me deixou andar na bicicleta. Ela no guidão falando sem parar enquanto eu pedalava nos levando até o parque onde brincávamos nos balanços durante horas. Isso acaba comigo. As lágrimas escorrem pelo meu rosto incontrolavelmente, meus ombros sacolejam, cada respiração entre soluços queimando minha garganta.

O pastor começa a falar. As palavras fluem de sua boca, mesmo assim eu não ouço nada do que ele diz. À minha esquerda, meu pai fica firme, apertando a mão sobre meus ombros. À minha direita, minha mãe soluça baixinho. Nem tenho forças para confortá-la. Longos minutos se passam, o nevoeiro onde estou me tirando da realidade, até que um verso me chama a atenção.

"Não podemos julgar uma biografia pela sua espessura.

Nem pelo número de páginas que ela tem.

Devemos julgá-la pela riqueza de seu conteúdo.

Às vezes, aquelas inacabadas estão entre as mais eloquentes.

Não podemos julgar uma canção pela sua duração.

Nem pelo número de notas que contém.

Devemos julgá-la pela maneira que ela nos toca e penetra nossa alma.

Às vezes, aquelas inacabadas estão entre as mais belas.

E quando algo nos enriqueceu a vida.

E quando a sua melodia perdura em nosso coração.

Ela está inacabada?

Ou é eterna?"

Ao lado da cova, horas depois, fico observando a fila interminável dos enlutados colocarem uma rosa sobre o caixão de Emily antes de irem embora. Sem lágrimas, estou anestesiado, por dentro e por fora. Olho, mas não enxergo. Toco, mas não sinto.

Um tempo depois, apenas minha família e os pais de Emily permanecem em volta do buraco no chão onde o caixão de Emily repousa ao lado de uma pilha de terra. Meu pai me cutuca de leve, falando baixinho:

— Vamos lá, filho. Precisar dizer adeus e deixar que os pais de Emily façam o mesmo.

O Sr. Bennett olha para mim e depois para a Sra. Bennett. A Sra. Bennett assente, uma única lágrima escorrendo pelo rosto.

— Não, por favor, acho que devemos ir. Emily gostaria que Zack fosse o último aqui. Ela era minha filha, mas o coração dela pertencia ao seu filho.

Colocando a mão sobre meu ombro e apertando-o ao passar por mim, a voz do Sr. Bennett está embargada quando ele diz baixinho:

— Diga adeus, filho.

Meus pais, juntamente com os pais de Emily, caminham até os carros que estão esperando. Finalmente sozinho, fico em pé olhando fixamente para a pilha de rosas em cima do caixão. As últimas palavras de Emily me inundam, a primeira lembrança que me permito ter desde que tudo aconteceu: *"Você vai se arrepender amanhã, Zack Martin. E sabe de uma coisa? Já será tarde demais."*

Caindo de joelhos sobre a grama enlameada, eu choro. E choro e choro. Até não haver mais lágrimas.

Capítulo 11

Nikki — Brookside, Texas

5 meses depois

— Isso não é permanente, Ash — eu sussurro para que a tia Claire e a Sra. Evans não consigam ouvir. — Voltarei depois de encontrá-la. Prometo.

Estou falando sério, mas, assim que as palavras saem, começo a me perguntar se realmente voltarei.

Esta manhã, eu fiquei na sala de audiência enquanto o juiz dava a custódia temporária à minha tia. Inacreditável como o tempo passou rápido. A dor de perder minha mãe ainda é recente, mas, ao mesmo tempo, parece que faz uma eternidade desde que ouvi a voz dela pela última vez. A gama de emoções no rosto de Ashley parecia ser uma imagem espelhada de mim.

— Estou feliz por você, Nikki — ela diz com um sorriso hesitante, o tipo de sorriso que se forma quando não se sabe se está feliz ou assustado. Sei que ela está assustada, por nós duas.

— Obrigada por tudo — agradeço, abraçando Ashley com força. Geralmente, não sou uma pessoa muito "pegajosa", de forma que essa repentina demonstração de afeto faz Ash começar a chorar.

— Nikki, temos muito a fazer antes de você embarcar no voo com a sua tia amanhã. — Não é exatamente a cara da Evans Cruela não ser nem um pouco sensível para perceber aquele momento entre Ashley e mim?

Tia Claire intervém.

— Por que não vem até o aeroporto conosco amanhã, Ashley? Podemos almoçar e vocês passarão um pouquinho mais de tempo juntas antes do nosso voo. O serviço de motorista pode levá-la de volta depois.

Sinto-me como se fosse Annie e acabei de ser adotada pelo papai Warbucks. Ashley dá um gritinho de obrigada para a tia Claire e me aperta mais uma vez. Pelo menos partirei de Brookside em grande estilo.

Ao empacotar o restante das minhas coisas no trailer de Ashley, começo a me perguntar se tomei a decisão certa. A maneira que a tia Claire olhou para Donna e para o trailer mal iluminado e apertado me faz pensar se ela me olhará da mesma forma agora. Todas as vezes em que ela veio me visitar, a Sra. Evans sempre me levou a um restaurante ou ao hotel dela. A tia Claire vem de um mundo onde estacionamentos de trailers não existem. Não sei se esse é o mundo certo para mim. Esta é a única vida que conheci.

Deixo meus pensamentos de lado, lembrando a mim mesma que encontrar a minha irmã é mais importante do que meu sentimento de desconforto. Não pretendo viver com a tia Claire para sempre, nem mesmo ficar na Califórnia. Só preciso encontrar minha irmã e descobrir o que fazer a partir daí.

— Está pronta, Nikki? — tia Claire pergunta quando traz a quase última caixa do trailer até o carro que está nos esperando. — Temos que levar as caixas para despachar. Você sabe que tem que pagar para levar uma mala hoje em dia nos aviões. Então quero mandar o máximo que pudermos.

A verdade é que eu não sabia disso. Eu nunca estive num avião antes. Mas concordo, fingindo que o que ela diz faz sentido.

Pegando a caixa que deixei por último de propósito, pergunto:

— Posso levar essa pequena comigo no avião? Vai contar como uma mala?

A tia Claire olha para a pequena caixa de papelão apertada em minhas mãos.

— Claro que pode levar qualquer coisa que seja importante para você. — Com a voz suave, ela pergunta: — Essa caixa é importante? Poderíamos arranjar uma caixa nova. Essa parece que vai cair aos pedaços a qualquer momento, eu acho. Eles as vendem na loja de embalagens da UPS para onde estamos indo.

— Só algumas coisas da minha mãe e umas poucas fotos. Coisas que mantive na mesma caixa toda vez que nos mudamos. — Minha própria voz se abala, ficando trêmula enquanto respondo. Não é fácil ir embora. Mamãe e eu não moramos aqui tantos anos, mas esta é a primeira vez que me mudo *sem* ela.

O semblante da tia Claire fica sombrio. Não tenho certeza se é porque mencionei a mamãe ou se porque mencionei que mudávamos muito. Tenho a sensação de que a tia Claire se sente mal por eu ter tido o que ela considera uma vida ruim, cheia de mudanças de um lado para o outro.

— Sinto muito, Nikki. Não consigo imaginar o quanto isso é difícil para você. Deve sentir falta da sua mãe. Desculpe-me, querida. — Lágrimas escorrem suavemente pelo rosto dela. Nunca vi ninguém chorar de uma maneira tão linda e educada antes.

— Ela também era sua irmã. — Não a olho quando digo as palavras seguintes. — Imagino que também seja muito difícil perder uma irmã. Pelo menos eu passei a maior parte do meu tempo com ela... você não teve tanta sorte.

Tia Claire assente solenemente. Viro-me para procurar Ash, para que possamos partir, mas ela não está em nenhum lugar. Em vez disso, Donna se posiciona atrás de mim.

— Vamos sentir sua falta, querida — ela diz, abrindo os braços. Se a tia Claire é o papai Warbucks, Donna está fazendo o papel da Sra. Hannigan. Ela nunca me chamou de querida em todas as quinhentas vezes em que eu entrei pela porta. Repentinamente, me dou conta do seu cheiro de cigarros e de seu perfume barato.

Na porta, viro-me para dar uma última olhada ao redor, fazendo uma prece silenciosa para a mamãe: prometo que não vou deixar a Califórnia me transformar, independente de qualquer coisa.

Capítulo 12

Zack — Long Beach, Califórnia

Ouço a campainha da porta tocar, mas não saio do meu quarto. É assim que tem sido desde que tudo aconteceu. As pessoas vinham muito mais no início. Amigos da escola, vizinhos, minha tia e primos. Levou cinco meses, mas o fluxo de bons samaritanos finalmente diminuiu. Talvez seja assim que aconteça. O tempo tem uma forma de fazer as coisas ficarem mais fáceis. Quanto a mim? Nada diminuiu a dor desde que Emily morreu.

Minha mãe está conversando com alguém no andar de baixo, mas não reconheço a voz. Isso tem acontecido muito ultimamente. Ouço as coisas, mas não as registro. Vozes e palavras, tudo se mistura e soa a mesma coisa. Nada desperta meu interesse, nada me tira desse torpor.

A conversa para novamente. Acho que, seja lá quem era, foi embora. As pessoas não ficam muito por perto depois que Emily morreu. Até meus pais, que vêm ao meu quarto uma dúzia de vezes ao dia, saem rapidamente.

Há uma batida na porta, mas não me dou ao trabalho de levantar. Minha mãe e meu pai não esperam que eu responda, de qualquer jeito. Eles batem e entram. Tenho a sensação de que têm medo do que possam encontrar se esperarem para bater uma segunda vez.

Uma segunda batida. Isso me tira do transe e olho para a porta. Uma terceira batida vem acompanhada de uma voz baixa.

— Zack, sua mãe me disse que não tinha problema em subir. Posso entrar? — Ela faz uma pausa e acrescenta baixinho: — Por favor.

Mesmo em meio ao torpor, reconheço a voz de Allie. Ou será que estou imaginando? Será que ela está mesmo do outro lado da minha porta? Não digo nada e a voz fica em silêncio. Talvez eu estivesse errado. Talvez não houvesse voz nenhuma.

A porta abre com um rangido. Não sei se grito ou se digo para ir embora, ou se, da cama, continuo olhando para o teto. Decido que ignorá-la é uma opção menos dolorosa. Talvez ela simplesmente vá embora.

Do canto do olho, eu a vejo puxar mais para perto da cama a cadeira da minha escrivaninha e sentar-se. Fecho os olhos.

— Zack, sei que você não quer ver ninguém. Tentei e-mails, mensagens de texto e ligações. Daí pensei que se simplesmente viesse aqui... — Ela para. Há um tremor em sua voz quando continua. — Talvez haja algo que eu possa fazer. Quero te ajudar.

A voz de Allie é morna e carinhosa e faz meus olhos se afastarem do teto. Rolo até ficar sentado, assim me sinto menos vulnerável. Assim que meus olhos fazem contato com os dela, uma lágrima rola de seu olho esquerdo. Mesmo na escuridão do quarto, posso ver que ela está chorando. As pessoas não deviam chorar por minha causa. Eu não mereço.

Instintivamente, estendo o braço para limpar a lágrima. Antes de alcançar o rosto de Allie, o restante da minha mente acorda e, rapidamente, recuo. Allie pega minha mão. É a primeira coisa que eu sinto em meses. A pele dela, macia e suave; apenas um leve toque, ainda assim tão forte e tão avassalador. O contato começa a me trazer de volta ao mundo presente. Mas eu não quero estar ali. Não quero estar em nenhum lugar sem a Emily. Puxo minhas mãos como se tivesse sido queimado.

Sem se intimidar, Allie tenta de novo.

— Zack, não precisa dizer nada. Sei que não posso consertar nada. Só queria te ver. Mesmo se não conversarmos.

Alguma coisa dentro de mim me faz reagir.

— Obrigado. Eu li seus e-mails e suas mensagens de texto. Obrigado por pensar em mim — minto. Não abri nada que ninguém me mandou.

Mesmo com o quarto escuro, consigo ver o brilho de esperança nos olhos dela quando respondo. É assim que meus pais se sentem? Estão esperando que eu converse?

Allie sorri, mas esse sorriso não alcança os olhos... nem chega perto. É triste e forçado. Algo faz com que eu sorria de volta. Não quero que ela fique tão triste. O sorriso dela responde ao meu, se tornando verdadeiro, não forçado. Eu me lembro de como sempre gostei daquele sorriso. Era quase largo demais — quase, mas não chega lá.

— Não está morrendo de vontade de saber que fim levou *A Letra Escarlate* na aula de Inglês? Achei que a expectativa fosse te dar dor no estômago. Esse é o verdadeiro motivo de eu ter vindo — Allie brinca, as palavra dela saindo rapidamente, esperando me manter no aqui e agora. Nunca mais voltei à escola depois do acidente. Nosso projeto de Inglês nem passou pela minha cabeça nesses últimos meses.

— Claro, Allie. Eu estava preocupado. Muito preocupado que algum aluno da segunda série não tenha conseguido ler sobre putas usando a letra "A" em cima dos peitos. — O sarcasmo me faz bem. Normal.

Ela ri.

— O Sr. Hartley guardou nossa história para ler por último na classe. Acho que ele está assustado, Zack.

A risada dela é contagiante. Não tenho que pensar, só sai naturalmente. E então eu me controlo. Não mereço rir. Não é justo com a Emily. Fecho novamente a cortina sobre a janela de felicidade que ela abriu.

— Ouça, Allie... Obrigado por ter passado aqui. Foi muito legal da sua parte, mas estou muito cansado e preciso recuperar o sono. — Fico em pé, para que ela entenda que é hora de ir embora.

O sorriso de Allie desaparece. Ela se levanta.

— Não vou abrir mão de você tão fácil, Zack. Logo, logo vou voltar para ler a nossa história para você. — Tenta parecer entusiasmada.

Ela acomoda a cadeira perfeitamente embaixo da escrivaninha, então se vira para mim com um sorriso nervoso no rosto. Ficando na ponta dos pés, ela me beija inocentemente no rosto.

— Se puder fazer alguma coisa, estarei aqui para você, Zack.

Emily não merece o desrespeito que estou lhe demonstrando.

— Ela morreu por estar com ciúme de você comigo naquela noite, Allie. Por favor, vá embora.

Como um covarde, fixo meus olhos no chão para não ter ver o rosto dela, não olhando para cima até ouvir a porta fechar.

É agosto e o tempo está muito quente. Espero até meus pais saírem para fazer minha corrida de sábado. Coloco a roupa de corrida e vou lá para fora. Enquanto me alongo, meus olhos não resistem a olhar do outro lado da rua. Meu peito aperta só de ver a casa da Emily, sabendo que ela nunca mais irá entrar por aquela porta. Sabendo que seus pais não querem nada além de que os últimos cinco meses tenham sido um pesadelo. Como posso ficar aqui? Sair e entrar em casa todos os dias, uma lembrança constante do que perdemos? Do que eu fiz.

Sem terminar os alongamentos, saio correndo. Sem me aquecer. Sem começar aos poucos. Simplesmente corro. Corro o mais rápido possível, torcendo para que a distância esmoreça a dor. O ar úmido e pesado dificulta a respiração, cada fôlego desesperado queima meus pulmões, mas não é o bastante. Preciso de mais. Mais dor, mais distância, mais sofrimento.

Seis quilômetros passam em tempo recorde, meu corpo me deixando na mão, incapaz de aguentar o esforço que minha mente exige dele. Debruçado sobre a barriga, com a respiração pesada e as mãos nos joelhos, tenho dificuldade para recuperar o fôlego. Nem tenho certeza de onde estou, apesar de não estar nem aí. Não há lugar algum onde eu precise estar e ninguém precisa de mim. Não mais.

As horas passam e eu alterno entre correr e caminhar. Quando me dou conta, o sol está se pondo e percebo que estou em frente ao cemitério. O cemitério de Emily. Passo pelos grandes portões de ferro, olhando através das filas intermináveis de lápides, me perguntando se consigo encontrar o caminho até o túmulo dela. O lugar é enorme, deve haver vinte mil lápides e quilômetros e quilômetros de caminhos e passagens, todas parecendo a mesma coisa para mim.

Então começo a caminhar. Sei que Emily provavelmente ainda não terá uma lápide, mas o avô dela tem. Ele está enterrado bem ao lado dela. Algumas pessoas estão por ali, passando enquanto em caminho lentamente, lendo filas e filas de nomes. Toda vez, baixo os olhos para evitar contato visual com alguém que se aproxima.

Horas depois de anoitecer, eu finalmente a encontro. O chão ainda está mexido com a terra escura nova... fresca, assim como a lembrança de tê-la perdido. Sento-me, recostando na lápide do avô dela, e as lágrimas começam a cair. Sem parar, até eu estar soluçando tanto a ponto de perder o fôlego. Um tempo depois, exaurido e vazio de tanto chorar, pego no sono, espalhado sobre o túmulo de Emily.

Uma mão no meu ombro me acorda, assustando-me. Abro um olho e olho para meu pai sentado ao meu lado.

— Sua mãe está morrendo de preocupação — ele diz suavemente, não dando bronca. — Sei que é difícil, mas terá que dividir um pouco disso, mais cedo ou mais tarde, filho. Não dá para guardar tudo para você. — Ele coloca os braços em volta dos meus ombros. — Estamos preocupados com você. Sei que precisa de um pouco de espaço... e vou tentar te dar. Mas não nos assuste como fez hoje, desaparecendo por tanto tempo. — Ele fica quieto por um momento e então diz meu nome, baixinho, porém firme, de um jeito paternal. — Zack. — Ele me força a levantar os olhos e espera até que olhe dentro dos olhos dele. — Ok?

— Ok.

Capítulo 13

Nikki — Long Beach, Califórnia

A casa não é nada do que eu esperava. Quadros vibrantes emoldurados decoram as paredes de cores acolhedoras, dando a sensação de "casa" mais do que qualquer outro lugar onde já vivi. Ainda assim, o sono não veio com facilidade na noite passada. Na primeira noite em um lugar, ele nunca vem. Eu deveria saber, já tive primeiras noites suficientes na vida.

Obrigando-me a sair da cama mais cedo do que preciso, tiro um tempo para explorar o local, já que a tia Claire saiu por algumas horas. Minha primeira parada são os porta-retratos no mantel acima da lareira. Não querendo parecer muito bisbilhoteira, dou uma olhada rápida, sem ter a chance de olhar bem de perto.

A primeira foto é de duas garotinhas com os braços entrelaçados nos ombros enquanto sorriem alegremente para a câmera. A garota mais alta está segurando uma mangueira de jardim e tem um sorriso maroto no rosto; a mais nova está ensopada dos pés à cabeça. Quase não consigo reconhecer a mamãe com aquele sorriso fácil e despreocupado. Aquilo me faz pensar se ela já nasceu com problemas ou se algo aconteceu depois daquela foto para transformá-la do jeito que ficou quando eu nasci.

A foto seguinte foi tirada na formatura de enfermagem da tia Claire. Ela parece a mesma, só que mais jovem. A mulher mais velha ao lado dela, minha avó, alguém que eu nunca vi, sorri com orgulho da filha vestida em um uniforme todo branco.

Pego as fotos maiores, passando o dedo pela borda da moldura de vidro chapiscado, estudando a foto do casal no dia do seu casamento. Tia Claire está linda em um vestido de noiva branco tradicional, do tipo que se vê na televisão, com uma cauda longa e um véu que cobre o rosto. O marido dela está usando um terno escuro simples; um sorriso largo ilumina seu rosto ao olhar para a noiva. Os dois parecem tão felizes. Sinto uma dor no peito ao pensar como ela deve ter se sentido quando o perdeu.

Eu me viro, contemplando o que sinto ao absorver todo o ambiente... as fotos, a mobília, as prateleiras cheias de livros... é tudo tão... normal. É uma sensação com a qual não estou nem um pouco acostumada.

Meu rosto está enterrado em um livro quando a tia Claire entra carregando sacolas do supermercado algumas horas depois.

— Como você dormiu? — ela pergunta enquanto eu a sigo até o carro para ajudar a trazer o restante das sacolas.

Dou de ombros.

— Bem, eu acho. — Por que preocupá-la dizendo que virei de um lado para o outro durante metade da noite?

Tia Claire sorri desconfiada.

— Vai melhorar. Prometo. Sempre tive dificuldade de dormir em algum lugar novo. — Juntas, começamos a desempacotar as compras. — Estava pensando... e se fôssemos comprar uma roupa nova para o seu primeiro dia de escola?

Baixo os olhos.

— O que há de errado com as minhas roupas? — Minha voz soa um pouco defensiva.

— Nada. Nada mesmo. É que... minha mãe sempre nos comprava roupas novas para o primeiro dia de aula. É meio que uma tradição. — Ela sorri. — Eu sempre esperava por isso. — O sorriso se apaga um pouquinho, a voz ficando cada vez mais profunda e suave. — Assim como sua mãe. Achei que você também pudesse ser assim.

Eu me pego pensando como seria sair às compras com a *minha* irmã. Quero muito fazer mais perguntas, mas é cedo demais para arriscar cutucar as coisas e deixar a tia Claire suspeitando das minhas intenções.

Concordo em ir às compras, embora não tenha muita certeza de que ficarei aqui tempo suficiente para criar novas tradições.

Ao final do dia, a nova roupa da escola se transformou em três novos looks, novas roupas de ginástica, fones de ouvido, uma mochila e material escolar. Durante alguns momentos, eu me diverti de verdade fazendo compras com a tia Claire.

Sábado de manhã, com short e top novos, e fones roxos em meus ouvidos, fico em pé na porta da frente para alongar as panturrilhas. Não faço exercício há quase um mês e a queimação enquanto puxo o pé para trás ao alongar os tendões é uma dor bem-vinda.

— Tem certeza de que se lembra das direções que lhe dei? — tia Claire sai e me pergunta pela terceira vez. Ela está preocupada que eu me perca durante a corrida.

Sorrindo da preocupação dela, tiro um fone do ouvido.

— Sigo reto por quatro quarteirões até a rua principal, viro à esquerda, mais dois quarteirões até a Avenida Arnold, à direita na Rua Front... Isso vai me levar direto à pista de corrida da escola.

Ela parece aliviada, pelo menos um pouquinho.

— Está com seu telefone?

Confirmo com um balanço de cabeça.

— Tome cuidado com os carros. Corra só com um dos fones, assim pode ouvir as coisas ao seu redor.

— Sempre faço isso. Vou ficar bem. — Começo minha corrida, gritando para trás por sobre o ombro, com um sorriso: — Espere pelo menos uma hora para mandar um helicóptero de busca, ok?

Nunca fui muito esportista. Correr é a única atividade física que já fiz. Ashley dizia que eu gostava de correr porque era um dos poucos esportes que não é preciso fazer parte de um time. E ela não estava totalmente errada. Correr me faz sentir no controle e, ao mesmo tempo, livre. Limpa minha mente e faz tudo parecer menos complicado. Mais simples.

Entrando na pista, fico surpresa ao encontrá-la praticamente vazia. As manhãs de sábado são, geralmente, o melhor horário para os atletas fazerem suas corridas. Mas também as nuvens cinzentas que estão começando a encobrir o céu quando saí de casa, vinte minutos atrás, ainda estão começando a se dissipar.

Dou a primeira volta num passo firme, preferindo alternar entre uma corrida rápida e o trote, em vez da monotonia de ficar no mesmo passo durante cinco minutos inteiros. Um garoto da minha idade está meia-volta à frente durante todo o tempo em que percorro a pista coberta. Chegando de novo ao ponto onde comecei, mudo de marcha, indo do trote para a corrida de alta velocidade, alcançando-o — e ultrapassando-o — rapidamente.

Terminando a segunda volta, diminuo o passo para trotar enquanto faço a terceira volta. O garoto me alcança e me ultrapassa. Eu sorrio enquanto ele passa correndo e me pergunto se estamos fazendo o mesmo padrão de corrida, só que em momentos opostos.

Continuamos correndo, fazendo rodízio, passando um pelo outro durante as voltas seguintes, nenhum de nós dizendo uma só palavra, mas trocamos olhadas enquanto passamos. Ele é bonito. Muito bonito. Alto, musculoso, porém magro, cabelo louro tom de areia, maxilar forte; quase bonito demais para o meu gosto, mas Ahsley com certeza o acharia sexy. Não consigo imaginar muitas garotas que não o achariam sexy, na verdade.

Minha última volta é rápida. Só que, dessa vez, assim que ultrapasso o bonitão, ele acelera... e me ultrapassa, embora não esteja no ponto de mudar de marcha. Mantendo algumas passadas longas à minha frente, ele mantém a liderança por alguns segundos, até eu me esforçar mais e ultrapassá-lo, embora não sem esforço. Minha última volta se transforma em duas voltas. Juntos, corremos cabeça a cabeça, cada hora um ultrapassando o outro por um triz. Sem dúvida, essa é a volta mais rápida que já fiz na vida.

Cruzando a linha de chegada, o bonitão à minha frente, ambos caíamos, nos esforçando para recuperar o fôlego. Minutos depois, minha respiração finalmente volta ao normal e uma mão enorme se estende para me ajudar a levantar. Eu aceito-a, finalmente dando uma boa olhada no meu oponente quando ele me coloca sobre meus pés. Olhos azuis brilhantes, um nariz perfeitamente reto e lábios carnudos que repuxam de um lado me tiram o fôlego que eu mal acabei de recuperar.

Um sorriso de lado e maroto se forma em seus lábios e seus olhos passam pelo meu peito ofegante. Eu sorrio de volta e, tão rápido quanto apareceu, o sorriso dele desaparece. Sem uma só palavra, ele ergue a mão, sinalizando uma despedida, vira-se e vai embora, se afastando da pista.

Durante toda a corrida de volta, eu me pergunto o que fez o sorriso dele desaparecer tão rápido.

Capítulo 14

Nikki

Segunda-feira

Inglês sempre foi minha matéria favorita. Depois de seis períodos remexendo na cadeira e sendo apresentada como a nova garota, fico aliviada quando o Sr. Davis apenas nos diz para sentar e ouvir. Uma vez que é Inglês Avançado, a classe foi agrupada durante os últimos anos, com alunos do oitavo e nono anos. Isso quer dizer que todos se conhecem muito bem e eu sou realmente a novata. Fantástico.

O Sr. Davis revisa o plano de estudos e mostra nosso primeiro romance: *A Culpa é das Estrelas*. Fico animada, pois eu sempre quis lê-lo. Mas minha animação não dura muito quando ele nos diz que o livro é para um projeto em grupo. Os grupos serão os mesmos do ano anterior, com uma exceção. Eu.

Quando o sinal toca, o Sr. Davis diz em voz alta o meu nome e o de uma aluna chamada Allison para ficar depois da aula.

— Allison, achei que pudesse ser uma boa ideia a Nikki se juntar ao seu grupo para este projeto. Afinal, vocês estão com um participante a menos desde... — ele disfarça, a voz mais suave ao continuar: — bem, vocês estão com uma pessoa a menos agora, Allison.

Allison olha do Sr. Davis para mim, e diz rapidamente:

— Tenho certeza de que ele virá amanhã. Achei que fosse estar aqui hoje. — Ela faz uma pausa, a voz quebrando ao continuar — E acho que seria mais fácil se tudo estivesse exatamente do mesmo jeito quando ele voltar. Por favor — ela implora.

O tom do Sr. Davis muda de desconfortável para sombrio quando responde:

— As coisas não serão as mesmas, Allison.

Os dois se olham fixamente por um momento.

— Tudo bem — Allison finalmente concorda.

Eu interrompo.

— Ficarei bem em qualquer grupo, Sr. Davis. Já li todos os outros livros do John Green; tenho certeza de que outro grupo ficará feliz comigo. — Eu definitivamente não quero fazer parte de um grupo onde não sou bem-vinda antes mesmo de começarmos.

O Sr. Davis e Allison me olham surpresos.

— Você já leu *todos* os outros livros do John Green? — o Sr. Davis pergunta com uma sobrancelha levantada.

— Acha que as pessoas não leem livros no Texas? — Ofendida, eu respondo com indignação.

Um sorriso se abre no rosto de Allison, enquanto sinto o meu próprio rosto enrubescendo de vergonha.

— Sinto muito, Nikki. Isso não teve a ver com você, ou com o Texas, nem mesmo com o projeto. Pode ficar no nosso grupo. Eu acho ótimo ter a oportunidade de trabalhar com outra pessoa que já leu todos os livros do John Green. É só que Za... — Ela para no meio da palavra, balançando a cabeça como se obrigasse o pensamento a ir embora. — Você deve ficar no nosso grupo, Nikki. Bem-vinda.

O Sr. Davis, satisfeito, nos diz para nos apressarmos para o almoço antes de não termos mais tempo para comer.

Ao sair da classe do Sr. Davis, Allison diz:

— Sente-se à minha mesa para o almoço, e podemos conversar sobre o projeto. Aliás, eu sou Allie Parker.

A cafeteria é cinco vezes maior do que a da minha última escola, e muito melhor também. Olhando ao redor, começo a abominar a ideia de Allison Parker me arrastando para uma mesa cheia de gente que eu não conheço. Já consigo imaginar as garotas lindas-demais-para-serem-de-verdade comendo tofu e palitinhos de aipo, para caberem em seus shorts apertados e curtíssimos. Passei a primeira metade desta manhã dentro de um escritório com paredes de vidro, parecendo um aquário, perto da entrada da frente da escola, com a tia Claire e meu novo orientador. Enquanto falavam e passávamos pelos vários programas da escola, vi dezenas de garotas louras bem vestidas demais, totalmente "montadas", entrando no prédio. Parecia que um cientista maluco obcecado pela Taylor Swift tinha aperfeiçoado o clone humano e os colocado todos na Escola Secundária de Long Beach.

— Eu geralmente me sento ali. — Allie aponta para uma mesa que tem apenas alguns alunos com aparência nerd.

Controlo minha surpresa e dou uma olhada de cima a baixo em Allie. Seu sorriso largo e rosto bonito me fizeram pensar que ela fosse uma Taylorette. Mas, ao olhar mais de perto, consigo ver que ela está muito longe de ser um clone. Seu sorriso doce está em um rosto sem maquiagem. Para falar a verdade, ela tem aquela pele fantástica e bronzeado perfeito da Califórnia, mas é naturalmente bonita, sem adornos ou arrumadinha como as garotas que vi hoje pela manhã. Suas roupas também são diferentes das roupas dos clones. Vestindo legging cinza e uma camiseta branca larga e comprida, ela chama a atenção sem ter a roupa agarrando cada centímetro do seu corpo.

Allie pega um saco de papel marrom com um sanduíche de pasta de amendoim e geleia, me dando um pouco de alívio. A tia Claire também mandou meu almoço. Eu me perguntei se seria a única.

Comemos rapidamente, com Allie tagarelando sobre o projeto e como o Sr. Davis conduz suas aulas. O tempo voa enquanto conversamos. O papo flui fácil e tenho que me lembrar de que não estou aqui para me envolver com nada nem com ninguém. Preciso me manter focada no meu objetivo. Estou aqui para encontrar minha irmã.

O sinal toca, anunciando que é hora de seguir para outra sala de clones. Allie pede meu número do celular, assim pode me mandar uma mensagem sobre o encontro na biblioteca hoje à noite, para escolher um tópico para nosso projeto de literatura. Fico com vergonha de lhe dizer que não sei o meu próprio número. Nunca tinha segurado um iPhone na vida até esta semana, e não sei se consigo adivinhar como adicionar um contato rapidamente. Pensando rápido, eu lhe entrego meu celular e digo:

— Aqui, ligue para você mesma do meu celular; é mais rápido.

Ela o faz e me deixa com um sorriso e um desejo de boa sorte para o restante das aulas.

Depois da escola, sigo em direção às portas da frente para procurar a tia Claire. Eu disse a ela para não tirar outro dia de folga no trabalho, que eu era capaz de ir para casa sozinha. Se ela ao menos soubesse que me mudei oito vezes desde o ensino primário e que as mudanças constantes me deram um senso de direção melhor do que o GPS do Honda CRV dela... Eu não quis lhe contar muito da minha vida com a mamãe. Ela sempre fica triste quando menciono quaisquer de nossos problemas e não quero que ninguém sinta pena de mim.

Dou uma olhada na fila de carros caros em frente à escola, procurando pelo Honda da tia Claire. Um arrepio percorre minha espinha, eriçando os pelos atrás do meu pescoço, embora faça quase quarenta graus e não haja brisa. Eu me viro, com uma sensação de estar sendo observada, e olho ao redor. Não há nada atrás de mim. Nada à direita. Virando à esquerda, congelo ao ver uma mulher olhando-me fixamente. Ela está em pé apenas me olhando. Sozinha. Observando. Nossos olhos se encontram por um momento. Ela parece deslocada. Seu terno creme elegante e os saltos altos de dois tons não se encaixam na paisagem. Os professores se vestem bem; aprendi isso hoje. Mas não tão bem assim. Ela não se afasta nem quando percebo que está me encarando. Por mais estranho que pareça, sinto que ela está olhando, mas não está *me* vendo.

A buzina de um carro chama minha atenção, quebrando a fisgada que me conecta à mulher.

— Conhece aquela mulher? — pergunto enquanto escorrego para dentro do carro da tia Claire.

— Que mulher?

Olho de volta para onde ela estava, mas ela sumiu. Nenhum sinal dela. É difícil imaginar que ela pudesse desaparecer tão rapidamente naqueles saltos.

— Ela estava em pé bem ali um minuto atrás. — Aponto em direção à árvore sob a qual a mulher estava.

— Só vejo um bando de estudantes. Como ela era?

— Não sei. Acho que era uma mãe. Talvez pensou que me conhecesse de algum lugar. — Dou de ombros, me sentindo boba por ter mencionado o fato. Às vezes, acho que talvez tenha herdado a paranoia da mamãe.

Tia Claire me enche de perguntas sobre o meu dia. Fiz amigos? Gostei das aulas? Achei que os trabalhos tinham o nível certo? Como eram os professores? Comi o lanche que ela tinha feito?

Acho que, depois de um tempo, ela percebe o meu desconforto.

— Me desculpe, Nikki. Tenho que me lembrar de que você é uma aluna do terceiro ano, e não uma garotinha de dez anos. Espero não ter soado muito maternal.

Controlando-me para não lhe dizer que minha mãe não era tão "maternal" como ela imagina, resolvo dar combustível às suas perguntas em vez de enveredar por assuntos mais sérios.

— Não se preocupe. — Sorrio sem entusiasmo. — Acho que fiz uma nova amiga hoje. O nome dela é Allie e estaremos no mesmo grupo do projeto de Inglês. Na verdade, ela me convidou para encontrar com o grupo hoje à noite, na biblioteca de West Long Beach. Sabe onde é? Posso ir?

Tia Claire mal consegue esconder seu entusiasmo.

— Claro que pode ir. Estou tão feliz por ter feito uma amiga. Estava preocupada. Essa é uma mudança muito grande para você.

— Eu sei. E obrigada.

Não será difícil me lembrar de tentar agradar a tia Claire para que ela continue me deixando ficar. Ela faz tudo acontecer naturalmente.

A biblioteca sempre foi meu santuário. Um lugar onde ia para escapar da realidade da minha existência geralmente desastrosa. No Texas, eu passava horas nas prateleiras, sozinha, sentada no chão, folheando páginas de livros velhos, o cheiro de bolor estranhamente reconfortante — diferente do cheiro de bolor em nosso velho trailer.

Assim que entro, de uma mesa comprida, Allie acena para mim com animação, e seu sorriso é contagiante. Eu fiquei do lado de fora alguns minutos antes de entrar, pensando seriamente se ia ou não. Mas ver Allie parecendo feliz em me ver, de alguma forma, amenizou meu medo.

— Oi, estes são Cori e Keller — Allie diz, me apresentando aos outros já sentados à mesa. Ambos parecem vagamente familiares. Devo tê-los visto na aula de Inglês hoje, mas, depois de ver milhares de rostos novos, é um pouco demais querer lembrar muita coisa de alguma pessoa em particular.

Leva menos de três minutos sentada à mesa para a dinâmica do grupo ficar clara. Keller Daughtry parece um jogador da linha de defesa, bem intimidador. Não ficaria surpresa se ele rosnasse em vez de falar. Ele é largo e musculoso, com cabelo curto e repicado e muito sarcasmo em tudo o que diz. Mas é o tipo de piada sarcástica dita com uma risada, e o grupo parece gostar de cutucar o leão tanto quanto ele gosta de atacar. Cory é a quieta do trio. Ela sorri e ri, absorvendo as trocas entre o grupo em vez de interagir.

— E então, qual é a sua história? — Keller pergunta, inclinando-se na cadeira recostada na parede, os braços cruzados sobre o peito.

— Minha história? — Sei o que ele está perguntando, mas a pergunta me pega de surpresa.

— Sim. Sabe como é, de onde você veio? Pratica algum esporte? A Allie também vai te carregar neste projeto, como ela faz comigo? — Keller dá de ombros. — Sua história.

Todos os olhos se voltam para mim. Faço o que posso para parecer casual, embora fique totalmente desconfortável falando da *minha história*.

— Ummm... Me mudei para cá vinda do Texas. Praticava corrida na escola. E espero que a Allisson não tenha que me carregar nas costas. — Keller me observa intensamente, incerto em relação ao que vê, e então, sem pensar, deixo escorregar quem sou, para mostrar a ele. Arqueando uma sobrancelha, meço-o de cima a baixo antes de falar. — Não sei se ela consegue me carregar nas costas, uma vez que, provavelmente, já está sufocando com o seu peso ao te carregar.

Keller joga a cabeça para trás e ri.

— Você vai se adaptar direitinho, embora eu não saiba se aguento outra espertinha no grupo.

Discutimos as opções do nosso projeto até um pouco antes de a biblioteca fechar, as horas passando mais como se fossem minutos. A paixão de Allie pela leitura faz todo mundo entrar na história, até mesmo o Keller, que tenho a impressão de nem sempre ser o melhor aluno.

Allie e eu conversamos por alguns minutos em frente à biblioteca enquanto espero pela minha tia.

— Quer dizer que você corre?

— Corro, e você?

Ela ri.

— Definitivamente não. Corro como uma pata. Correr não é minha praia. Joguei futebol por um tempo quando era criança. Meu pai, na verdade, queria um garoto. Com duas garotas, por sorte, meu irmão mais novo nasceu e tirou um pouco da pressão. Tendo a gostar de esportes que não envolvam corrida. — Ela faz uma pausa, depois continua: — Zack corre.

— Seu irmão? — pergunto com a expressão enrugada.

— Não. Zack é a outra pessoa no grupo. — Ela me olha vagamente por um segundo. — Ele também joga futebol americano.

— Ah. Ele está doente ou coisa do tipo? — No minuto em que minha pergunta sai da boca, o rosto de Allie muda. A tristeza encobre seu sorriso geralmente contagiante. Eu me arrependo imediatamente de ter feito a pergunta.

Ela tenta recuperar o sorriso, mas não consegue nem chegar perto de fazê-lo crível.

— Espero que ele volte logo.

Tia Claire não poderia ter chegado em melhor hora; eu já tinha metido os pés pelas mãos o suficiente para um só dia.

Capítulo 15

Zack

Terça-feira

Eu sabia o que estava por vir antes de os meus pais me fazerem sentar. Era uma questão de tempo. Estive fora da escola nos últimos meses depois que Emily morreu e, então, o verão todo passou. Acho que minha mãe e meu pai estavam com medo de brigar comigo ontem, quando eu disse que não iria ao primeiro dia de aula, mas não vão deixar isso continuar — pelo menos foi isso que ouvi meu pai dizer à mamãe depois do jantar. De forma que, esta noite, eles tiraram meu sentimento de negação da tomada. Amanhã será horrível.

Em vez de ficar tentando convencê-los de que eu deveria ficar em casa, decido sair para correr. Tenho corrido bastante ultimamente. A música estourando nos meus ouvidos, os pés batendo duro no concreto, nada mais parece claro na minha cabeça. Pego uma nova rota que venho fazendo, incapaz de correr por qualquer um dos caminhos que Emily e eu costumávamos percorrer. Diminuo a velocidade ao chegar à biblioteca. O carro de Allie está do lado de fora. E o de Keller também. Tenho me sentido culpado pela forma como falei com ela na noite em que veio me ver. Ela só estava tentando ajudar. Ela me passou algumas mensagens de texto desde então, mas não respondi nenhuma. As únicas que respondi foram algumas de Keller, porque eu sabia que ele não pararia se eu não respondesse.

Em vez de continuar minha corrida, respiro fundo, abaixo o volume do iPod, limpo o suor da testa e vou até a biblioteca.

Eles estão na mesa de sempre. As costas de Allie estão viradas para mim, e ela não vê que estou me aproximando, mas Keller balança a cabeça em minha direção, o jeito de um cara dizer "oi".

— Oi! — eu digo, minha voz sem ser direcionada a ninguém em particular. Allie se vira. Os olhos dela se arregalam, mas ela tenta parecer casual.

— Oi! Você aqui? — Ela sorri hesitante.

— Na verdade, eu estava dando uma corrida e vi os carros de vocês estacionados lá fora. Estou meio suado para sentar e me juntar a vocês, mas vim dizer "oi". Tenho certeza de que irei à escola amanhã. — Não por escolha, mas não conto essa parte.

— Me desculpem, estou atrasada — uma voz feminina desconhecida diz atrás de mim. Ela caminha apressada, joga a mochila em cima da mesa e puxa uma cadeira. Sem olhar para cima, fuça na mochila procurando alguma coisa. Distraída, a garota nem percebe que estou em pé ali, mas, pelo amor de Deus, eu noto a presença dela.

Assim que vejo seu rosto, sei quem ela é... a garota da pista de corrida. Estou curioso para que ela erga a cabeça para eu poder ter uma visão melhor, mas também estou feliz por ter um minuto para olhar sem ser notado. Ela é linda, embora não do jeito tradicional de uma garota da Califórnia. Pele clara, nariz fino e reto, lábios carnudos e rosados, cabelo louro escuro, que faz sua pele branca chamar atenção ainda mais em comparação com as garotas californianas.

Percebendo meu olhar, ela levanta a cabeça, e nossos olhos se conectam imediatamente. Ela leva menos de dois segundos para me reconhecer. Sua boca se abre em uma respiração profunda. É estranho, mas tenho evitado olho no olho há meses, mesmo assim estou grudado nela, incapaz de afastar o olhar.

Assim como em nosso primeiro encontro, nenhum dos dois diz uma só palavra. Só que, desta vez, ela transforma isso num desafio. Arqueia uma sobrancelha, a boca retorcida no canto me dizendo que está encantada com nossas trocas mudas.

— Zack? — Allie diz, a confusão evidente em sua voz. Ouço as palavras dela, mas o fato de estar falando meu nome, tentando chamar minha atenção, realmente não registra no meu cérebro. — Zack — ela me chama uma segunda vez, a confusão se transformando em preocupação na voz dela. O chamado me tira do meu estado inebriado e eu me viro, a contragosto, quebrando nosso olhar.

— Então quer dizer que acha que conseguirá vir? — Allie me olha de cima a baixo como se para ter certeza de que estou bem.

Enrugo a testa. Ela não faz a mínima ideia de que não ouvi uma só palavra do que ela disse nos últimos minutos.

— *The Grind*. Amanhã à noite — ela repete. — A biblioteca fecha cedo e vamos trabalhar no nosso projeto.

Assinto. Sentindo os olhos em mim, volto a prestar atenção na garota da pista de corrida. Eu não estava errado, ela está me observando... muito de perto. Allie percebe minha mudança de foco.

— Esta é Nikki — ela apresenta. — Ela é nova na escola. O Sr. Davis colocou-a no nosso grupo.

Estendo a mão, mas não falo nada, deixando o sorrisinho em meu rosto dizer tudo. Nikki coloca a mão na minha e sorri de volta com um balanço de cabeça. Temos algum tipo de troca secreta, nenhum dos dois querendo ser o primeiro a falar. É bizarro, já que nunca conheci a garota de verdade, mas percebo, ao segurar a mão dela mais do que seria considerado normal, que sorri duas vezes nas duas últimas semanas. As duas vezes perto dela.

Na primeira metade da corrida de volta para casa, reflito sobre a estranheza do meu comportamento. Por que, de repente, fiquei mudo perto de uma garota estranha? Tudo bem, ela é bonita, não há como negar, mas há algo mais. Sou sugado por ela. Quando olho em seus olhos e vejo o sorriso no seu rosto, não sinto a raiva que me perturba quando estou perto dos outros. Talvez seja porque ela é nova... e não haja nenhuma lembrança da vida da qual quero tanto fugir. Não tenho certeza, mas uma visão dela fica surgindo no fundo da minha mente, a cada passo. E me faz sentir culpado. Meu Deus, sou um idiota! Minha namorada morreu não faz nem seis meses e já estou procurando substitutas.

Corro cada vez mais rápido, desesperado para fazer os sentimentos desaparecerem. Os que me fazem sentir bem são mais dolorosos do que os que me atormentam. Mas eu mereço sofrer, não mereço me sentir bem.

Capítulo 16

Nikki

— Até que enfim! — Ashley liga à meia-noite, gritando tão alto que afasto o celular do ouvido. Só faz alguns dias, mas, desde o primeiro dia em que nos tornamos amigas, definitivamente nunca ficamos tanto tempo sem nos falar.

— Me desculpe. Tenho estado muito ocupada.

— Fazendo o quê? Ou devo dizer com quem? — ela brinca. Caio na cama e fecho os olhos, imaginando Ashley sorrindo de forma irônica e mexendo as sobrancelhas sugestivamente. Aposto que ela está deitada de barriga para baixo, as pernas balançando no ar enquanto conversamos.

Suspiro e lhe conto sobre meus primeiros dias na escola, dando detalhes sobre as aulas e o processo seletivo da corrida, mas ela não está interessada nisso.

— Blá, blá, blá... Trigonometria, correndo em círculos... Conte essa bobagem toda para sua tia Claire. Quero saber das coisas interessantes — Ashley diz meio em tom de brincadeira.

— Para falar a verdade, não há muita coisa interessante para contar. — Faço uma pausa. — Exceto...

— Me conte. — Ashley quer saber.

— Realmente não há nada para contar.

— Tem alguma coisa. — Ela me conhece bem demais.

— Bem, conheci um cara bem bonito — confesso.

Ashley dá um gritinho em resposta.

— Descreva-o. Vou fechar meus olhos... me fale do visual.

Fecho os olhos também. A imagem de Zack aparece em minha cabeça sem nem mesmo precisar pensar muito nele. Isso tem acontecido demais ultimamente.

— Bom, ele é alto... talvez um metro e oitenta e pouco.

— Mmmm... alto é bom. Continue.

— Ombros largos. Esguio, mas musculoso.

— Parece bem sexy. Olhos?

— Sim, ele tem dois.

— Espertinha.

— Azuis com um toque de verde. A cor da água do Caribe.

— Você nunca esteve no Caribe.

— Cale a boca.

— Continue.

— Lábios bonitos. Carnudos.

— Mmmm — Ashley geme diante do visual que estou lhe passando. — Mais.

— Covinhas. Ele tem covinhas. E nem precisa sorrir para mostrá-las... é só dar um sorrisinho e elas aparecem.

— Ele parece perfeito. — Ela expira com força antes de continuar. — Para mim.

Não há nada a fazer senão rir da resposta dela. Embora eu saiba que ela nunca iria atrás do mesmo garoto que eu, mesmo que ainda estivéssemos na mesma escola. Ela gosta dos caras que conhece na detenção, como Tommy Damon, que fuma maconha embaixo das arquibancadas que rodeiam a pista de corrida... não os garotos que correm na pista.

— A voz dele é sensual? Gosto de vozes profundas. O cara que grunhe o meu nome acaba com tudo pra mim. Totalmente.

— Não sei.

— Você não falou com ele? — ela pergunta, confusa.

— Não.

— Achei que tivesse dito que o conheceu.

— Eu o conheci.

— Ele é mudo?

— Talvez — brinco, descansando o queixo nas mãos ao erguer a cabeça enquanto ainda estou deitada de barriga para baixo, em diagonal na cama.

— Quer dizer que está louca por ele, mas nunca conversou com ele?

— Eu não disse que estava louca por ele — retruco, um pouco defensiva demais para que a afirmação dela esteja errada.

— Você está louca por ele — ela insiste.

— Ugh! — grunho. — Não sei por que conto as coisas pra você.

— Porque eu sou ótima em dar conselhos para fisgadas.

— Fisgadas?

— É... vou lhe dizer exatamente como colocar a isca no anzol e fisgá-lo.

Quarto dia de escola e finalmente começo a entender a disposição do prédio, de fato chegando à aula de Inglês, pela primeira vez, antes de o sinal tocar. Allie está ocupada provocando Keller quando eu entro e pego a cadeira atrás dela e do outro lado dos demais membros do nosso grupo.

— Sou vegana, não consumo proteína animal — Allie diz com um movimento de punho, deixando de lado seja lá o que for que Keller sugeriu.

— E daí? Tem frango.

Os olhos de Allie se arregalam em descrença.

— Frango é proteína animal!

— Sem frango? — Keller parece chocado com a ideia.

Os dois continuam a conversa enquanto coloco a mochila no chão, a cabeça abaixada procurando meu livro. Claro que está lá no fundo da mochila, e preciso tirar tudo de dentro para pegá-lo. Faço uma anotação mental para descobrir um método de guardar o material de forma que combine com a minha agenda de aulas.

De repente, a classe fica em silêncio, alguns cochichos tomando o lugar do bate-papo barulhento de alguns minutos atrás. Levanto os olhos, esperando que o Sr. Davis tenha acabado de entrar. Mas, em vez disso, vejo Zack.

Ele não faz nada por um minuto, enquanto dá uma olhada na classe. Seu maxilar aperta enquanto absorve todos os olhares fixos nele. Por um segundo, acho que vai dar meia-volta e ir embora, mas o Sr. Davis entra, sem saber o que está acontecendo, e diz a todos para se sentarem.

Allie ergue a mão e chama Zack discretamente, apontando para uma carteira vazia à sua frente. Relutantemente, ele se senta sem levantar os olhos de novo.

O Sr. Davis não perde tempo para começar.

— Vamos lá, pessoal, peguem uma folha de papel e um lápis.

Há um pouco de reclamação, mas, um minuto depois, todos estão prontos. Todos exceto Zack, na verdade. Parece que ele não tem nada com o que escrever. Ele se vira para o cara na fila, do outro lado dele, e resmunga alguma coisa. O cara balança a cabeça. Então, ele se vira na minha direção, com a boca posicionada para dizer algo, provavelmente para pedir um lápis. Ele olha para cima e para um pouco antes de falar. Por um segundo, vejo o que penso ser um raio de atração nos olhos dele, mas que rapidamente desaparece. Em vez disso, ele baixa os olhos por um momento, retomando controle, depois olha de volta para mim, um brilho brincalhão nos olhos. Mantendo os lábios cerrados, ele faz um gesto com as mãos, fingindo escrever no ar; um jogo de charadas sem palavras.

Não consigo esconder meu sorriso ao passar um lápis na direção dele só com um balanço de cabeça e um gracejo.

O Sr. Davis não perde tempo para começar sua aula. Hoje vamos discutir a leitura do verão, *O Morro dos Ventos Uivantes*. Ele pede para levantarmos as mãos para ver quem, na verdade, leu o livro. Quase todo mundo levanta a mão. Todos menos Zack. De alguma forma, parece meio improvável que todos os alunos do último ano tenham feito a leitura do verão. A realidade é que, provavelmente, Zack é o único com coragem para admitir que não leu.

Tento ao máximo me concentrar na aula, mas meus olhos ficam indo e voltando para Zack. Ele está sentado na fila ao lado, uma carteira à frente, assim é fácil dar umas espiadas sem ser notada. Está usando jeans e uma camiseta básica preta, tênis pretos... muito simples, mas, ao mesmo tempo, muito sexy. Só que não é a roupa que ele está usando, mas o jeito que ele usa, assentada perfeitamente em seus ombros largos, as mangas ajustadas aos braços grossos. Por algum motivo, não parece que ele está tentando parecer atraente, e nem mesmo sabe disso.

Seu cabelo louro acinzentado está bagunçado; parece que a ideia que tem de arrumação é passar os dedos por entre os fios, em frustração, apostando que eles não sairão do lugar. Está meio comprido, a parte de trás quase alcançando o colarinho da camiseta. Ele provavelmente poderia dar uma cortada, mas esse ar de desarrumado e de quem acabou de sair da cama dá um charme ao seu sex appeal.

Em vez de prestar atenção, ele alterna entre olhar para o nada e desenhar alguma coisa no papel. Não consigo saber se a falta de atenção vem do tédio com o professor ou se é uma distração por causa de todo o resto.

Ao perceber que estou passando muito tempo observando alguém em quem eu não deveria estar focada, me obrigo a prestar atenção de volta no professor, decidindo escrever as anotações enquanto ele fala, para ocupar meus olhos. Mas não leva muito tempo para minha mente começar a vagar novamente, uma vez que já li esta história e já a analisei até a exaustão em minha aula de Inglês avançado no ano passado. É claro que meus olhos não conseguem fazer outra coisa a não ser seguir minha mente. Só que, desta vez, quando me pego olhando fixamente, observando o garoto que parece tão distraído quando eu me sinto, Zack se vira e me vê.

Que droga!

Minha primeira reação é afastar o olhar rapidamente, como se, se eu o fizesse rápido o bastante, ele não pensaria que eu estava olhando. Como uma boba, ergo os olhos poucos segundos depois para ver se ele comprou a ideia que eu estava tentando passar de um olhar por acaso, em vez de um olhar de propósito, e o vejo olhando para mim. Intensamente.

Meus olhos reagem automaticamente se afastando de novo, mas rapidamente fazem o caminho de volta, se perdendo no olhar dele. É tão direto e observador. Meu coração dispara e sinto meu rosto esquentar de vergonha enquanto meu olhar vai e volta, tentando decidir o que fazer. Longe de estar incomodado com o nosso contato visual, Zack não desiste. Não, em vez disso, o canto de sua boca se curva, quase num sorriso. Ele está curtindo o meu desconforto de ter sido pega no flagra.

Por sorte, o sinal toca e Allie se vira para conversar comigo, sem fazer a menor ideia da tensão que está aliviando. Pego meus livros e guardo-os rapidamente enquanto ela fala, precisando colocar um pouco de distância entre mim e o garoto mudo.

— Vamos trabalhar no nosso projeto hoje à noite, às seis horas. Eu passo para pegar você, assim sua tia não precisa levá-la. Mande uma mensagem de texto com o seu endereço — Allie dá as coordenadas e eu concordo.

Olho de novo na direção de Zack, mas acho a carteira vazia. Ele desapareceu tão mudo quanto chegou. Ao olhar para baixo, encontro um bilhete dobrado em cima da minha carteira.

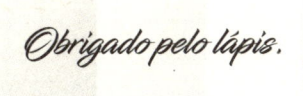

Obrigado pelo lápis.

Capítulo 17

Zack

Amanhã a essa hora seremos pessoas diferentes. Esta noite será inesquecível. Mal posso esperar. Beijo e abraço. Em.

Sentado em meu quarto, o bilhete de post-it que encontrei grudado no painel do carro na manhã da fogueira apertado em minha mão, minha mente viaja para Nikki na aula de hoje. O jeito que ela me olhou, aqueles olhos verdes e sua pele clara, pele que a trai quando ela enrubesce ao ser pega no flagra. Há algo que me atrai para ela, algo que me faz sorrir quando tudo ao meu redor apenas me deixa furioso.

Perdido em meus pensamentos por alguns segundos, fecho a cara ao olhar para baixo e ver a letra de Emily. A culpa me dá náusea. Deveria estar pensando em Emily. Leio o bilhete pela milésima vez.

Amanhã a essa hora seremos pessoas diferentes. Esta noite será inesquecível. Mal posso esperar. Beijo e abraço. Em.

Fecho meus olhos e obrigo minha mente a pensar em Emily. Os olhos verdes de Nikki me dão as boas-vindas.

De novo.

Amanhã a essa hora seremos pessoas diferentes. Esta noite será inesquecível. Mal posso esperar. Beijo e abraço. Em.

Fecho os olhos e tento lembrar de Emily neste último dia: a última vez que ela sorriu, a última vez que ela esteve feliz. Ao invés disso, a curva dos lábios de Nikki preenche o meu subconsciente.

Eu me odeio. Mais uma vez.

Amanhã a essa hora seremos pessoas diferentes. Esta noite será inesquecível. Mal posso esperar. Beijo e abraço. Em.

Fecho os olhos com mais força. De novo.

Amanhã a essa hora seremos pessoas diferentes. Esta noite será inesquecível. Mal posso esperar. Beijo e abraço. Em.

Vinte vezes mais não são mais bem sucedidas do que a primeira tentativa. Meus olhos estão totalmente abertos, deixando o rosto de Nikki para trás. Rasgo o bilhete em centenas de pedacinhos.

A porta do meu quarto se abre com um rangido alto. Minha mãe bate suavemente, embora já tenha aberto a porta.

— Zack.

Não respondo.

— Querido. — O tom dela é suave, pensativo. Sinto-me mal por fazê-la pisar em ovos, mas não sei como voltar ao lugar onde estava antes. Não tenho certeza se um dia serei capaz disso. Muita coisa mudou. Eu mudei.

Ela senta ao meu lado na cama. Eu amasso os pedacinhos de post-it dentro da mão. Mamãe coloca sua mão sobre a minha, a que está segurando o bilhete de Emily.

— Achei que fosse trabalhar no seu projeto de Inglês esta noite.

— Mudei de ideia — respondo sucintamente. Não estou muito a fim de discutir minha vida social, ou a falta dela.

— Por quê? — Por que será? O que ela acha? Não respondo, não porque não tenho nada a dizer, mas porque ela não vai gostar do que vai ouvir.

— Zack? — A voz dela muda para um tom maternal. Aquele que é mais um aviso do que uma pergunta. Olho sem expressão, mas ela não desiste.

— Vá. Você precisa sair. Precisa estar perto de alguns amigos. Trabalhe no seu projeto. Você sempre se sente bem perto do Keller. Vá.

Irritado com a persistência dela, fico em pé. Enrolando o post-it rasgado em minha mão, jogo-o na lata de lixo no canto do quarto. Erro, mas não me dou ao trabalho de pegar os pedacinhos amarelos espalhados pelo chão quando saio do quarto. Bato a porta atrás de mim.

Sem nenhum lugar específico na cabeça, dirijo sem destino por mais de uma hora. São quase nove horas quando chego ao *The Grind*, o café onde era para eu encontrar o grupo. O Volkswagen vermelho de Allie está estacionado em frente, o capô aberto enquanto ela e Keller inspecionam o motor. Eu paro porque, embora escolha mergulhar em minha própria autopiedade, não sou tão babaca a ponto de passar por um amigo que pareça estar precisando de ajuda.

— Zack, você está mais ou menos três horas atrasado — Allie diz quando me vê chegando. Diferentemente da maioria das pessoas ao meu redor, ela me dá bronca, em vez de pisar em ovos como se eu fosse frágil e pudesse quebrar.

Eu sorrio e balanço a cabeça.

— Valeu. Achei que estivesse em cima da hora — respondo igualmente sarcástico. — O que está acontecendo?

— Não pega.

— O que acontece quando você vira a chave?

— Quase nada, faz um clique. — Keller dá de ombros.

— Vire a chave... deixe-me ouvir. — Allie caminha até o lado do motorista, entra e tenta dar partida.

— É o motor de arranque. — Há anos trabalhando em carros antigos com meu pai, conheço alguns dos problemas mais comuns.

— Foi isso que meu pai disse.

Assinto.

— Ele vem te buscar?

— Vem. Mas está vindo direto do trabalho e tem esse carro de dois assentos, estilo "divorciado-à-caça", então não posso dar carona para Nikki e Keller.

— Nikki? — Olho ao redor.

— Ela acabou de ir lá dentro usar o banheiro. Está vindo aí. — Allie aponta assim que Nikki passa pela porta da frente e nossos olhos se encontram.

— Posso dar carona para eles.

— Seria ótimo.

O pai de Allie para seu Porsche de dois assentos no momento em que Nikki está caminhando de volta. Ela sorri e eu sorrio de volta.

— Você já ligou para a sua tia? — Keller pergunta.

Ela faz um sinal de não com a cabeça.

— Que bom. O Zack vai nos dar carona.

Capítulo 18

Nikki

A casa de Keller fica apenas a alguns quarteirões do *The Grind*. Ao estacionar, Zack sai do carro com ele. Os dois trocam algumas palavras que não consigo ouvir, e então Zack abre a porta de trás, oferecendo a mão para me ajudar a sair. Estende a outra mão e abre a porta da frente, do passageiro. Ele espera até que eu entre para fechá-la, então corre até o outro lado do carro.

Com a mão direita no câmbio, por um segundo, parece que vai dirigir, mas depois muda de ideia. Deixando o carro parado, ele se vira para me encarar. Erguendo um joelho em cima do banco e girando o corpo na minha direção, ele deixa um dos braços casualmente solto nas costas do assento. Só estamos nós dois agora e, de repente, o interior do carro espaçoso parece menor. Talvez até um pouco mais quente.

Ele olha para mim e arqueia uma sobrancelha com um sorriso. Embora completamente consciente de que tenho que lhe dar o endereço da minha tia, entro na brincadeira. Sorrindo de volta, arqueio minha sobrancelha e cruzo os braços sobre o peito, teimosa.

Jogando a cabeça para trás, Zack ri. O som profundo e rouco ressoa pelo meu corpo, me aquecendo. Combina com seu rosto bonito. Juntos, damos boas gargalhadas e então ele estende a mão para mim e, permeada por um meio-sorriso sensual, finalmente ouço a voz dele:

— Zack Martin.

— Nikki Fallon — eu respondo.

— É um prazer conhecê-la, Nikki Fallon. — Ele não solta minha mão enquanto fala.

— Um prazer conhecê-lo também. — Sinto o calor da mão dele se espalhar por mim.

— Estava começando a achar que você era muda.

Arregalo os olhos.

— Eu? Foi você quem começou isso.

— Não tenho falado muito ultimamente, eu acho. — Ele abre a boca como se fosse dizer algo mais, mas desiste logo em seguida.

Dou de ombros, entendendo completamente como ele se sente, embora tenha certeza de que seja por motivos diferentes.

— Entendo. Às vezes, não estamos a fim de falar. Ultimamente, eu sinto que toda palavra que digo é analisada, em busca de um significado escondido.

Zack solta minha mão e, instantaneamente, sinto o calor que invadiu meu corpo inteiro começar a esfriar. Quando ele se vira para olhar para a rua, sinto arrepios pela brusca mudança de temperatura.

— Frio, com este tempo? — ele pergunta surpreso, ao ligar o carro.

Não vou contar a ele que a temperatura do meu corpo mudou drasticamente quando ele soltou minha mão. Enrubesço só de pensar como meu corpo ficou quente apenas com a sensação da mão dele na minha.

— Não é frio, só um calafrio, acontece comigo às vezes. — Como se eu tivesse alguma doença e isso não fosse o resultado dos hormônios borbulhando pelo meu corpo de dezessete anos.

— É, as mulheres sempre têm esse problema quando estou por perto — Zack brinca, olhando na minha direção. Vejo uma centelha de luz nos olhos dele. Está ali. Existe um tipo de fogo com o qual nenhum dos dois se sente muito confortável. Mas, ao mesmo tempo, não conseguimos parar de jogar lenha na fogueira.

— Pensando bem, acho que estou com frio. — Um sorriso aparece entre suas covinhas deliciosas.

— Para onde? — Zac pergunta, olhando em frente, para a rua. Será que está tentando evitar outro encontro de olhares?

— Uhmm. Não sei. Eu, hã... — Nervosa, tento responder com palavras coerentes, mas não consigo. Será que quer me levar para algum lugar?

— Você não sabe onde mora, bobinha? — Zack tira sarro, agora com um sorriso largo que espalha calor pelos bancos esportivos gelados e provoca sensações constrangedoras pelo meu corpo.

Tento disfarçar o rubor que está brilhando em minhas bochechas pálidas.

— Achei que pudesse descobrir sem nenhuma palavra, Zack Martin, o Mudo Maravilha.

— Sabia que você me achava maravilhoso. — Ele, sem dúvida, está gostando da nossa brincadeira.

Antes que eu possa responder, Zack entra na minha rua, e está diminuindo a velocidade em frente à casa da tia Claire.

— Persegue muito as pessoas? — exclamo, realmente surpresa por ele já saber onde eu moro.

— Você sempre tem que desconfiar das pessoas mais quietas, Nikki. Sempre. — Zack dá um último sorriso encantador antes de se virar para abrir a porta.

Quando ele aparece na porta do passageiro e estende a mão para me ajudar a sair do carro, minhas pernas instantaneamente viram gelatina. Zack pega minha mão para me ajudar, e a combinação de minhas pernas trêmulas e da sensação de torpor que seu toque provoca me faz perder o passo. Eu tropeço e caio diretamente dentro dos braços dele.

— Ei, você está bem? — Zack ri, mas continua com os braços ao meu redor enquanto olha para baixo para ter certeza de que estou realmente bem.

Graças a Deus está escuro, pois nunca me senti tão vermelha na minha vida. Sou tomada de surpresa pela reação do meu corpo à sensação dos braços dele me envolvendo. Será que ele também percebe isso? Com certeza deve saber o que a proximidade dele está provocando em mim.

Olho para cima para assumir minha falta de jeito e nossos olhos se encontram... mais perto... muito mais perto do que antes. Zack de repente fica mais ereto e me equilibra sobre meus próprios pés.

— Precisa que eu leve você até a porta da frente?

Há uma mudança brusca e severa em sua linguagem corporal, e uma monotonia em sua voz. Ele poderia estar perguntando a uma velha senhora se ela precisa de ajuda para atravessar a rua.

— Estou bem. Só um pouco desajeitada. Pode ir.

Minha chateação está evidente em minhas palavras, e, com certeza, no meu rosto. Nunca fui muito boa em esconder minha dor.

No entanto, Zack não parece notar. Sua cabeça já está em outro lugar, talvez até seu corpo.

— Vejo você na escola. — A voz dele é mecânica, sem nenhum resquício do cara brincalhão que estava flertando comigo há apenas alguns momentos. Ele nem mesmo olha para trás quando vai embora.

Zack, com seu jeito bem educado intacto, senta-se no carro esperando para ter certeza de que entro em segurança em casa. Assim que fecho a porta, ele se afasta da calçada. Olhando pela janela, lembro-me de como o comportamento dele mudou na pista de corrida. O que invade a cabeça de Zack e rouba aquele brilho dos seus lindos olhos?

Mais tarde naquela noite, viro de um lado para o outro, lembrando-me do calor que invadiu meu corpo ao toque de Zack. Não me lembro de ter sentido nada parecido antes. Por mais que eu saiba que, para começar, preciso focar no motivo da minha vinda a Long Beach, é praticamente impossível apagar a sensação da minha mente. Ou do meu corpo.

Ao pegar no sono, começo a pensar na minha irmã. Até eu conhecer Ashley, nunca tive alguém com quem compartilhar meus pensamentos mais íntimos. Mamãe e eu não tínhamos esse tipo de relacionamento. Eu não teria lhe contado sobre Zack. Pelo menos acho que não. Mas uma irmã... uma irmã é exatamente a pessoa com quem se dividiria esse tipo de coisa. Talvez a minha seja popular e já tenha tido namorados; ela saberá me dar os melhores conselhos.

Capítulo 19

Zack

Ao entrar pela porta da frente de casa, percebo que não consigo nem me lembrar da volta da casa de Nikki. Isso acontece muito ultimamente. Minutos, horas e dias desaparecem. Estou vivo, mas não vivendo de verdade. É o que eu mereço. Não mereço sentir nada. Não quando a Emily não pode mais sentir.

Mas estar perto de Nikki me *faz* sentir. E não está só dentro da minha cabeça. É físico também. Uma força, um baque, uma energia que me tira instantaneamente do mundo dos mortos. Até mesmo o toque mais leve, um simples aperto de mão, me traz de volta à vida. Óbvio que me lembro da excitação de estar perto da Emily. A dor nos meus testículos só de vê-la em um biquíni. Mas não me lembro disso. Quando Nikki tropeçou ao sair do carro esta noite, minhas pernas ficaram tão fracas ao toque do corpo dela que eu quase caí. Que merda há de errado comigo?

Viro de um lado para o outro a noite toda, tentando aniquilar o sentimento, mas as emoções são simplesmente muito fortes. Tomo uma ducha antes de ir à escola na manhã seguinte, dizendo a mim mesmo que tudo o que preciso fazer é ficar longe dela. Se não tocá-la, o sentimento não voltará. Deve ser simples.

Fico triste que nada pareça ter mudado, mas, mesmo assim, que tudo esteja diferente. A falta de sensibilidade pela qual busquei tão desesperadamente a noite passada encontrou-me no momento em que pisei na escola. Talvez fosse a visão de um grupo de garotas tagarelas no pátio que me fez lembrar de Emily. Corpos lindos perfeitamente vestidos, contornados por cabelos dourados. Feitas para serem admiradas. O pátio era o lugar favorito de Emily para exibir seus modelos de passarela.

Entrar na escola não fica mais fácil com o passar dos dias. Meu pai disse que ficaria, assim como o líder de grupo de apoio ao qual minha mãe e meu pai me fizeram ir todas as semanas durante o verão. Mas estão errados. Todos estão errados.

Acontece a mesma coisa quando entro na sala do Sr. Davis. Percebo que o percurso entre o pátio e a classe está perdido. Mas, quando entro na sala de

Inglês, sou puxado de volta diante da visão de Nikki. A única carteira vazia na sala é bem atrás dela. Ela está com os olhos baixados sobre o livro, aparentemente sem ser afetada por todos ao redor dela... Caras se exibindo, garotas falando de seus sapatos ridiculamente caros.

Suspiro profundamente e caminho até a carteira. Quase passo despercebido quando ela levanta os olhos e me vê. Reconheço a expressão no rosto dela. Ela não sabe como reagir à minha presença. É uma expressão com a qual me familiarizei muito nos últimos meses.

Allie ou não nota ou ignora o minha morbidez.

— Ei, Zack. Obrigada por levar o Keller e a Nikki ontem à noite. Meu carro está fora de serviço por ora.

— Sem problema — resmungo enquanto sento atrás da Nikki e ao lado da Allie.

Keller se joga na cadeira do outro lado.

— O treinador disse que é melhor você aparecer no treino de futebol hoje se quiser jogar na abertura. — Ele tenta soar como se só estivesse dando um recado, mas também está curioso querendo saber se vou voltar para o time.

— Só perdi alguns dias — eu retruco.

— Alguns dias *e* o verão inteiro — ele lembra rapidamente. — Se fosse qualquer outro, ele nem deixaria jogar. Mas acho que está falando sério. É melhor ir ao treino hoje.

Nikki levanta os olhos das anotações se esforçando para prestar atenção. Nossos olhos se encontram e ela rapidamente afasta o olhar. Não há um sorriso em seu rosto. Preciso vê-lo, e ser a pessoa quem coloca o sorriso ali.

Tentando levar numa boa e aliviar a tensão no ar, respondo a Keller, mas olho para Nikki.

— Acho que terei mesmo que voltar ao time. A coitada da Nikki não precisa ver você tentando jogar de quarterback nas boas-vindas. Não seria justo com nossa nova colega de classe.

Nikki se vira na minha direção, um sorriso lhe iluminando o rosto. E lá está de novo: aquela sensação de estar vivo.

Os quarenta e cinco minutos seguintes da aula de Inglês voam enquanto eu observo Nikki pelas costas. Não o tipo de "pelas costas" que a maioria dos caras gosta de observar. Em vez disso, observo seus cabelos balançarem pelos ombros enquanto ela se mexe para frente e para trás na cadeira. Ela parece quase inquieta, mal conseguindo ficar parada.

Penso em lhe dizer alguma coisa diretamente quando saímos da classe, mas Keller estraga a oportunidade, seu corpo gigante bloqueando meu caminho, ainda esperando por uma resposta de verdade; ele não desiste.

— Vou pegar leve no treino. Não quero te machucar, já que está tão fora de forma e tudo mais — Keller joga a isca para mim.

— Pegar leve comigo? É você quem está fora de forma, amigão. — Enquanto caminhamos pelo corredor, eu o empurro de leve para cima dos armários perfilados ao lado dele.

Keller se recupera e devolve o empurrão, resmungando.

— Essa sua cara bonita vai acabar machucada se tentar isso de novo.

É uma ameaça, mas não há nada que não seja prazer na voz dele.

Alguns outros membros do time nos alcançam. Durante a semana toda, os corredores têm estado inundados com a conversa das boas-vindas e do grande jogo, e hoje não é diferente. Os egos dos jogadores de futebol americano lotam os corredores enquanto eu desvio para minha próxima aula.

— Te vejo no treino — Keller grita para mim com convicção enquanto desapareço na aula de Química.

Pode até ser.

Capítulo 20

Zack

A poeira cobre as pernas do que um dia foram minhas calças brancas de treino. Já me derrubaram mais na última hora do que nas duas últimas temporadas juntas. *Que merda é essa?*

Keller estende uma mão enorme para me ajudar a levantar, provavelmente, pela décima vez.

— Cara, vê se tira essa cabeça da lua ou o treinador vai te deixar no banco.

— Vai se foder! — eu refuto.

Ele sorri, sempre o espertalhão.

— Você é bonito, mas não é o meu tipo. Gosto de peitões. — Ele segura as mãos em forma de cuia no peito, fazendo o sinal universal dos homens para peitos grandes.

— Você é um idiota.

Ele é, mas eu digo brincando, a raiva de ter sido empurrado no chão repetidamente desaparecendo mais fácil do que deveria. Estou fisicamente presente, mas alguma coisa está faltando.

— Não sou eu quem não consegue descobrir como jogar a bola ou sair do caminho de um cara de cem quilos correndo atrás de mim. Seus pés amoleceram ou coisa do tipo? Talvez você precise fazer algumas aulas de balé para eles ficarem fortes de novo... sabe, com as outras garotas.

— Vai se foder! — eu grunho com um sorriso que ele não consegue ver sob o meu capacete, mas que tenho certeza de que sabe que está lá.

— Falando em foder... — Keller se afasta enquanto nos enfileiramos para a formação em T, a cabeça dele indicando algumas garotas na pista correndo o revezamento. Eu olho sem interesse. Até vê-*la*.

Keller, o líder do bloqueio ofensivo, que me substituiu como quarterback durante a minha ausência, joga a bola na minha mão. Estou completamente despreparado, meus olhos ainda nas longas pernas de Nikki, enquanto os jogadores adversários me batem mais uma vez.

— Ei, quarterback, vai se juntar a nós em algum momento? — o treinador Callihan grita impacientemente na minha direção.

Levantando do chão de novo, cuspo poeira misturada com um pouco de sague do meu lábio que está inchando rapidamente, antes de responder.

— Se eu tivesse um pouco de ajuda da linha de defesa, talvez conseguisse ficar em pé por tempo suficiente para esticar meu braço para atirar a bola. — Sei que colocar a culpa em outra pessoa não vai cair bem com o treinador, mas não estou nem aí.

— Isso acabou de te dar oito voltas *com* o equipamento completo. O restante de vocês, direto para o chuveiro. Começaremos ainda mais cedo amanhã. Seis horas da manhã. Vocês todos podem agradecer ao Sr. Martin pelo treino de sábado de manhã antes do amanhecer.

O time reclama, alguns até resmungam entredentes algo sobre eu ser um idiota, mas ninguém reclama com o treinador. Ninguém é burro a esse ponto. Arrancando o capacete da cabeça, jogo-o no chão, me preparando para as oito voltas como punição por falar demais.

— Espere um pouco, Martin. — O treinador Callihan caminha rapidamente em minha direção. — Filho. — Ele coloca uma mão sobre meu ombro coberto pela ombreira. — Sei que você teve um ano difícil, mas este não é um esporte que possa praticar sem estar com a cabeça no jogo. Você pode se machucar. — Ele me olha no olho, esperando alguma coisa, talvez esteja aguardando minha resposta, mas fico com o olhar perdido. Depois de um minuto, o rosto dele muda. Fica claro que alguma coisa o assustou. Ele baixa o tom de voz, de rígido para quase paternal. — Você não está nem aí de se machucar, não é?

Na sétima volta, minhas pernas começam a queimar. Entre ser abatido durante o treino e correr com dez quilos extras de equipamento, sinto dor a cada passada. O time de corrida terminou o treino quinze minutos atrás, não restando nada que tire da minha mente as dores do corpo.

Ao atravessar a linha de chegada para começar minha última volta, ouço o som dos passos atrás de mim antes mesmo de vê-la. Entrando em sincronia com o meu passo lento, Nikki diz:

— Quer apostar uma volta, seu molenga?

Meu trote ganha vida.

— Corridas têm vencedores. Vencedores ganham prêmios. O que vamos apostar? — Dou um sorriso diabólico para ela, tentando encobrir o quanto estou exausto.

Nikki aperta os lábios enquanto pondera, sem certeza de como responder.

— Que tal se o perdedor comprar o almoço da escola para o ganhador, na segunda-feira?

— Almoço? Não. Esse prêmio não é grande o bastante. — Meu coração bate um pouco mais rápido. — Jantar.

— Tudo bem, mas vou pedir a coisa mais cara do cardápio.

Nikki sai como um morcego do inferno. A garota corre como o vento; ela está meia dúzia de passos à minha frente antes de eu descobrir que já tínhamos começado.

Forçando uma perna na frente da outra, eu me mato para tentar alcançá-la, mas simplesmente não tenho mais forças depois de sete longas voltas. Na metade do percurso, minha ficha cai... por que estou tentando? Se perder, tenho que lhe pagar um jantar. Corro tranquilamente durante a última metade do percurso, apreciando a vista de trás.

Cansada depois de seu tiro com velocidade da luz, Nikki se debruça sobre a cintura, as mãos nos quadris.

— Você pelo menos *tentou* ganhar?

— Não — respondo objetivamente, pegando minha garrafa de água. Espirro metade dentro da boca e o restante em cima da minha cabeça suada. O enchimento e o uniforme, juntamente com a temperatura incomumente alta, me fazem sentir como se tivesse corrido quatro quilômetros dentro de um cobertor elétrico.

— Ganhei a aposta honestamente, mesmo você não tentando ganhar.

— Não sou caloteiro. Eu pago o jantar.

A tia de Nikki está esperando do outro lado, no estacionamento, então nos despedimos e eu vou em direção aos vestiários. A maioria do time já foi embora quando chego ao chuveiro, exceto Keller, que me esperou sabendo que eu o levaria para casa.

— Você e Nikki? — ele questiona enquanto eu me seco.

Sei o que ele está sugerindo, mas faço-o desembuchar mesmo assim.

— Eu e Nikki o quê?

— Juntos?

— Não. — Minha resposta é curta.

— Ela é muito gostosa. Você viu o traseiro dela naquele short de corrida apertado? — Keller pergunta com um sorrisinho sem-vergonha no rosto. Um sorriso que me faz sentir uma vontade incontrolável de lhe tirar da cara imediatamente.

— Você é um babaca. Sabe disso, não é?

— Sei, e você também sabe. Grande coisa. — Ele dá de ombros, sem dar a mínima por ter sido chamado de babaca. Sinceramente, acho que ele usa o título como uma medalha de honra. — Quer dizer então que não se importa se eu convidá-la para o baile?

Meu sangue ferve instantaneamente. Um sentimento de posse, o qual não tenho direito de sentir, toma conta de mim.

— Tanto faz. — Bato a porta do armário.

— Legal. — Keller sai assobiando, desfrutando do fato de ter me irritado.

Não digo mais do que duas palavras no caminho de volta para casa. Me odeio por querer ser eu a convidá-la para o baile.

Capítulo 21

Nikki

— Que saco! — Assustada pela vibração do meu iPhone no bolso, pulo da cadeira do escritório da tia Claire. Mais de uma dúzia de envelopes pardos escapam dos meus braços e se espalham pelo chão. Papéis soltos saem dos arquivos minuciosamente catalogados. Nunca conseguirei colocar tudo na ordem em que a tia Claire os mantinha. Pastas com devolução de impostos, recibos, papéis de seguro e faturas médicas cobrem o chão. Nada remotamente relacionado a mim ou à minha irmã. Nem mesmo um só papel sobre minha mãe.

Faço o melhor que posso para recolocar os papéis nos arquivos corretos e em ordem alfabética antes de enfiá-los de volta no armário de madeira. Tia Claire é muito mais organizada do que minha mãe foi um dia. A ideia que a mamãe tinha de arquivar era jogar papéis amassados dentro de uma caixa de sapatos embaixo da cama.

Desanimada depois de outra busca infrutífera, pego meu celular para ligar de volta para Ashley.

— Até que enfim! Pensei que fosse ter que ir até a porcaria da ensolarada Califórnia! — Ashley atende ao telefone no primeiro toque. Ouço a música alta zumbindo ao fundo.

— Onde você está?

— No Texas — ela responde e consigo ouvir o sorriso em sua voz.

— Obviamente. Mas onde? Tem uma música zumbindo ao fundo.

Ela ri. A música fica mais distante à medida que ela continua; deve ter se afastado para ter mais privacidade.

— No lago.

— Ah. — Uma imagem do lago Caddo preenche minha mente. Os ciprestes altos e cheios de musgo e a vegetação verde exuberante ao redor da profundíssima água azul fazem-no parecer um cenário de fantasia. Quase como se fosse uma parte de um pântano da Louisiana em vez do Sistema Nacional de Florestas do Texas. Ash e eu costumávamos passar horas lá nadando em uma área escondida. Sendo egoísta, fico triste que ela esteja no lago com outra pessoa em vez de estar comigo.

Ela sente, mesmo estando separada de mim por dois estados e eu ter dito apenas meia dúzia de palavras. Isso me faz sentir ainda mais saudade dela.

— Não está perdendo muita coisa. Sean Drexler acabou de destruir nosso lugar favorito com a bicicleta imunda dele. Nosso espaço de grama verdinha embaixo da árvore agora é um lamaçal.

— Sean Drexler? O irmão mais velho do Nick? Você está no lago com o Sean?

— Não se preocupe, mamãe galinha, há um monte de gente, não só nós dois.

Eu suspiro.

— Sinto como se você estivesse me traindo, indo ao nosso lugar favorito com outras pessoas.

— Uhmm. Oi? Tive que vir aqui com *seis* pessoas para substituir uma só de você, e ainda assim não é muito divertido.

Tenho certeza de que ela está mentindo; Sean e Nick são doidos. Seria praticamente impossível não se divertir estando perto deles. Mesmo assim, me faz sentir melhor.

— E aí, alguma pista sobre a sua irmã? — Ashley pergunta, transformando nosso bate-papo em conversa séria, a voz dela se aprofundando.

— Não — eu digo, desanimada. — Já procurei quase pela casa toda. Toda vez que a tia Claire sai, dou mais um bisbilhotada, mas ainda não encontrei nada. Embora tenha aprendido um pouco sobre a lei da Califórnia na internet. Já que nascemos na Califórnia, a adoção provavelmente foi feita aqui. E, na Califórnia, uma pessoa pode descobrir a informação de seus irmãos biológicos com dezoito anos.

— Isso é fantástico! Você não tem que esperar muito, então.

— É, mas e se ela for, sabe... como a minha mãe?

— Louca?

— Louca, não. Bipolar! — dou bronca na terminologia vaga de Ashley, ainda que saiba que ela não faz por mal.

— Tanto faz. Se ela for doida de pedra, então você pode empacotar suas coisas e voltar para o Texas para morar comigo.

— Você sabe muito bem que sua mãe não conseguiria me acomodar permanentemente.

— E quem disse alguma coisa sobre a minha mãe? Fazemos dezoito anos com algumas semanas de diferença uma da outra. Podemos ir até a Ilha Padre, conseguir um lugar barato para morar e trabalhar como garçonete ou qualquer coisa parecida — Ashley diz como se não fosse grande coisa. Eu, de fato, vejo-a dando de ombros depois de terminar sua declaração. Por mais engraçado que seja, para Ashley, isso é realmente algo que ela poderia fazer facilmente. Sou eu quem preciso de plano A, plano B e plano C.

— Parece legal. Como você está se saindo em Inglês sem mim?

— Passou da matéria mais fácil para a mais difícil desde que você foi embora.

— Isso é porque você copiava toda a minha lição e se sentava ao meu lado nas provas — eu brinco, embora seja verdade.

— E aí, como vai o garoto mudo?

— Agora ele fala.

— E...

Suspiro profundamente enquanto rolo sobre as costas em cima da cama.

— Até a voz dele é gostosa.

— Você está mal se acha até a voz dele gostosa. — Ashley ri.

— Não é tanto a voz, mas o jeito que ele diz as coisas. Não dá pra explicar. Ele tem uma autoconfiança silenciosa, não pergunta muito quando quer alguma coisa, ele meio que diz com um sorriso sem-vergonha.

— *Você* gosta de um mandão? Não dá pra acreditar... Achei que os opostos se atraíssem.

— Ei! — Finjo estar ofendida. — Não sou mandona. E ele não é mandão... é mais, tipo, confiança.

— Tanto faz. Ele sabe que você gosta dele? — ela pergunta.

— Não sei. Ele é do tipo difícil de ler. Às vezes, acho que ele sabe, e que meio que gosta de mim também. E outras vezes acho que me olha um pouco diferente. Meio insensível... como se eu não estivesse ali.

— Hmmm... parece ser um bom partido.

— Cale a boca! — grito, dando risada.

— Talvez só devesse transar com ele?

— Ótimo conselho, vindo de uma garota com menos experiência do que eu.

— Não tenho menos experiência. Tenho a mesma experiência que você, que mal vale alguma coisa.

Conversamos ao telefone por mais vinte minutos, colocando o papo em dia sobre a escola e os planos para depois da formatura. Conto-lhe sobre minha aposta com Zack e do nosso encontro hoje à noite, poucas horas antes de o grupo se juntar para trabalhar no projeto. Ele está pagando a aposta com um jantar no *Meson Ole*, seu restaurante mexicano favorito. Antes de desligarmos, Ashley me diz que amanhã ela colocará flores no túmulo da mamãe por mim.

— Você lembrou.

— Claro que lembrei. — Ficamos em silêncio por um minuto. — Lembra daquela vez que sua mãe tentou fazer cupcakes cor de telha para combinar com o meu cabelo, para o aniversário de quinze anos? Ela decorou o trailer todo com papel crepom cor de telha também, lembra? Mas os cupcakes ficaram cinza e o papel ficou lá por quatro meses e então ela anunciou que era a decoração de Páscoa.

Sorrio, lembrando-me de Ashley oferecendo os cupcakes nojentos para os vizinhos depois que a mamãe foi dormir, assim poderíamos fingir que comemos todos.

— E como eu poderia esquecer?

Aquele foi um dos períodos maníacos, quando a mamãe estava feliz e gostava de nos oferecer festas. Minha mãe se lembrou do aniversário de Ashley, mas a própria mãe dela não.

Uma lágrima rola pelo meu rosto. A vida era boa. Eu tinha a mamãe e ela tinha a mim. E fui sortuda o bastante para encontrar uma amiga como a Ash.

— Você está muito bonita. — Desço as escadas poucos minutos antes do horário de Zack me pegar. Tia Claire me vê da cozinha enquanto limpa os balcões.

— Obrigada!

— O garoto bonito do projeto em grupo? — Ela sorri, tentando descobrir a razão por eu ter arrumado o cabelo e colocado um pouco mais do que o normal de maquiagem. Espero que não seja tão óbvio para Zack que eu me esforcei um pouco mais esta noite.

— Mais ou menos — respondo timidamente. Garotos não era o tipo de assunto sobre o qual a mamãe e eu conversávamos. Entre a doença dela e a paranoia generalizada sobre as intenções das pessoas, eu nunca quis lhe dar mais preocupação. Parece estranho conversar com um adulto sobre garotos.

— Hmmm... Bonitinho? Não soa muito animador. Agora, um sim retumbante para bonito, nisso eu estaria interessada.

O sarcasmo da tia Claire quebra a estranheza que sinto falando de garotos com ela. Pelo menos um pouquinho. Ela parece tão sincera. Sento-me em um dos bancos do outro lado do balcão que separa a cozinha da sala de estar.

— Ele é bonito. Quer dizer, foi por isso que levei um pouco mais de tempo para me vestir. Isso é tão óbvio? Está demais? — Olhando para baixo, analiso minha roupa pela centésima vez. Mordo o lábio, pensativa.

— Não importa, o queixo dele vai cair quando vir você nesse vestido de verão — tia Claire comenta carinhosamente. — Eu conheço o garoto? Conheço muitos jovens do hospital, braços quebrados e tudo mais. — Ela tira outro copo da máquina de lavar e levanta o braço para colocá-lo na prateleira mais alta.

— Não sei. O nome dele é Zack Martin. — Eu me viro, vendo seu carro clássico estacionar na frente da casa. — Aí está ele.

O copo que tia Claire estava tentando guardar escorrega das mãos dela, se espatifando no chão.

— Você está bem? Se cortou? — Corro para dentro da cozinha, desviando dos cacos de vidro o melhor que posso.

— Uhmmm... sim, sim. Estou bem. Só atrapalhada. Vá. Não quero você se cortando aqui. Vá se divertir. — A voz dela está um pouco trêmula, assustada pelo som agudo do vidro batendo no chão.

— Tem certeza?

— Sim. Divirta-se. Esteja em casa até a meia-noite, por favor.

Zack está começando a subir a rampa quando eu abro a porta. Ele levanta o olhar e eu vejo os olhos dele me absorvendo. Devagar. Eles me devassam, saindo dos meus olhos até meus lábios brilhantes, depois até meus ombros nus. Sem pressa, ele segue o decote do vestido de verão simples, porém ajustado ao corpo, demorando-se ao chegar aos meus seios fartos. Estou suficientemente coberta, mas estaria mentindo se dissesse que não tinha consciência de que o vestido exibia muito bem os meus dotes. Apertado nos seios, bem definido na cintura, com um leve decote. Cobertura suficiente para deixar espaço para a imaginação dele. E observo seu rosto mudar quando a imaginação se solta.

Os olhos dele percorrem minhas pernas, bronzeadas pelo eterno sol da Califórnia. Por um momento, ele está perdido no que vê, e não se dá conta de que eu observo seu olhar malicioso. Valeu muito a pena o esforço extra para me aprontar esta noite, eu não poderia estar mais feliz diante da reação que obtive. Um tempo depois, os olhos dele voltam até os meus e eu arqueio uma sobrancelha, avisando-lhe que foi pego. Uma reação normal seria ficar envergonhado ou, talvez, enrubescer um pouco. Mas Zack, não. Em vez disso, ele abre um sorriso mal intencionado.

— Você está incrível. — É ele quem está cheio de más intenções, ainda assim, sou eu quem acabo ficando vermelha de vergonha.

Capítulo 22

Zack

Chegamos ao *Meson Ole* antes de ficar lotado. Ninguém sai para jantar em Long Beach às seis da tarde, exceto idosos. Nikki e eu somos levados a um canto no fundo que tem a vista do deck de jantar do lado de fora e do mar além dele.

— A não ser que queiram se sentar do lado de fora — a garçonete parcialmente interessada diz enquanto aponta para a mesa no canto.

Dou um olhar de relance para Nikki, que aprecia languidamente a água do lado de fora da janela, e digo:

— Uma mesa do lado de fora seria ótimo, se conseguir.

Seguro a porta do deque quando Nikki caminha para fora, meu gesto cavalheiresco premiado com a primeira visão dela de costas. Puta merda, esta garota faz meu pulso acelerar mais do que correr oito voltas naquela tarde fez. E me controla totalmente toda vez.

Ela é sexy demais, mas não tem a ver com as curvas deliciosas naquele vestidinho de verão revelador. Há algo sincero sobre ela, algo que a torna muito real. Na Califórnia das Kardashians, tudo é planejado, exibido e aperfeiçoado. Exceto a Nikki.

— Zack? Vai ficar aí em pé segurando a porta ou se juntar a mim para o jantar? Acho que o perdedor tem que jantar com o vencedor, de verdade, não ficar só olhando de longe.

Pego-me fantasiando sobre o traseiro de Nikki, e é minha vez de enrubescer, algo que Nikki faz muito. Pelo seu olhar divertido, tenho certeza de que ela sabe exatamente de onde está vindo o rubor. Não acho, nem por um segundo, que ela não saiba dos efeitos que tem sobre mim. Seria praticamente impossível não notar.

— Está muito quente para sentar do lado de fora? — pergunto enquanto a garçonete passa apressada, voltando para dentro para pegar uma travessa de batatas chips e molho.

— Acho que você está com mais calor do que eu — Nikki brinca.

Enquanto fico atrás dela para puxar a cadeira, uma brisa leve sopra o vestido de Nikki e expõe suas coxas. Sua mão pequena o agarra antes de subir ainda mais e o alisa assim que se senta.

A mesa é pequena, intimista. Sentando-me à frente dela, pego o cardápio, esperando me distrair da sensação de palpitação que sinto por toda parte. Minha perna encosta na perna longa dela, embaixo da mesa.

— Do que você gosta mais? — Nikki pergunta.

Levo alguns minutos para perceber que estamos falando sobre o cardápio. Bom... Vamos nos concentrar no cardápio. Isso eu consigo fazer.

— Faz anos que não venho aqui. Gostava das *fajitas* de carne. Mas eu era criança...

— Eu conheço alguns adultos que também comem *fajitas* de carne.

Antes de eu responder, a garçonete volta.

— Nós dois vamos comer *fajitas* de carne... do cardápio de adultos — Nikki fala antes de mim, um sorriso travesso no rosto.

Eu sorrio, recostando-me para absorver o frescor de seja lá o que for que esteja acontecendo entre nós. Meus ombros relaxam quando eu, mentalmente, começo a aceitar que meu corpo já se rendeu. Com o canto dos olhos, noto uma adolescente loura linda, apesar de artificial, sentada com a mãe algumas mesas depois. A garota se parece demais com Emily. Subitamente, seja lá o que eu comecei a aceitar parece muito errado.

Por que eu achei que pudesse ser um cara normal flertando com uma garota que me atrai? Sempre volta para Emily. E deveria. Estou sendo egoísta, tentando mudar o inevitável.

Ao me fechar para os sentimentos que não mereço sentir, a conversa acaba. Nikki nota a mudança. Vejo um olhar de confusão substituir o sorriso sensual que eu estava curtindo apenas alguns momentos atrás.

Não quero magoá-la. Ela não merece os altos e baixos malucos pelos quais faço passar as pessoas próximas a mim. Pelo menos minha mãe e meu pai entendem por que, às vezes, preciso me afastar ou desabafar. Eles entendem. Isso não torna a atitude certa, mas pelo menos eles sabem que tem a ver com Emily, não com eles. Nikki jamais entenderia. E, se entendesse, nem quereria estar aqui comigo, para começar.

O constrangimento se instala.

— E então, o que acha da Califórnia? Você veio do Texas, certo? — eu pergunto.

Nikki semicerra os olhos, se perguntando como o aconchego entre nós se transformou em algo gélido tão rapidamente, embora pareça aliviada por eu estar falando. Diferentemente de nossos outros encontros passados, que azedaram, desta vez eu não fugi.

— Sim, do Texas — ela responde, sem a energia que havia em sua voz momentos atrás.

— Por que sua família decidiu se mudar? — questiono com curiosidade sincera, já que tenho passado muito tempo pensando em sair de Long Beach depois que Emily morreu.

Nikki hesita antes de responder. No rosto dela, vejo uma expressão que conheço muito bem. Apreensão. Desolação. Dor. Seja lá o que eu disse para colocar esses sentimentos ali, gostaria, do fundo do coração, que não tivesse dito.

— Minha... família não se mudou. Eu me mudei com a tia Claire, que mora em Long Beach. Minha mãe faleceu no último inverno e eu não tenho mais ninguém.

Mais uma vez fico sem fala perto desta garota, desta vez por um motivo diferente. Ela perdeu a mãe no inverno passado, quando eu perdi a Emily? Será que é por isso que ela parece tão diferente de todo mundo? Ela entende o silêncio?

Tentando o máximo possível recuperar minha voz, limpo a garganta enquanto estendo o braço para pegar a mão dela.

— Sinto muito, Nikki. Sinto muito mesmo, eu...

Talvez incomodada com a crueza do momento, Nikki sorri para mim, e fala com a voz trêmula:

— Obrigada. Não falo muito sobre isso. Ainda é muito difícil. — Ela dá de ombros, numa tentativa de deixar o momento mais leve, mas não me engana.

Começo a dizer que compreendo. O quanto entendo, de verdade, o que ela está passando... o que ela provavelmente está sentindo. A perda que compartilhamos pode até ser o laço que nos une. Mas antes de conseguir emitir uma palavra, o ar entre nós se enche de uma fumaça acebolada quando a garçonete coloca as fumegantes *fajitas* de carne sobre a mesa. Imediatamente sou puxado de volta à realidade, meu cérebro se sobrepondo ao meu coração.

Eu não digo a Nikki que compreendo. Não conto a ela sobre a minha perda. Sobre Emily. Não conto a ela que sei o que é sentir como se tivesse a vida partida ao meio. Em vez disso, resolvo fazê-la feliz. Mesmo que dure só esta noite.

O restante do nosso jantar é exatamente isso: agradável. É alegre, cheio de brincadeiras leves e engraçadas. É do que Nikki precisa. Talvez uma parte de mim também precise disso, pois não me sinto tão confortável assim com outra pessoa há muito tempo. Eu me pergunto se *algum dia* já me senti tão bem assim com outra pessoa.

Normalmente, eu ficaria agitado em um restaurante depois de mais tempo do que o necessário para consumir uma refeição, mas eu e ela estamos há duas horas conversando. Conto-lhe todas as coisas sobre a Escola de Ensino Médio de Long Beach... aulas, corrida, futebol, professores. Rimos quando divido com ela as histórias infames sobre Keller, e Nikki me conta sobre a melhor amiga dela no Texas. Pelo menos durante um tempo, somos apenas dois adolescentes se divertindo, em vez de estarmos encarando nossos próprios demônios.

Quando saímos do restaurante e vamos em direção ao carro, eu, egoisticamente, faço questão que Nikki caminhe à minha frente.

Capítulo 23

Nikki

Quando a porta do carro fecha, a tensão aumenta. O jantar foi surpreendentemente leve depois de contar a Zack sobre minha mãe. Era o que eu precisava. Zack pareceu chateado com as minhas notícias, mesmo assim não insistiu muito no assunto... Ele não tentou me fazer falar sobre os meus sentimentos. Em vez disso, fomos em frente, sem olhar para trás. Foi quase como se ele entendesse que foi uma perda que as palavras não conseguem explicar.

Mas agora, como nossa proximidade dentro do carro, a tensão está qualquer coisa, menos leve. Há uma corrente de energia no ar e eu a sinto da ponta dos pés até o topo da minha cabeça. Zack abaixa a janela e mexe os dedos de um jeito estranho. Eu me pergunto se ele sente a mesma coisa.

Dirigimos em silêncio por alguns minutos, até que fica claro que estamos indo na direção oposta de onde deveríamos ir.

— Não conheço muito bem a região, mas o Keller não mora perto da escola? Ainda vamos nos encontrar na casa dele?

— Quero te mostrar uma coisa. — Fazemos contato visual. Zack parece animado, até um pouco envergonhado. A expressão lhe cai bem, é extremamente atraente. — Você disse que nunca viu o oceano Pacífico. Achei que pudesse gostar desta vista. — Ele aponta para fora da janela. A partir do ponto alto onde ele agora estacionou, o oceano quebra debaixo de nós.

Ele dá a volta no carro, abre a porta e pega minha mão para me ajudar a sair. Um sorriso de reconhecimento se espalha pelo rosto de Zack quando ele vê meu braço arrepiado.

— Tenho uma malha no banco de trás, se você estiver com frio.

Nós dois sabemos que meus arrepios não têm nada a ver com a temperatura. Balanço a cabeça.

— High Pointe Landing — ele informa, tentando me persuadir a sair, embora eu não precisasse de nenhum tipo de persuasão. — É para os carros estacionarem, então é seguro sair. Um ótimo lugar para ver o sol se por.

— É lindo. — Estou fascinada, apesar de não ter certeza se é por causa da vista de tirar o fôlego ou pelo fato de Zack ainda não ter soltado minha mão. — E você está certo. Nunca tinha visto o Pacífico até esta noite. Nunca vi nenhum mar como esse — eu confesso.

Fechando os olhos, respiro profundamente, cheirando o sal do mar no ar, e então exalo bem alto, com um *hum*.

— A Califórnia é realmente um lugar lindo. Eu nunca tive a intenção de gostar daqui, mas é quase impossível não se apaixonar pelo tempo e pela beleza.

Zack ergue a cabeça.

— Não tinha a intenção de gostar daqui? Por que não? Quer dizer, porque ama muito o Texas?

Tento não rir, mas não consigo. A ideia de amar o trailer onde vivi mais do que isso é simplesmente cômica.

— Não há muita coisa para amar lá no Texas, Zack. Pelo menos não em qualquer um dos lugares onde eu vivi.

— Em quantos lugares você viveu? — Zack parece curioso de verdade.

— Ah, minha mãe e eu nos mudamos muito. Nunca para muito longe, mas muitas cidadezinhas diferentes no meio do estado — explico. É mais do que eu jamais contei a qualquer um sobre a vida que minha mãe e eu tivemos, até mesmo para a tia Claire, mas sinto que é certo e natural contar a Zack.

— Deve ser bem legal poder conhecer lugares diferentes. Eu sempre morei na mesma casa. Às vezes, gostaria que nos mudássemos. Um lugar novo. Ver coisas pela primeira vez. Meio como começar de novo.

— Não sei se é legal. Minha vida inteira eu desejei poder viver na mesma casa durante anos sem fim. Sempre achei que seria divertido conhecer nossos vizinhos. Talvez fazer churrascos e dividir as coisas. Nunca tive vizinhos de verdade como a tia Claire tem. Ela conversa com eles o tempo todo. Aposto que sua família faz a mesma coisa.

Zach se afasta de nossa conversa, ficando de costas para mim. Que merda será que eu disse desta vez? Toda vez que começo a gostar da companhia dele, ele se afasta. Estou começando a saber o que vai acontecer, só não sei *por que* acontece. Mas, desta vez, me sinto com mais coragem e pretendo descobrir.

Dou a volta e não dou outra opção a Zack a não ser me encarar. Pego a mão dele, esperando restaurar nossa conexão... conseguir pelo menos algum tipo de reação. Mas ele baixa os olhos, distante.

— O que aconteceu? Você estava aqui comigo um minuto atrás e agora se foi. Eu disse alguma coisa? Fiz alguma coisa?

Ele chacoalha a cabeça, mudo.

— Ok. Mas, seja lá o que aconteceu, não posso prometer que não farei de novo se nem sei o que continuo fazendo que chateia tanto você.

— Você não me chateia. — Zack traz os olhos de volta aos meus, rapidamente, e então afasta o olhar de novo. Seja lá o que for, está lhe causando dor e eu quero que ela vá embora. Só quero que a agonia que vejo nos olhos dele desapareça.

— Tudo bem. Não precisamos conversar sobre isso. — Olho para o meu relógio. — Mesmo porque provavelmente já é hora de irmos encontrar o grupo. — Aperto a mão dele e dou um passo em direção ao carro, nossas mãos ainda entrelaçadas. Ela aperta ainda mais, mas não anda comigo. Faz-me parar no meio do caminho.

— Eu tinha uma namorada — ele começa. Sua voz é baixa e ele olha para os pés enquanto fala. Faz uma pausa e eu espero ansiosamente por seja lá o que está por vir.

— O nome dela era Emily. — Zack senta-se num tufo de grama em frente ao carro, olhando fixamente para o sol se pondo sobre um mar que é mais azul do que eu jamais imaginei que pudesse ser.

Esquecendo minha ansiedade em relação a ficar mais perto de Zack, sento-me perto dele, sabendo que seja lá o que for que ele está prestes a compartilhar comigo lhe traz apenas dor. Quero apoiá-lo. Só estar aqui para ele.

Zack se vira para mim, e com pouca luz restante do pôr do sol, vejo uma confusão em seus olhos que só a batalha para conter as lágrimas pode trazer. Fico surpresa quando ele fala.

— Emily foi minha vizinha durante dez anos. Ela morreu num acidente de carro há seis meses. — E com aquelas duas pequenas sentenças, Zack me disse mais sobre quem ele é do que uma vida inteira de palavras poderia contar.

Fecho os olhos, percebendo a dor que devo ter causado quando lhe disse que tudo o que eu queira na vida era um vizinho. Nada que eu possa dizer irá confortá-lo... Eu deveria saber disso por experiência própria. Assim, não tento lhe dizer palavras cheias de falsa esperança de que as coisas vão melhorar, porque não tenho certeza de que vão. Em vez disso, fico de joelhos, engatinho entre as pernas abertas dele, coloco meus braços em volta de seu pescoço e apenas o seguro. Sem palavras. Sem promessa. Apenas o silêncio e qualquer que seja o conforto que meus braços possam lhe trazer. Ele fica tenso por alguns minutos. Mas eu fico firme, me mantendo enroscada nele, mesmo ele não me abraçando de volta. Até que, uma hora, seus ombros relaxam e eu ouço seus soluços abafados.

Ficamos desse jeito até o sol se pôr atrás do oceano e toda a luz ir embora. Um farol pisca de vez em quando à distância. Depois de um tempo, Zack se afasta e encontra meus olhos.

— Eu não falo sobre isso, Nikki — ele fala baixinho. — As pessoas têm medo de conversar comigo sobre isso, então simplesmente fingem que não aconteceu. Allie tentou conversar comigo uma vez, mas eu a ignorei e ela sabia que era melhor não tentar de novo. Não quero te ignorar. Eu sinto que você me entende. Senti isso mesmo antes de você ter me contado sobre sua mãe.

Encosto a cabeça no ombro dele. Alguns minutos passam e a chama da luz-guia à distância chama minha atenção de novo.

— Sempre fui atraída por figuras de faróis — conto. — Nunca entendi por quê. — Como se pegando a deixa, a luz brilha de novo, revelando-se por poucos segundos antes de desaparecer dentro da escuridão. — Há algo solitário sobre eles, mas, ao mesmo tempo, eles atraem as pessoas... as guiam... talvez até salvem algumas só por lhes darem luz na escuridão.

Zack exala audivelmente e descansa a cabeça na minha.

Ficamos assim, na escuridão, em silêncio, o único som sendo as ondas batendo contra a costa abaixo de nós. Apenas trinta minutos passam antes de entrarmos no carro de novo, mas parecem ser trinta dias. Estamos tão próximos agora — mesmo dentro do carro nossos corpos se tocam —, mas desta vez não há uma energia sexual. É diferente. É aceitação. E compreensão. Perto de Zack, sinto-me... em casa. Como se eu pertencesse a um lugar. Algo que eu nunca imaginei sentir de novo.

Capítulo 24

Zack

No minuto em que a porta da frente se abre, eu imediatamente percebo que Keller está usando uma camisa limpa e que tomou um banho de perfume. Minha mente voa de volta para a conversa no campo de futebol. Keller tem planos de convidar Nikki para o baile de boas-vindas. *Merda.*

— Ei! Ah, vocês vieram juntos. Ok, ótimo. — Keller ergue uma sobrancelha para mim enquanto nos deixa entrar.

— Zack perdeu uma aposta e teve que me pagar um jantar — Nikki diz mais para brincar comigo do que em resposta a Keller.

— Você deve ter apostado com Zack que eu acabaria com ele ontem no futebol. — Keller pega uma Coca na geladeira.

— Não, fizemos uma aposta para ver se você é humano de verdade. Eu apostei que você era, porque estava querendo muito levar a Nikki para jantar.

Keller se aproxima de mim pelas costas, me agarrando em uma chave de pescoço. Erguendo os pés, o peso dele facilmente me joga no chão. Ele pula em cima de mim como um gato atacando um passarinho. Seu sorriso idiota está presente o tempo todo.

— Veja, ele não é humano. — Eu o tiro de cima de mim e fico em pé para me juntar a Nikki novamente.

— Bem, até que enfim chegaram. Agora, ponham seus traseiros no porão e trabalhem. Acham que é uma coincidência ter me juntado ao grupo? — Keller brinca enquanto entramos no porão. — Eu não gosto de vocês de verdade. Só sei que farão o maldito trabalho e eu vou pegar carona no dez de vocês.

— Um dez? Bem, se você tem uma média com quatro cincos e dois zeros, pode esperar um cinco bem grande neste semestre. Aposto que o boletim vai para a geladeira! — Keller e eu temos enchido a paciência um do outro desde que nos conhecemos no futebol infantil. É basicamente uma obrigação torturar um cara quando se passa algumas horas do dia encostado no traseiro dele esperando a bola passar.

— Keller é muito mais esperto do que quer que a gente saiba — Allie diz, se levantando do sofá para nos cumprimentar.

— Como ousa, Allie? É para sermos amigos e agora está tentando arruinar minha reputação — Keller brinca. — Vou enfiar um pedaço de carne seca na sua salada natureba de feijão vegano.

Allie ri.

— Já experimentou hambúrgueres de feijão preto, Nikki? — Ela sabe que não vai chegar a lugar nenhum com o restante de nós em sua jornada para nos converter em veganos.

— Uhmm, Nikki acabou de comer *fajitas* de carne, Allie. Tentei fazê-la comer *fajitas* de feijão azedo, mas ela insistiu no filé macio e suculento. Não tive escolha a não ser me juntar a ela. — Eu me jogo no sofá, puxando Nikki comigo.

— Para se sincera, Allie, até você, eu nunca conheci um vegano, nem um vegetariano, para dizer bem a verdade. A única coisa maior do que o Texas é um bife do Texas. "Quanto maior, melhor" é o mote.

— Ah, Nikki, Nikki, Nikki... — Keller chama a atenção. — Quanto maior, melhor também é o mote da Califórnia. — Ele mexe as sobrancelhas sugestivamente. Ninguém ri mais alto do que o próprio Keller.

O rubor de Nikki me faz lembrar o quanto ela é contraditória. Ela é capaz de fazer piadas com os melhores, mas não há um só osso ruim em seu corpo. E eu dou uma olhada para me lembrar do quanto aquele corpo é bonito.

Sou pego em flagrante. Nikki vê meus olhos e levanta uma sobrancelha. Mas ela claramente não está incomodada por eu estar olhando. Está sorrindo e... parece feliz. Algo mudou naquele penhasco hoje à noite. Há uma ligação silenciosa entre nós. Sempre esteve ali, nós apenas não tínhamos reconhecido que ela existia.

Alheia à maneira que Nikki e eu estamos consumidos um com o outro, Allie continua seu discurso:

— Espero que ofereçam pratos vegetarianos no baile de boas-vindas este ano. No ano passado, eu quase desmaiei de fome. Não sei como, em 2014, possa existir um cardápio de escola sem opções vegetarianas. É bárbaro.

— Falando em baile... — Keller dá um salto e fica em pé. Para um cara que deve pesar em torno de cento e vinte e cinco quilos, ele pulou bem rápido.

— Não, Keller, não. Não estávamos falando de bailes. Estávamos trabalhando no projeto de Inglês. — Reforço as palavras. — Lembra?

Keller, para minha surpresa, na verdade, morde a isca. Mas eu deveria saber que era melhor não desafiá-lo com a Nikki por perto.

— Parece que alguém mudou de ideia desde ontem. Resolveu que vai levar alguém ao baile? — ele provoca sarcasticamente, no momento em que a campainha toca. Pelo canto do olho, vejo a cabeça de Allie levantando. O olhar dela se move entre Nikki e mim. — Salvo pelo gongo, Zack. Tá entendendo, Zack? Entende? — Keller se debate com seu próprio ataque de riso enquanto abre a porta para Cory, o último membro do grupo.

Não tenho certeza se estava fazendo de propósito, mas Nikki me manteve distraído a maior parte da noite. Sentada ao meu lado no sofá enquanto eu argumentava sobre o que incluir em nosso projeto, seu joelho roçou no meu mais de uma vez. Cada vez que eu olhava, ela sorria inocentemente.

Já passa das onze quando finalmente fechamos tudo.

— Pode me dar uma carona, Zack? — Allie pergunta levemente hesitante. — Meu carro ainda está na oficina.

— Claro. Cory?

— Estou bem. Peguei o carro do meu irmão. Espero que ele não tenha acordado. — Cory sorri.

Dizemos boa noite e Keller nos acompanha até a porta.

Abro a porta da frente do Dodge Charger e Allie e Nikki se olham. Allie parece tomar a decisão, dando-me sua benção silenciosa.

— Vá na frente, eu desço primeiro, de qualquer jeito — ela diz a Nikki, e em seguida pisca para mim, nós dois certos de que Nikki não faz ideia de que deixar Allie primeiro fica, na verdade, completamente fora do caminho.

Paramos em frente à casa de Nikki e desligo o motor.

— Vai entrar comigo? — Nikki brinca.

— Se me convidar. — Eu me acomodo mais perto dela.

— Eu... Eu... — Sei que ela está enrubescendo, embora esteja escuro lá fora e eu não consiga ver sua cor.

— Estava só brincando.

— Ah.

— Então, sobre o baile.

— O que tem? — ela pergunta, a voz aumentando um pouco.

— Não quero ir.

— Ah — ela reage, desanimada.

— Mas eu também não quero que você vá — comento para esclarecer minha declaração anterior. Mas isso só confunde mais as coisas.

— Não entendo.

— Esta noite, Keller ia convidar você para ir ao baile.

— Ia?

— Sim... Você não notou? Ele estava com uma camiseta sem manchas e não estava cheirando tão mal.

Ela ri. Em seguida, caímos num silêncio estranho. Viro-me, puxando meu joelho sobre o assento para ficar de frente para ela. Há apenas uma fresta de luar para ver seu rosto.

— Escute. Eu não queria que Keller convidasse você para o baile, porque eu quero ir com você.

— Ok... — Ela fica confusa, esperando minha explicação.

— Mas eu não quero ir ao baile.

— Mas você também não quer que eu vá com o Keller?

— Não, eu definitivamente não quero que você vá com mais ninguém. — Passo os dedos pelo cabelo, certo de que estou estragando tudo. E então um pensamento me vem. Mas faz mais sentido na minha cabeça do que quando eu digo em voz alta. — Nikki, você gostaria de *não* ir ao baile comigo?

Ela ri.

— E o que *não* ir ao baile com você significa, exatamente?

— Não sei. Vamos a algum lugar. Só não ao baile.

Ela ri e balança a cabeça.

— Claro, Eu adoraria *não* ir ao baile com você, Zack.

— Perfeito. — Do canto do meu olho, vejo as cortinas das janelas da frente se mexerem. Nikki se vira, seguindo minha linha de visão. As cortinas se mexem de novo. — Acho que estamos sendo vigiados. — Eu mexo a cabeça em direção à casa.

Nikki engasga.

— Ai, meu Deus, estamos mesmo. Não posso acreditar que a tia Claire seja uma bisbilhoteira.

Dou um sorriso.

— Ela provavelmente está preocupada com você.

— Acho que sim.

— Mas ela está estragando totalmente o beijo no qual fiquei pensando nas últimas quatro horas.

Nikki gira de volta.

— Ficou pensando em me beijar durante horas?

Merda. Não tinha a intenção de dar tão na cara.

— Desde quando você roçou sua perna na minha de propósito — explico.

— Eu não rocei minha perna *de propósito* na sua! — Nikki protesta. Eu estava brincando, mas a negação dela é tão veemente que me faz pensar se ela realmente o fez.

— E o jeito que você mexeu a boca enquanto estava lendo...

— O que tem o jeito que eu mexi minha boa? — Nikki questiona, defensiva.

— Você sabe.

— Não, eu não sei.

Chegando mais perto dela no velho assento, enrosco minha mão em volta de seu pescoço e puxo-a para mais perto. A respiração profunda dela é audível.

— Então é melhor você entrar se não quer que sua tia me veja te beijar.

Perto desse jeito, estamos os dois respirando pesadamente. Eu quero só brincar, mas estou achando difícil manter minha resolução com o corpo dela tão perto do meu. Ela é perigosa.

— Vá! — eu rosno, com medo de mudar minha ideia e fazer um espetáculo para sua tia. Com um último olhar demorado, ela sai do carro. Sei que provavelmente deveria levá-la até a porta, mas nem tenho certeza se consigo caminhar. Assim, em vez disso, espero para ver se ela entra com segurança dentro de casa antes de sair com o carro.

Capítulo 25

Nikki

Deito-me de costas no meio da cama, virando e revirando as pulseirinhas do hospital entre meus dedos. Nas poucas semanas em que estive aqui, peguei-as metodicamente toda noite. Toda noite, exceto pelas duas últimas desde que Zack e eu nos sentamos no mirante para apreciar a vista panorâmica.

Não sei como Zack e eu nos encontramos, mas é a primeira vez na minha vida que estou começando a pensar se realmente existe essa coisa de destino. Até agora, o destino era uma fuga... uma fantasia, algo que apenas acontecia nos filmes e livros, nos quais as pessoas pagavam para serem felizes para sempre. Agora eu me pergunto se, talvez, apenas talvez, vim parar aqui por uma razão. Encontrar Zack — saber que ele está magoado, perdido e precisando de uma conexão tanto quanto eu — de alguma forma valida que estou no caminho certo para seja lá onde for que estou indo.

Já tive namorados antes. Bem, quase. Já beijei dois e até deixei um chegar à segunda base. Digo "deixei" porque parecia algo que eu deveria experimentar... um obstáculo pelo qual eu precisava passar antes de atingir uma certa idade, acho.

Mas o que sinto com Zack é diferente. Bem diferente. Eu *quero* que o que está acontecendo aconteça tanto quanto ele. Tanto que deixei de lado a busca pela minha irmã para ficar mais tempo com ele. Ao olhar para as pulseirinhas na minha mão, sinto-me culpada por deixar qualquer coisa anuviar meu foco.

Tia Claire bate na minha porta fechada. Eu enfio as pulseirinhas embaixo do travesseiro e me sento antes de ela entrar.

— E então, não mudou de ideia em relação a perder o baile de boas-vindas essa noite?

— Não. — Balanço a cabeça. Na manhã depois de Zack me convidar para sair, eu estava animada para contar à tia Claire. Infelizmente, o sentimento não pareceu ser compartilhado. Ashley acha que estou analisando demais, que a tia Claire apenas está preocupada por eu estar saindo com qualquer garoto. Afinal de contas, isso é novo para ela também. É que ela pareceu animada quando eu lhe disse que alguém tinha me convidado para sair, mas ficou rapidamente decepcionada quando eu mencionei que era Zack. A princípio, pensei que ela talvez o conhecesse, soubesse pelo que ele tinha passado, mas, quando perguntei, ela disse que nunca o conheceu. Tive a estranha sensação de que a preocupação dela é mais com *quem* estou saindo do que com o próprio fato de sair.

— O que vocês dois vão fazer hoje à noite no seu encontro sem-baile? — tia Claire pergunta, desviando das minhas caixas para se sentar na beirada da cama. Ela não perguntou por que ainda não desempacotei tudo, o que me faz pensar se ela compreende.

— Não sei. — Dou de ombros. — Não conversamos direito sobre isso. Sair para comer, acho. Talvez iremos à praia.

Tia Claire abre a boca, para fechá-la em seguida. Depois abre de novo.

— Ah. — É tudo que ela diz, embora eu tenha certeza de que ela gostaria de acrescentar alguma coisa.

— Está tudo bem? — pergunto.

Ela força um sorriso.

— Estou só um pouco nervosa por você estar saindo com alguém.

— Tenho quase dezoito anos.

— Eu sei, eu sei. Não é que eu ache que você não tenha idade suficiente. É só que... — A voz dela estremece e ela pausa por um momento. — Não sei qual conselho te dar.

— Não se preocupe. Ash já me deu conselhos — eu brinco, tentando fazê-la sentir-se melhor.

— Será que quero saber o conselho que ela deu? — Tia Claire conheceu Ashley e sabe que ela é um pouco doidinha.

— Ela me disse para não entrar no carro com alguém bebendo e pedir a coisa mais cara do cardápio. — E para sempre usar camisinha. Mas deixo essa parte de fora.

Ela sorri e, desta vez, é sincero.

— Na verdade, esse é um bom conselho.

— Ash não me levaria para o mau caminho — eu digo brincando, batendo meu ombro no dela.

— Vou dobrar o turno no hospital, então não estarei aqui até amanhã de manhã. Mas isso não muda seu horário de voltar para casa.

— Eu sei.

— Ok. Divirta-se. — Ela fica em pé. Caminha até a porta e olha para trás antes de atravessá-la. — Mas não se divirta demais.

Percebo que fiquei pronta um pouquinho cedo demais. Falta quase uma hora até Zack vir me pegar e meus nervos já estão me enlouquecendo. A máquina de fazer gelo no freezer faz um barulho alto ao derrubar gelo recém-produzido dentro da caixa, e quase me mata de susto. Na verdade, dou um pulo com o barulho, embora já o tenha ouvido dúzias de vezes desde que cheguei aqui.

Com muito tempo sobrando, repenso meu look. Olhei dúzias de roupas, tudo, de shorts a uma camiseta de barriga de fora até um vestido de verão lindo, mas muito arrumado. Finalmente decido por uma saia preta simples que é curta, mas não curta demais, e tem uma pegada charmosa e divertida. Combino-a com uma camiseta rosa pálida com mangas japonesas bem feminina, e sandálias... parte do surto de compras na American Apparel que a tia Claire e eu tivemos quando me mudei. Olhando meu reflexo no espelho, encontro uma garota californiana olhando de volta para mim, não uma texana.

Embora tivesse tempo para desperdiçar, mal termino de escovar os dentes quando o carro de Zack estaciona do lado de fora. O ronco do seu Dodge Charger clássico imediatamente faz bater as asas das borboletas que estavam calmas no meu estômago na última hora. Meu coração bate a um milhão de quilômetros por minuto quando alcanço a maçaneta da porta, tanto que preciso me forçar a respirar fundo para evitar desmaiar. Lembrando-me de como a mamãe sempre se acalmava quando estava nervosa ou em pânico, fecho os olhos e conto silenciosamente. *Dez, nove, oito, sete, seis...* No um, eu finalmente abro a porta.

No minuto em que meus olhos pousam nele, o leve frio na barriga se transforma em uma violenta tempestade de neve. Por um segundo, penso que realmente vou vomitar. Zack semicerra os olhos.

— Ei, você está bem? — Ele dá um passo à frente, seu rosto cheio de preocupação. A proximidade só faz meu pânico momentâneo piorar. Balanço a cabeça.

— Tem certeza? Está meio pálida. — O canto da boca dele se contorce. — Até mesmo para você.

— Sim. — Saio do meu torpor. — Acho que o calor me pegou de jeito hoje — minto.

Zack sorri, de um jeito maroto e confiante.

— Isso sempre acontece. O ambiente fica mais quente quando eu entro.

Reviro os olhos.

— Você está se achando hoje.

Ele me dá um pedaço de papel dobrado e passa por mim, indo direto para a cozinha. Sentindo-se em casa, abre algumas portas do armário até encontrar um copo. Eu abro o bilhete e sorrio ao lê-lo.

Você está linda.

Zack dá uma olhada para mim, arqueia uma sobrancelha e sorri.

— Beba — ele ordena me passando um copo cheio de água gelada. Minhas sobrancelhas se juntam, me esqueci da minha própria mentira. — Você disse que o calor te pegou de jeito. — Ele me faz lembrar. — Beba.

Dou um gole na água, mas não estou com sede de verdade.

— Aonde vamos?

— Não ao baile.

— Eu entendi essa parte quando me disse na outra noite.

— Termine sua água e eu te mostro.

É o início do meu horário favorito do dia, a hora antes do anoitecer, quando o calor do sol já se foi, mas ele ainda brilha. Zack sai na autoestrada da Costa do Pacífico e alcança o painel para ligar o ar-condicionado.

— Você se incomoda se abrirmos os vidros? — pergunto. Está lindo lá fora. Vinte e sete graus no sul da Califórnia, sem a umidade, é bem diferente de vinte e sete graus no Texas.

— Mesmo? — Ele me dá uma olhada para ver se estou falando sério, em seguida, volta a olhar para a estrada.

Eu concordo com um balanço de cabeça.

Sorrindo, ele aperta o botão da janela dele e eu faço o mesmo.

— Achei que fosse ficar toda preocupada com o seu cabelo.

Dou de ombros.

— É você que terá que olhar para mim.

Ele não responde, mas seu sorriso diz tudo. Nós brincamos sobre a nossa falta de conversa, mas eu realmente consigo dizer muito sobre ele sem quaisquer palavras. Sei que ele tem três sorrisos diferentes. Um que é um gesto educado, mas que realmente não quer dizer que esteja feliz. Um que ele força quando está tentando encobrir como realmente se sente. E então, tem o meu favorito. O que vai até os olhos dele. As covinhas se aprofundam, seus olhos azuis brilham e é absolutamente contagiante. Não consigo fazer nada a não ser sorrir de volta quando vejo esse.

— De que tipo de música você gosta? — Ele aperta os botões no painel e o rádio começa a tocar.

— Qualquer coisa. Não tenho um gênero específico. Depende do meu humor, eu acho.

Zack me dá uma olhada rápida, nossos olhos se encontrando por um segundo antes de os dele se voltarem para a estrada.

— Que tipo de humor você está agora?

Remoo a pergunta internamente por um momento.

— Humor cantante, isso quer dizer música pop.

Os olhos dele permanecem na estrada, mas consigo ver seu sorriso número três. O canto dos olhos se aperta levemente e os sulcos de suas covinhas me aquecem.

— Você canta?

— Canto.

Ele dá uma olhada desconfiada, então volta os olhos para a estrada.

— Quero dizer, você canta *bem*?

— Não. Mas isso não me impede de cantar.

Ele balança a cabeça.

— Por favor, vá em frente.

— Ah, mas não faço solos.

— Não faz solos? — ele repete, o riso contido na voz.

— Não. Geralmente tenho um parceiro diferente no dueto, mas você serve.

— Eu sirvo, hã? — O sorriso dele desaparece momentaneamente. — Quem costuma ser seu parceiro no dueto?

— Minha melhor amiga, Ashley, lá no Texas.

O sorriso dele volta.

— Quer dizer que não tem um parceiro de dueto aqui na Califórnia?

— Não. Estava pensando em chamar o Keller... — Eu me afasto, fingindo estar envergonhada.

Zack me olha, avaliando a seriedade das minhas palavras.

— Legal. Ache um rock. Não faço apresentações pop.

A viagem de meia hora para onde quer que estejamos indo talvez seja a coisa mais divertida que já fiz desde que Ashley e eu fomos da última vez ao lago. Como esperado, Zack, de fato, é capaz de soltar a voz — ele canta muito bem, especialmente quando comparado a mim. Saímos da estrada e dirigimos alguns quarteirões, diminuindo a velocidade ao passarmos pelo caminho que dá no parque.

— Vamos ao parque?

— Mais ou menos.

Alguns minutos a mais de carro dentro do parque cheio de árvores e chegamos a uma clareira. Um enorme farol desponta a uma distância pequena.

— Esse é o farol da noite passada? — pergunto animadíssima.

— É — Zack responde, parecendo satisfeito com a minha reação.

É lindo. Não tenho certeza se estou mais maravilhada com a estrutura de tirar o fôlego encrustada na ponta de terra à nossa frente, ou com o garoto que se lembrou do que eu disse na noite passada. Penso na nossa conversa, sobre como eu sempre fui atraída pelos faróis, enquanto observo esse aqui reluzir à distância. O fato de ele ter se lembrado de algo tão insignificante durante nossa conversa emocionalmente intensa me diz muito sobre quem ele é.

Seguimos de carro um pouco mais longe na estrada e fico surpresa que o estacionamento ao lado do farol esteja vazio. O sol está acabando de se pôr e só consigo imaginar o quanto o colorido do céu ao fundo vai ficar ainda mais incrível.

— Por que não tem ninguém aqui?

Zack dá de ombros.

— Acho que as pessoas não dão valor, até se esquecem de que o farol está aqui.

Ele desliga o motor e dá a volta para abrir a minha porta, me oferecendo sua mão. Os garotos no Texas com quem eu saía definitivamente não têm modos como os de Zack.

Ele não solta minha mão, e, quando me ajuda a sair do carro, estamos separados por apenas alguns centímetros, um de frente para o outro. Minha pulsação acelera e ele dá um passo para mais perto. Coloca uma mão no carro atrás de mim e com a outra arruma gentilmente meu cabelo.

— Seu cabelo está uma bagunça — ele diz baixinho. Suas palavras têm um tom de brincadeira, mas seus olhos passam pelo meu rosto com uma intensidade que me diz que ele não está realmente pensando no meu cabelo.

A mão dele chega às maçãs do meu rosto, seu polegar acariciando suavemente enquanto chega cada vez mais perto. Estamos cara a cara, nossos corpos não se tocando de verdade, mesmo assim sinto a eletricidade irradiando dele para mim.

— Você é diferente das outras garotas.

Isso é bom, eu acho. Não respondo porque não tenho certeza de que ele espera uma resposta, e não faço ideia do que dizer.

— Nikki? — Ele se debruça levemente, mas agora está perto o bastante para que eu possa sentir sua respiração no meu pescoço. Não consigo levantar os olhos, tenho medo de derreter se o fizer. E não tem nada a ver com o calor... não com o calor do sol, de qualquer forma.

— Nikki? — ele chama meu nome novamente, dessa vez com mais ênfase. Meus olhos saltam para encontrar os dele. Ele está tão perto que me deixa apavorada, mas não me afasto. Os olhos dele recaem sobre os meus lábios. — Faz dias que não tenho pensado em outra coisa a não ser te beijar. — A voz dele é baixa e rouca. Estou surpresa por ainda estar em pé e não ter caído no chão como uma poça.

— Só consigo pensar nos seus lábios. O jeito como eles se movem, o jeito como cada sílaba forma um desenho diferente e, às vezes, vejo um pedacinho da sua língua e fico louco. Quero tanto sentir seus lábios nos meus que chega a doer.

Diminuindo a distância entre nós, Zack usa seu corpo para guiar o meu contra o carro. Sinto cada parte de seu corpo rijo pressionado com firmeza no meu. *Cada* parte. A mão dele no meu rosto desce para o meu pescoço e o polegar roça meus ombros. Minha pele fica arrepiada quando seu toque leve fica mais forte. Um sorrisinho diabólico brinca nos lábios dele; Zack gosta da reação que seu toque provoca em mim. Sua mão forte envolve meu pescoço e ele aperta-o levemente, forçando minha cabeça para cima para encará-lo.

No momento em que começa a baixar a cabeça, sua boca abrindo para encontrar a minha, um carro estaciona ao nosso lado. Bem do nosso lado, em um estacionamento cheio de espaços vazios. A voz de um homem me traz subitamente de volta à realidade.

— O parque fecha ao anoitecer — o guarda diz secamente.

Zack geme antes de dar um passo para trás e se vira, dando atenção ao guarda.

— Sim, senhor. Eu estava indo mostrar o farol para minha namorada. Ela é do Texas e nunca viu um de perto.

O guarda olha de mim para Zack, desconfiado, e então assente.

— Tudo bem. Vocês dois tenham uma boa noite. Só se lembre do horário de fechamento, filho.

Zack balança a cabeça e o guarda vai embora. A troca inteira acontece em menos de um minuto, mas, com certeza, cortou o clima. A expressão dele é algo entre decepcionado e surpreso. Zack resmunga e pega minha mão.

— Cortado pelo guarda — ele resmunga enquanto me leva na direção do farol. Durante os próximos cinco minutos, ele fala sobre a história dele e algo sobre os navios que costumavam aportar na área, mas meu cérebro ainda está parado nas duas palavras simples que ele disse. *Minha namorada.*

Um tom de laranja profundo e nuances vívidas de roxo e rosa enchem o céu enquanto o sol dourado baixa na ponta do oceano. Apenas com o mar azul reluzente como pano de fundo enquanto o sol se põe, é como se o Pacífico sem fim estivesse engolindo a órbita brilhante. Apreciamos em silêncio enquanto ele desaparece bem na frente dos nossos olhos. As ondas quebrando no cais de pedra lá embaixo deixam uma nuvem de água salgada no ar.

— Acho melhor irmos embora. O guarda provavelmente voltará para nos procurar e já está quase escuro — eu digo, odiando trazer o assunto à tona enquanto nos sentamos no deque do lado de fora no topo do farol. Nossos ombros pressionados um no outro ao assistirmos ao pôr do sol me mantêm aquecida, embora o ar esteja mais frio com o desaparecimento do sol.

Sem dizer uma palavra, Zack se levanta, me oferecendo a mão. Com minhas costas contra a parede do farol, ele coloca uma mão de cada lado da minha cabeça, me encurralando, seus olhos brilhando no que ainda resta da luz do dia. Ele dá um sorriso aberto e balança a cabeça.

— Não? — eu falo baixinho, sua proximidade inebriando meu cérebro e me fazendo esquecer até mesmo do que ele está respondendo.

Ele balança a cabeça de novo. Inclinando-se devagar, cochicha em meu ouvido:

— Não vou a lugar nenhum até beijar você. E, aqui em cima, acho que há muito menos chance de ser interrompido de novo.

Meu Deus, o som da voz rouca dele, seu hálito quente na minha pele sensível e a ideia dos seus lábios finalmente tocando os meus chega quase a ser demais.

Ele puxa a cabeça para trás, seus olhos encontrando os meus, e noto a necessidade que estou sentindo em todo o meu corpo refletir de volta para mim. Minha respiração fica curta e mais ofegante, e os músculos das minhas coxas retesam ao ver os olhos dele caírem sobre os lábios e depois se levantarem para encontrar o meu olhar de novo. E então, bem devagar, ele chega mais perto e me beija. A princípio, é gentil, quase hesitante. Mas isso não dura muito. Encosto-me nele, meus mamilos endurecidos contra seu peito rijo e um som, que só pode ser descrito como um gemido, sai das profundezas de Zack.

Nosso beijo se aprofunda, tornando-se mais faminto, mais poderoso. Ele coloca as mãos em volta do meu pescoço, guiando minha cabeça para a posição que me quer. Penduro-me nele, minhas mãos agarrando a camiseta, querendo mais, *precisando* mais do que querendo. Parecemos ter um ritmo juntos, nossas línguas dançando com familiaridade, embora tenham acabado de se conhecer.

O crepúsculo vira noite quando no separamos, sem fôlego. Respiro fundo, tentando recuperar o controle, mas é inútil. Os olhos de Zack faíscam ao passar os nós dos dedos pelo meu rosto e olhar dentro dos meus olhos. A respiração dele está ofegante e me faz bem saber que ele está tão afetado quanto eu. Ele não diz uma só palavra. Em vez disso, sorri, um sorriso aberto, verdadeiro, suas covinhas sensuais e profundas demonstrando mais do que as palavras podem dizer. Mais uma vez, sem usar palavras, este garoto me tirou o fôlego, e talvez até mesmo um pedacinho do coração.

O tempo passa voando o restante da noite. O beijo aliviou um pouco a tensão pesando sobre ele, porque Zack está mais leve, mais feliz. Já vi alguns momentos desse lado dele, em pequenos vislumbres, mas nunca durou muito. Até esta noite. Rimos durante o jantar e discutimos sobre música no caminho para casa.

— Estou pensando se vamos ter uma plateia logo, logo — Zack diz ao desligar o motor em frente à casa da tia Claire.

— Não hoje. Minha tia está trabalhando no turno da noite no hospital.

Abrindo um sorriso largo, Zack me puxa do assento para o seu colo. Dou um grito de surpresa, mas não há outro lugar no mundo onde gostaria de estar.

— Então, quer dizer que posso te beijar o quanto quiser esta noite? — ele pergunta com um sorriso diabólico no rosto. A mão dele, casualmente enroscada na minha perna nua, acaricia o lado de fora da minha coxa. Eu me pergunto se ele tem ideia do que um simples toque de seus dedos em minha coxa faz comigo. Coloca fogo no meu corpo e transforma meu cérebro em mingau.

— Tenho que estar em casa à meia-noite — eu sussurro, querendo que não fosse verdade.

Zack beija meus lábios uma vez, sua boca ainda pressionada levemente sobre a minha ao falar, assim consigo sentir cada sílaba enquanto escuto.

— Você está em casa.

— Acho que sim. — Sorrio. — Ela disse que eu tinha que estar em casa. Não disse nada específico com relação a estar do lado de dentro. — Enrosco minhas mãos em volta do pescoço dele.

Os cantos da boca de Zack sobem.

— Agora estamos nos entendendo.

Não olho a hora quando finalmente saio do carro, mas as janelas estão completamente embaçadas. Gememos um pouco e posso dizer que não levará muito tempo para que nossos beijos se transformem em algo mais. Não conseguimos tirar as mãos um do outro. As coisas que ele me faz sentir deixam-me apavorada, mas me excitam ainda mais.

Zack insiste em me levar até a porta desta vez. Ele me beija mais algumas vezes, e então me passa um bilhete dobrado antes de ir embora apenas com um sorriso. Encostada do lado de dentro da porta, espero para abrir o bilhete até não poder ouvir mais o ruído de seu carro.

Me diverti muito esta noite.

Está rabiscado no pedaço de papel. O sorriso ainda está no meu rosto ao pegar no sono uma hora depois.

Acordo com a tia Claire batendo suavemente na porta. Quando não respondo, ela abre com toda delicadeza para ver se estou lá dentro. Quando ouço a porta abrir, noto o bilhete de Zack metade no meu travesseiro e metade grudada no meu rosto com baba de sono. Que atraente!

Dobro o bilhete rapidamente e o enfio debaixo dos travesseiros quando vejo os olhos da tia Claire espiarem pela fresta.

— Vim dar uma olhada em você. Acabei de chegar.

Obviamente, ela está preocupada com até que ponto chegou meu encontro de ontem à noite.

— Como foi seu encontro com o Zack? — ela pergunta ao deslizar a cabeça um pouco mais para dentro. Sinto-me mal por fazê-la implorar por informação, então me sento na cama e dou-lhe as boas-vindas ao meu espaço. Ela tem sido simplesmente ótima ao me dar privacidade e um lindo quarto. Nem mesmo reclamou das minhas caixas. Eu nunca tive algo tão especial e privado na minha vida e me preocupo que não tenha lhe agradecido o suficiente.

— Entre. Não precisa ficar em pé no corredor — digo com um sorriso.

Ainda com as roupas brancas do hospital, tia Claire se senta na minha cama. Ela nunca teve filhos e ainda está tentando descobrir o seu papel em nosso relacionamento recém-formado.

— E então, foi legal a sua saída de não-ir-ao-baile?

Sei que estou radiante, o rubor do meu rosto diz mais do que minhas palavras.

— Foi fantástico! — Paro bruscamente sem dizer mais nada, de repente me lembrando de estar sentada no colo de Zack no Dodge Charger muito depois da meia-noite. Ela é uma tia muito legal, mas não tenho certeza se encararia isso numa boa.

— Fantástico? Bom, isso é ótimo, eu acho.

Percebo a decepção que a minha resposta limitada evoca, mas acho que também notei um tom de preocupação na voz dela. Quero assegurá-la de que tudo está bem. Mais do que bem, na verdade.

— Foi um encontro fantástico, tia Claire. — Conto a ela como Zack me surpreendeu me levando até o farol porque eu tinha comentado que nunca vi um de perto antes. Soa inocente o bastante, certo? Graças a Deus ela não sabe que, minutos atrás, eu estava sonhando com a sensação do corpo rígido de Zack contra o meu quando nos beijamos pela primeira vez no farol.

Sentindo que deveria lhe dar um pouco mais, mas não pronta para revelar a mudança no meu relacionamento com Zack, falo da minha ideia.

— Zack também corre — eu digo. — Para falar a verdade, ele é bem veloz. Estava pensando em passar na casa dele para buscá-lo para correr agora de manhã. — Não conto a ela que essa, de fato, foi ideia da Ash durante nossa conversa pelo telefone à uma hora da manhã, na qual ela implorou pelos detalhes de até onde fui com Zack dentro do carro.

A preocupação enruga o rosto dela. Será que ela acha que é uma má ideia? Está só preocupada que estou indo muito rápido?

— O dia está quente, Nikki. Não tenho certeza se é seguro correr neste calor.

— O calor aqui é muito mais suportável do que no Texas! — Já estou fora da cama pegando shorts de corrida limpos de uma das minhas caixas. — Você não imagina a diferença. Já corri quilômetros em um tempo mais quente do que este. Meu corpo está acostumado. — Faço uma pausa e depois acrescento: — Acho que a enfermagem faz de você uma eterna preocupada, tia Claire. Acho que é um dos ossos do ofício. — Sorrio tentando aliviar o repentino clima sério.

Tia Claire, ainda com um olhar de medo e preocupação, apenas diz:

— Vá com calma, Nikki.

Capítulo 26

Zack

— Zack, querido, você tem companhia. Pode descer, por favor? — Mamãe parece bem nervosa.

Tenho companhia? A única pessoa que ainda passa por aqui é o Keller, e ele nunca viu o relógio bater dez horas em um domingo desde que o conheço, há doze anos.

Visto uma camiseta e pego meu boné dos Dodgers. Desço alguns degraus e ouço minha mãe em meio a uma conversa com outra mulher. Achei que ela tinha dito que a companhia era para mim.

Do topo da escada, vejo de relance um rabo de cavalo. As costas dela estão viradas para a escada, mas eu reconheceria aquela risada em qualquer lugar... e a imagem daquele traseiro está permanentemente encrustada no meu cérebro. Nikki está na minha casa, conversando com a minha mãe.

O estalar dos meus passos nos degraus de madeira faz Nikki perceber minha presença, e ela se vira antes de eu chegar aos pés da escada.

— Oi, Zack — ela diz, com a energia que geralmente vem de um saco de Swedish Fish seguido por um Red Bull. Noto seu sorriso nervoso ao falar.

— Saí para correr e achei que você pudesse querer se juntar a mim. O dia está lindo! — ela diz apressadamente.

Minha mãe está sorrindo ainda mais do que Nikki. Ela parece estar vendo o sol depois da tempestade. Não me dei conta de quanto tempo passou desde que vi minha mãe se alegrar com uma felicidade verdadeira. Degusto o momento.

— Quer apostar corrida comigo de novo? Eu *deixei* você ganhar da última vez. Não fique achando que vou fazer isso duas vezes — respondo com um sorriso malicioso.

Nikki se vira para minha mãe, o rosto cheio de inocência.

— Zack não me deixou ganhar, Sra. Martin. Ele está tentando reescrever a história para lidar com o fato de que perdeu para uma garota. — Ela se vira para mim. — Dormiu bem? — Nikki arqueia uma sobrancelha e tenta esconder seu sorrisinho. — Está pronto para competir? Não quero que me venha com desculpas quando eu lhe der uma surra de novo.

Depois das horas no carro na noite passada, ela sabe muito bem que não tive uma boa noite de sono. Olho para ver se minha mãe se deu conta da paquera. É um lado de Nikki que só notei muito rapidamente antes, mas do qual gosto muito. Alguma coisa mexe comigo quando ela é audaciosa, ultrapassando seus limites mesmo quando algo a assusta.

Minha mãe não entende nossa troca de olhares, já que não sabe sobre a noite passada. Tenho certeza de que ela presumiu que eu saí com Keller — ele é a única pessoa com quem eu saí desde Emily. Mas mamãe está obviamente encantada com o jeito alegre e despojado de Nikki, pois está reluzindo de orelha a orelha.

— Uma nova competição? Tem certeza de que sabe o que está pedindo? — Olho nos olhos de Nikki e seu rosto fica imediatamente cor-de-rosa brilhante. Adoro que possa provocar isso nela apenas com um olhar e algumas palavras com significado nas entrelinhas.

— Tenho certeza. A não ser que você esteja com medo de me enfrentar de novo.

— Vou colocar minha roupa de corrida — respondo. Subo os degraus dois de cada vez e coloco meu short e o tênis.

A risada de Nikki paira sobre a escada enquanto eu me troco. Minha mãe a acompanha. Que droga, é um som maravilhoso.

Quando desço, minha mãe está cantarolando baixinho uma música de Billy Joel que está tocando no rádio via satélite da cozinha, enquanto amassa os legumes no liquidificador.

— Ela está se alongando na varanda da frente. Gosto dela, Zack. — O rosto da minha mãe está cheio de esperança.

— Eu também, mãe. Eu também.

Uma lágrima enche seu olho.

— Ah, não, mãe... não faça isso. Caras não gostam desse lance de lágrima de felicidade. Por favor.

Ela assente e me manda embora com uma risada.

— Você é impossível. Vá correr. Divirta-se. Você merece se divertir. Merece mesmo, querido.

— Espero que não tenha distendido nada enquanto estava alongando. —

Com os fones no ouvido, Nikki não me escutar chegar. Ela fica surpresa quando apareço, os pensamentos obviamente em algum outro lugar. Espero que ela esteja presa no mesmo lugar onde estive durante as últimas nove horas.

— Zack, quem é aquele homem? — Ela olha para o Sr. Bennett do outro lado da rua, que está trabalhando em seus canteiros de flores.

Hesito.

— É o Sr. Bennett... o pai da Emily. Ele passa bastante tempo fazendo jardinagem desde que Emily...

A mão de Nikki toca meu braço.

— Me desculpe. Eu não sabia. Não tive a intenção de deixá-lo desconfortável. Ele me parece tão familiar.

Olho na direção do Sr. Bennett, onde os olhos de Nikki estão fixos. Uma voz masculina o chama de dentro da casa:

— Pai, telefone para você. É do hospital. Acho melhor atender.

O Sr. Bennett coloca a pá de lado e tira as luvas antes de ir em direção à casa.

Nikki se vira para mim.

— Alguém está no hospital?

— Não. O Sr. Bennett trabalha no Hospital Universitário de Long Beach. É psiquiatra.

— Verdade? É onde minha tia Claire trabalha. Será que eles se conhecem? O lugar é grande?

— O maior de Long Beach. — Dou de ombros.

— O cara o chamando de pai... a Emily tem um irmão? Ele é da nossa escola?

Limpo a garganta para amenizar o nó que está preso ali. Acho normal que Nikki esteja curiosa, mas, mesmo assim, a conversa me deixa um pouco incomodado.

— Tem, o Brent. Ele agora vem visitar a cada quinze dias. Nunca fez isso antes. É mais velho do que nós; acho que tinha uns quinze ou dezesseis anos quando a Emily nasceu. Não o conheço muito bem. Ele mora em Nova York. Escritor, acho.

Antes de ela fazer outra pergunta, começo a descer a rampa da garagem.

— Vou deixar você começar na frente. Vamos lá.

— Começar na frente? — ela diz, insultada com a ideia. — Não preciso começar na frente. Sou mais rápida do que você imagina, Zack. Não me subestime. — Ela passa voando por mim, correndo pela rua.

— Eu nunca subestimaria você, Nikki — digo enquanto passo por ela com um sorriso largo.

Quase quatro quilômetros depois, com a Niki não muito atrás de mim, direciono minha corrida para dentro do Parque Dover. Mamãe costumava me levar para longas caminhadas no meu carrinho aqui. Correr pelas trilhas ainda me faz sentir como uma criança.

Ao chegarmos ao meio do caminho, diminuo a velocidade e vou em direção ao banco beirando o jardim de flores. Há uma fonte entre os bancos e Nikki me alcança no momento em que estou jogando água no rosto.

— Você só parou porque sabia que eu te passaria. Admita — Nikki provoca, completamente sem fôlego por causa do nosso tiro a toda velocidade.

— Você está um pouco ofegante. Isso sempre acontece quando as mulheres correm atrás de mim — eu brinco.

Ela termina seu gole na fonte e se vira para mim com uma sobrancelha erguida.

— Pelo que sei, é você quem gosta da vista quando eu estou na frente.

Bem, ela não está errada nesse ponto. A visão é realmente espetacular. Por que eu não diminuí a velocidade e deixei que ela me ultrapassasse? Minha competitividade acabou de me custar dez minutos da visão do paraíso.

— Tia Claire me pediu para ir ao brunch com alguns amigos dela da faculdade. — Nikki olha ao redor enquanto nos sentamos no banco embaixo de um enorme carvalho sombrejante. — Ela se preocupa por não passar tempo suficiente comigo por causa das longas horas no hospital.

— É legal que ela se preocupe tanto. Não consigo imaginar como é difícil perder um pai ou uma mãe, mas pelo menos você tinha uma tia de quem era próxima e não estava sozinha.

Nikki olha à distância.

— Para ser sincera, eu nem sabia que tinha uma tia até minha mãe morrer. Elas não se falavam. Minha mãe... tinha boas intenções, mas guardava muitos segredos. Ela sempre achou que estava me protegendo. Ela era muito doente. — Sombras do passado encobrem o rosto dela.

Mas hoje eu só quero o brilho do sol.

— Nem todo mundo se recuperaria tão rápido. Você é forte — eu digo, empurrando suavemente seu ombro com o meu e resistindo à vontade de acrescentar minhas próprias confissões. Fico em pé. — Mas não forte o bastante para ganhar de mim. O último que voltar à minha casa tem que fazer uma vitamina para o vencedor.

Passo correndo por Nikki, mas deixo minha competitividade de lado depois de um minuto, em favor da vista maravilhosa durante todo o caminho de casa.

Jogo a toalha do armário da cozinha em Nikki. Não que os pingos de suor dela me incomodem. Na verdade, não há nada que eu gostaria mais de fazer neste momento do que percorrer as gotas de suor escorrendo por trás de seu top, entre a clavícula e o meio dos seios.

— Obrigada, estou pronta para a minha vitamina — ela ordena, orgulhosamente, sem perceber que o verdadeiro prêmio foi deixá-la ficar cinco metros à minha frente durante quatro quilômetros.

— Você gosta de melão japonês? — pergunto, fuçando na prateleira de frutas dentro da geladeira. — A minha mãe é fanática por vitaminas de frutas, então, se você preferir outra coisa, tenho certeza de que temos aqui. — Jogo um melão para Nikki.

Ela o pega e o examina.

— Nunca experimentei.

Fico surpreso, mas ela não está brincando. Só comecei a tocar a casca do passado de Nikki. Frutas frescas e piqueniques em família provavelmente não eram a regra.

. — Então, teremos vitaminas de melão japonês e melão branco. É minha especialidade, de qualquer forma.

Nikki me observa com um sorriso no rosto enquanto pico a fruta. Acho que um cara lhe fazer algo na cozinha é a primeira vez.

— Aqui, prove. — Chego mais perto para lhe dar um pedaço de melão japonês fresco da minha mão. Meus olhos estão grudados nos lábios dela enquanto ela morde. Uma gota de suco de melão escorre pelo canto de sua boca e eu uso minha língua para limpá-la. Meu Deus! Eu simplesmente não consigo me controlar perto dessa garota!

Um suspiro suave sai dos lábios dela quando ponho minha boca em seu pescoço quente, minha ereção crescendo cada vez mais contra o abdômen dela quando eu me inclino. Meu corpo inteiro incendeia quando a sinto tremer com o meu beijo. A lembrança daquele tremor me acordou mais de uma vez na noite passada.

— Zack, e se sua mãe entrar? — ela pergunta, sem fôlego, quando meus beijos começam a subir pelo seu pescoço.

— Ela não vai entrar. Está na feira — sussurro em seu ouvido. Outro calafrio lhe percorre o corpo — Às onze horas. Todo domingo. — Eu respiro. — Graças a Deus, ela nunca falta.

Tentando ao máximo levar as coisas com calma, com medo de assustá-la por pressioná-la na parede da cozinha, o que está a apenas dois segundos de acontecer, eu me afasto.

— Você está com gosto de melão japonês — digo. — Não posso evitar... eu adoro, adoro melão japonês.

Nikki ri.

— Acho que agora eu também adoro.

Termino de fazer nossas vitaminas e a bebida gelada ajuda a diminuir o calor na cozinha. Um pouco, pelo menos. Tentando aproveitar o último gole do copo fundo, Nikki derrama a sobra em seu top.

— Nossa, sou uma atrapalhada. — Ela ri, totalmente à vontade.

— Posso te emprestar uma camiseta se quiser. — Sorrio. — Na verdade, acho que gosto muito da ideia de você numa camiseta minha.

Nikki enrubesce quando nossos olhos se encontram.

— Vamos comigo lá em cima e escolha uma. — Começo a subir as escadas para que ela não tenha tempo de considerar não me seguir.

No andar de cima, em meu quarto, abro minha cômoda para revelar dúzias de camisetas impecavelmente passadas e dobradas. Minha mãe com certeza tem problemas.

— Uau, parece que alguém despejou uma prateleira inteira da Abercrombie aqui. — Nikki arqueia a sobrancelha direita em direção à minha gaveta de camisetas.

— Engraçadinha. Você também? Keller gosta de tirar fotos e postá-las no Instagram para tentar me fazer passar vergonha. As gavetas dele são o extremo oposto. Porcaria saindo de todos os lugares. Encontrei a metade de um cheeseburger numa das gavetas dele no ano passado. — Só dois minutos no meu quarto se transformam em vinte minutos dele enchendo o meu saco sobre o quanto meu quarto é arrumado. — Minha mãe é a louca da organização.

— Estou com medo de tocar e estragar essa mostra artística — Nikki brinca.

Pego a menor camiseta que consigo encontrar, torcendo para que fique apertada nos lugares certos, e jogo-a para Nikki.

— Legal, obrigada. — Ela se vira.

— Saindo com a minha camiseta? — pergunto.

— Estava só procurando o banheiro para me trocar. — O toque cor-de-rosa volta ao seu rosto, enquanto, desajeitadamente, tenta descobrir se eu realmente esperava que ela fosse tirar a roupa no meio do meu quarto.

Por mais que eu adoraria que ela tirasse a camiseta e o rubor do rosto dela certamente mexa comigo, deixo-a em paz. Beijando seus lábios respeitosamente, digo:

— Pode se trocar aqui mesmo. Vou tomar um banho rápido. Tenho a sensação de que você está sendo educada ao não mencionar o meu cheiro.

— Eu fiz você suar bastante. — Ela sorri.

Sei que ela está falando da corrida, mas vou até ela e digo:

— Sim, você realmente me faz suar.

Ela ri e me empurra em direção à porta.

Cinco minutos depois, encontro Nikki no meu quarto vestindo minha velha camiseta. A camiseta está apertada, como eu esperava, um caimento perfeito para o meu gosto.

— Peguei emprestada sua escova também. Tentei dar uma ajeitada nessa bagunça do meu cabelo. — Ela passa os dedos pelos cabelos brilhantes, agora soltos.

— Está lindo — eu digo, chegando mais perto e invadindo seu espaço rapidamente.

Ela está recostada na cadeira da minha escrivaninha, e a apenas poucos metros da minha cama. O alarme de problema começa a soar num volume gritante na minha cabeça. Mas a necessidade de tocá-la de novo, sentir o corpo dela contra o meu como na noite passada, se sobrepõe a qualquer preocupação sobre aonde as coisas podem chegar. Meu polegar roça seus lábios e meu corpo reage instantaneamente quando ela solta um gemido baixinho, respirando fundo.

Que se ferre! A preocupação sobre aonde as coisas podem chegar se transforma na esperança de que elas realmente cheguem a algum lugar. Assim que me inclino para mais perto, Nikki desvia do beijo e se vira para minha escrivaninha. Nervosamente, tentando deixar o momento mais leve, ela ergue alguma coisa, pendurada em seu dedo com um sorrisinho malicioso.

— Não acha que é um pouquinho velho para uma máscara do Batman, Zack?

As mãos dela estão sobre a máscara que Emily me deu no meu aniversário de doze anos, nossa piadinha particular. A vida se esvai do meu corpo ao pegar a máscara das mãos de Nikki.

Dou dois passos para trás. Dois passos que me separam dela fisicamente, mas, de repente, quilômetros de distância se abrem entre nós.

— É melhor você ir — eu digo, caminhando até a porta do quarto. A expressão no rosto de Nikki me causa dor física. Está confusa. Magoada. Provavelmente até um pouco envergonhada. Egoisticamente, mergulho na dor que me engolfa, ignorando a tristeza estampada no rosto dela, enquanto acompanho Nikki até a porta da frente.

Capítulo 27

Nikki

Estou em pé na ponta da rampa da garagem de Zack, olhando fixamente ao longe. Por um segundo, sinto como se tivesse imaginado os últimos cinco minutos. Então me viro e vejo a porta da frente fechada, o som dela batendo atrás de mim soando em minha memória vez após outra. *Que merda acabou de acontecer?* Eu meio que o espero abrir a porta e me dizer que está brincando.

Mas ele não abre.

Sentindo as lágrimas encherem meus olhos, pisco, tentando bloquear a enxurrada se formando por baixo da superfície. *Não posso chorar. Não aqui.* Aperto meus olhos e cerro os punhos até minhas unhas irem tão fundo nas palmas das mãos a ponto de me causar dor. Respirando fundo, tiro meu iPod do bolso, coloco o volume no máximo e ponho os dois fones de ouvido.

Concentrando-me apenas em forçar um pé na frente do outro, desço pela longa rampa no momento em que as lágrimas começam a embaçar minha visão. Estou prestes a me afastar da casa e sair correndo quando uma mão me agarra.

Virando-me com força, arranco o fone do meu ouvido quando uma mulher repete as palavras que acabou de dizer. Só que dessa vez eu consigo ouvi-las:

— Seu nome?

— O quê? — pergunto, confusa, embora tenha ouvido a pergunta dela. Ela não repete. Em vez disso, apenas me encara. Olho para os meus braços, onde ela está me segurando embaixo do cotovelo. Ela segura com força e, de repente, fico nervosa, ainda que seja o meio do dia e estejamos em um lugar aberto.

O semblante dela é duro e sério, como se eu estivesse testando sua paciência, embora seja ela quem tem as mãos em cima de mim. Tento puxar meu braço e me soltar, mas é inútil, os dedos dela estão cerrados.

— Nikki — eu respondo.

Ela continua com os olhos fixos em mim, mas solta meu braço. Eu deveria correr, mas algo me mantém ali em pé.

— Por que está aqui?

É uma pergunta para a qual não tenho certeza da resposta. O que, pelos infernos, *estou* fazendo aqui? Zack não me convidou. Eu simplesmente apareci. As lágrimas com as quais estive brigando vencem e se derramam pelo meu rosto.

— Não sei. Mas não deveria ter vindo.

A mulher não faz nenhum movimento para me seguir quando eu começo a correr. Ela apenas fica ali em pé, sem se mexer, olhando fixamente na minha direção enquanto eu fujo.

Quando a tia Claire chega ao meu quarto para me dizer que sairíamos logo para o brunch, não estou mentindo quando lhe digo que estou doente. Abafei o som dos meus soluços no chuveiro a ponto de a minha pele descascar e ficar vermelha brilhante. Minha cabeça pulsa depois da crise de choro.

— Espero que não seja uma gripe forte — ela diz, sentindo a temperatura da minha testa pela segunda vez. — O pronto-socorro tem estado lotado de pessoas com influenza este ano. Não sei por que as pessoas não levam os filhos para tomar vacinas. — Chegando à conclusão de que minha mãe provavelmente nunca pensou sobre a influenza, ela recua. — Perdão, Nikki, não tive a intenção...

— Tudo bem, tia Claire. Sei o que quis dizer. E tenho certeza de que não é a influenza.

Ela olha para o relógio e de volta para mim.

— Talvez fosse melhor eu ficar em casa.

— Para ficar me olhando dormir? Não, vá. Você estava ansiosa para ver seus amigos. Ficarei bem. Prometo.

Ela parece dividida, mas concorda.

— Você me liga se piorar?

— Ligo.

— Promete?

— Prometo. — Eu sorrio, sentindo-me confortada pela preocupação dela e querendo lhe passar segurança.

Exausta das minhas próprias emoções correndo uma maratona, pego no sono durante um tempo. Acordo com o telefone tocando. Uma chama de esperança enche meu coração. Poderia ser Zack se desculpando. Talvez ele só estivesse num dia ruim e percebeu o quanto me magoou.

Engulo as lágrimas ao ver o nome de Allie no telefone. Sem estar pronta para perder a esperança, verifico as mensagens para ter certeza de que não perdi nenhuma. Não há nada de Zack. Allie quer ir ao cinema. Ela se tornou uma boa amiga, mas não estou a fim. Mando uma mensagem de volta dizendo que não estou me sentindo bem. Mas tudo o que quero é conversar com Ashley.

Digito o número da Ashley, torcendo silenciosamente para que a mãe dela tenha pagado a conta. Ela atende no segundo toque, e eu rolo para o lado, em posição fetal, pronta para colocar tudo para fora.

— Ei — eu digo. — Está ocupada?

— De jeito nenhum. Era para eu estar tomando conta dos quatro rebentos da minha mãe, mas tem uma reprise do *Jackass*, então a TV é que está sendo a babá.

— Mesmo o de seis anos?

— É *Jackass*, qualquer idade adora.

Eu rio.

— Não estava preocupada que ele não fosse amar. Estava só me perguntando se uma criança de seis anos deveria assisti-lo.

— Eu até que leria para eles — ela diz, se defendendo. — Mas não tenho nenhum livro agora que você foi embora. — Ouço o rangido da porta enferrujada se abrir e então se fechar com uma batida. Ela foi para fora para conversar. — Como você está?

— Já estive melhor. — Suspiro, ficando de costas na cama.

— O que aconteceu? Preciso chutar o traseiro de quem?

Sinto-me patética e triste e muito confusa.

— Não sei. — Uma lágrima rola vagarosamente pelo meu rosto. — Não faço ideia.

— Comece pelo início — Ashely diz. E eu começo. Conto a ela sobre o farol e o beijo e como tudo estava maravilhoso. O quanto Zack parecia ser atencioso e tudo do tempo que passamos embaçando as janelas do carro. Mesmo quando conto a ela, o dia todo não faz sentido. Acho que pensei que falar sobre as últimas semanas em voz alta traria um momento *ah-há!*, no qual tudo finalmente se encaixaria e faria sentido. Mas apenas me confunde mais ainda.

— Então, ele basicamente se inclinou para te beijar e depois se afastou.

— Basicamente. — Soa ridículo dizer isso, mas é como eu realmente vejo que as coisas aconteceram.

— Talvez ele seja louco como a sua mãe.

— Bipolar — eu a corrijo pela milionésima vez.

— Tanto faz. Parece que ele tem isso aí. Talvez você seja uma hospedeira e passou para ele quando o beijou. — Ela está brincando, tentando me fazer sentir melhor.

— Ah, e eu não contei a parte mais esquisita — continuo.

— Quer dizer que existe uma parte mais estranha do que ele ficar te apalpando e depois mostrar o caminho da rua?

— A parte esquisita não é sobre Zack. É sobre a mulher.

— Que mulher?

— A que estava me encarando no primeiro dia de escola. Lembra? Eu te contei sobre ela. Fiquei com medo por um minuto. Mas então ela desapareceu.

— Ok.

— Ela me agarrou quando eu estava saindo da casa do Zack e começou a me fazer perguntas.

— Fazer perguntas sobre o quê?

— Por que eu estava na casa do Zack, eu acho.

— O que ela disse?

— Ela perguntou meu nome e depois o que eu estava fazendo ali. — Vejo o rosto da mulher enquanto falo. Ela estava furiosa.

— Quem é ela?

— Não faço ideia. Mas tanto ela quanto Zack não me queriam ali.

— Gostaria de estar aí. Daria um chute no traseiro dele por você.

— Só no traseiro do Zack? E a mulher?

— Eu chutaria o traseiro dela com o corpo largado do Zack, como um saco de ossos.

Sorrio, porque ela definitivamente o faria.

Conversamos por mais um tempo e me sinto um pouco melhor quando desligo. Pelo menos estou começando a sentir que foi menos por algo que eu fiz.

Preciso tirar Zack da cabeça e tentar descobrir o que aconteceu. Tia Claire não estará em casa durante horas, então resolvo tirar um tempo para dar uma olhada no sótão. Já bisbilhotei quase a casa toda; o sótão é minha última esperança de encontrar alguma coisa sobre a minha irmã. Tia Claire me mostrou a escadaria assim que me mudei, mas disse que não havia nada para ver além de caixas e coisas guardadas. Embora ela e eu tenhamos feito muito progresso ficando à vontade uma com a outra, ainda não conversamos abertamente sobre mamãe nem sobre a minha vida antes de minha mãe morrer. Era sempre muito superficial. Só gostaria que nós duas colocássemos as cartas na mesa. Estou cansada de jogar sozinha.

O sótão é limpo e organizado. Nenhuma surpresa nisso. Tia Claire mantém a vida dela muito organizada. Exatamente o oposto de como minha mãe era. Há muitas caixas. A maioria está etiquetada com coisas tipo "Livros da escola de Enfermagem", ou "Roupas de inverno tamanho 38". No canto atrás de um monte de outras caixas, encontro uma etiquetada "Fotos de infância e documentos".

Diferentemente de todas as outras caixas, esta não está fechada com fita adesiva. Parece que a tia Claire esteve olhando-a ultimamente. Talvez quando soube que a mamãe tinha morrido, ela tenha voltado e olhado as velhas lembranças.

Embora me sinta cada vez mais culpada por violar sua confiança em cada sessão de bisbilhotagem, resolvo olhar dentro da caixa. Ela nunca colocou qualquer restrição sobre onde ir ou o que tocar na casa. Nunca disse que eu não podia olhar alguma coisa e tento me convencer de que não estou fazendo nada errado, mas sei que estou.

A caixa está cheia de fotos e documentos soltos. Não é limpa e organizada como o restante da vida da tia Claire. Há dúzias de fotos da escola. Ela e mamãe se pareciam muito quando eram jovens.

Encontro pilhas de velhos boletins: muitas notas dez, frequência escolar perfeita e elogios brilhantes dos professores. Fico me perguntando o que diriam os da mamãe. Imagino que não teriam os mesmos comentários. Mamãe era muito mais rebelde do que a tia Claire; essa é a única coisa que eu sei.

No fundo da caixa, encontro um grande envelope de papel pardo etiquetado "Registros Hospitalares". Talvez seja sobre o marido da tia Claire. Ela não fala muito sobre ele, mas me disse que teve câncer e ficou muito doente. Sei que permaneceu no hospital muito tempo antes de morrer.

Abro o envelope e encontro páginas amareladas. O marido da tia Claire morreu apenas cinco anos atrás. Ao folhear as páginas, um nó se forma no meu estômago ao encontrar um par de marcas de pezinhos de bebês, do tipo que os hospitais dão à mãe quando o bebê nasce. Está etiquetado "Garotinha A".

Não sei se as marcas dos pezinhos são minhas ou da minha irmã. Tracejo a linha do pezinho com meu dedo. Os pés são tão pequenos como os de uma boneca;

não parecem grandes o bastante para pertencerem a um bebê de verdade. Nunca pensei se nascemos de uma gravidez completa ou não. As marcas minúsculas me fazem pensar que devemos ter nascido prematuras.

Atrás das marcas dos pezinhos, há um documento intitulado "Relatório de Alta". Eu o leio lentamente, descobrindo mais do que imaginei que uma única caixa pudesse revelar.

A Garotinha A estava muito doente. Ela ficou no hospital durante dois meses antes de poder ir para casa. O relatório fala sobre cirurgia e procedimentos e coisas que eu realmente não entendo. Penso em pedir a Allie se ela poderia perguntar ao pai dela sobre os procedimentos, já que ele é obstetra. Mas não contei nada a Allie sobre minha família e não tenho certeza se estou pronta para compartilhar meus segredos com mais alguém além de Ash.

Nada nos arquivos identifica minha irmã. No geral, é uma pilha de jargões médicos que eu não entendo. Tudo documentando apenas um bebê: Garotinha A.

O som de um carro parando na garagem me enche de pânico. Uma espiadela pela janela acortinada mostra a tia Claire, a porta do carro já aberta. *Merda.* Estou aqui há mais horas do que me dei conta. Coloco os papéis apressadamente dentro da caixa e fecho-a, enfiando-a de volta no canto. Saio correndo escadaria abaixo, pulo na cama e finjo estar dormindo quando ela abre uma fenda na porta para dar uma olhada em mim.

Capítulo 28

Nikki

Não tenho notícia de Zack o restante do final de semana. Na segunda de manhã, sou um combustível misto de raiva e mágoa a ponto de explodir quando vir o rosto dele na aula de Inglês no sexto período. Mas isso nunca acontece. Em vez disso, olho fixamente para o assento vazio dele durante quarenta e cinco minutos, esperando ansiosamente para que ele entre.

Na terça, meus nervos estão à flor da pele de preocupação. Desta vez, ele aparece na aula, embora talvez fosse mais fácil se não tivesse vindo. Meu coração acelera ao vê-lo e, na verdade, sinto alívio por ele estar bem. Há dois lugares vazios na classe. O lugar onde ele se senta todos os dias, diretamente na minha frente, e um do lado oposto da sala. Nossos olhos se encontram quando ele entra um pouco antes de o sinal tocar. Então, ele caminha até o outro lado da sala e se senta. Nunca olha para trás, nem mesmo quando sai pela porta no final da aula.

Uma semana depois, fica muito claro que ele não quer mais que sejamos nem amigos. Ele simplesmente continuará a me ignorar e fingir que nunca aconteceu nada. E acho que eu farei o mesmo. Mas é mais fácil falar do que fazer. Diferente dele, o que senti foi verdadeiro.

Inquietação e preocupação se transformam em raiva. Repassei toda a manhã que passamos juntos um milhão de vezes em minha cabeça. Estou convencida de que não fiz nada errado. Mesmo assim, não consigo pensar em outra coisa a não ser o que o fez jogar tudo para o alto.

Vivi uma vida toda sem saber onde estava pisando todos os dias. A semana passada me fez pensar muito na mamãe e na doença dela, os altos e baixos e a falta de qualquer coisa no meio. A doença mental é mais fácil de ser aceita do que alguém que apenas resolve que não quer mais nada com você.

— Vai ter uma festa amanhã à noite na casa do Keller — Allie informa quando o sinal toca, indicando o final do almoço. — Os pais dele vão sair da cidade e na semana que vem é seu aniversário de dezoito anos. — Eu já sabia, porque o Keller me falou sobre isso todos os dias desta semana. — Passo para te pegar às sete horas.

— Não sei, Allie. Não estava planejando ir.

— Eu sei. E é por isso que vou te buscar. Assim não pode me dizer que vai e depois não aparecer.

— Mas... — Tento pensar em uma desculpa para não ir, outra que não seja a óbvia.

— Sete horas — ela me avisa e se afasta, não me dando tempo para argumentar.

São seis hora da tarde no sábado e estou tentando me aprontar para a festa que, na verdade, não quero ir. Tirando o fato de que estou com um humor que a tia Claire chama de melancolia, há uma boa chance de Zack estar lá, já que Keller é um de seus melhores amigos.

Ignoro a campainha quando ela toca, porque é muito cedo para ser Allie. Mas, alguns minutos depois, tia Claire bate na porta e deixa Allie entrar no meu quarto.

— Oi! Me desculpe. Achei que você viesse às sete.

— Eu vinha, mas pensei em vir mais cedo. — Ela se joga na cama e olha ao redor do quarto. As sobrancelhas dela franzem diante das minhas caixas empacotadas e sistematicamente organizadas, mesmo assim não faz perguntas.

— Bem, consigo ficar pronta em um minuto. Não demoro muito.

— Sem pressa. Achei que talvez você quisesse conversar.

Olho para ela, desconfiada, e Allie levanta as sobrancelhas em resposta. Nós duas sabemos do que ela está falando. Isso tem sido o elefante branco na sala durante as últimas duas semanas. Allie é uma garota esperta, observadora. Com certeza ela me viu olhando fixamente para as costas de Zack durante a aula de Inglês, lágrimas ameaçando meus olhos quase diariamente.

— É tão óbvio? — Suspiro, sentindo-me aliviada por conversar com alguém que não seja Ashley. Não me leve a mal, Ash é maravilhosa, mas ela não conhece Zack, assim não posso pedir a perspectiva dela sobre as coisas. Além de implicar com Zack por escutar só um lado da história.

— Que vocês dois estão muito mal? É, é bem óbvio. — Ela sorri.

— Acho que está confundindo ser indiferente com estar mal, por parte do Zack.

— Não, tenho certeza de que ele está mal.

— E por que *ele* estaria mal? É ele quem não está falando comigo.

— Não sei, Nikki. Mas vejo o jeito que ele te olha. Ele é louco por você.

— Bem, ele tem um jeito bem estranho de demonstrar isso.

— Eu sei, gostaria de saber o que está passando naquela cabeça dele. Mas sei que ele gosta de você. Acho que ainda está lutando para aceitar a morte da Emily.

— Minha mãe morreu mais ou menos na mesma época da Emily. Eu também sofro com isso. Alguns dias são melhores do que os outros, mas eu não desconto nas pessoas de quem gosto.

— Meu pai é obstetra no hospital onde o pai da Emily trabalha. Perguntei a ele como o pai dela estava depois do acidente e ele disse que ele simplesmente não fala sobre o assunto. As pessoas lidam com as coisas de maneiras diferentes.

— Acho que sim. — Termino de trançar meu cabelo de lado e passo um pouco de rímel.

— Vamos nos divertir — Allie diz. — Esqueça o Zack. Eu gosto dele... gosto mesmo, mas o azar é dele.

Ouço a música retumbando na casa de Keller antes mesmo de virar a esquina da rua dele. O gramado verde e impecavelmente cortado está lotado de alunos do último ano... e de copos vermelhos. Tivemos que estacionar a quase meio quarteirão de distância, porque a rua tem uma fila de carro atrás de carro.

A varanda da frente está cheia de garotos que não conheço, mas sei que são do time de futebol americano. Já os vi treinando enquanto corro na pista, a maior parte da minha atenção focada em um certo quarterback, mas ainda assim os outros me parecem vagamente familiares. Keller tropeça na porta da frente assim que nos aproximamos. Ele deve ter começado a festejar um pouco antes de a festa começar.

— Minhas duas garotas favoritas chegaram! — Ele entorna o conteúdo de seu copo vermelho, atira-o por cima do ombro, e se joga em cima de mim e Allie. Pegando cada um em um braço, ele nos levanta do chão pelo joelho e nos carrega até a porta como se fôssemos tão leves como pena.

— Pessoal! — ele chama a atenção de três caras enormes sentados à mesa na varanda, com copos e uma bola, discutindo sobre um jogo. Eles se viram e abrem um sorriso largo. — Quem está com o aquário? — Keller nos coloca gentilmente no chão.

Um cara fica em pé e passa um grande aquário cheio de chaves em nossa direção. Allie faz um não com a cabeça.

— Você está dentro? — ele me pergunta.

— Ah, não estou dirigindo — eu digo, presumindo que ele está recolhendo as chaves dos motoristas para evitar potenciais acidentes por beber e dirigir.

O coletor de chaves sorri para mim. Ele é bonitinho, de um jeito meio urso gigante. Ele se inclina para baixo, um sorriso malicioso no rosto, e sussurra em meu ouvido:

— É a festa da chave. Coloque suas chaves aqui para decidir com quem vai ficar mais tarde.

AH!

— Não, obrigada. — Sinto o rubor se espalhar pelo meu rosto.

— Que pena. Eu adoraria pegar a sua chave. — Ele pisca e vai embora.

— Venha — Allie grita por cima da música e pega minha mão, me afastando dali. Olho para trás e vejo o cara da chave me olhando e sorrindo.

Lá dentro, a música está ainda mais alta. Sinto a percussão batendo no vazio do meu peito e meu coração acelera para seguir o ritmo. Há gente por toda parte, algumas pessoas eu reconheço, outras parecem alguns anos mais velhas. As pessoas balançam ao som da música, alguns casais já espalhados pela sala nos cantos, se beijando ou se agarrando.

Há um jogo de cartas na cozinha e acho que dever ser "strip poker", já que dois garotos estão sem camisa e uma garota parece preocupada tirando as meias.

— O que você quer beber? — Allie grita por cima da música enquanto passamos entre a multidão na direção do bar improvisado sobre a mesa da sala de jantar. Sorrio ao ver a garrafa verde que me faz lembrar de uma das poucas vezes que fiquei bêbada com Ashley, lá no Texas.

— Nada para mim. Obrigada.

— Tem certeza? — Eu sabia que Allie estava planejando beber, já que tínhamos falado sobre irmos andando para casa. Está uma noite linda e eu gosto de andar.

— Sim, tenho certeza.

Uma hora de festa e eu finalmente começo a relaxar quando não há sinal de Zack. Quando se está sóbrio, pode ser muito divertido conversar com bêbados. Allie e eu nos acomodamos em uma mesa no quintal onde Keller é o centro das atenções, contando uma piada atrás da outra. Às vezes, ele estraga o ponto alto da piada, mas nessa hora ele é ainda mais engraçado. Um dos caras do time do futebol americano lhe entrega um copo novo e cheio, e Keller toma a coisa toda em um gole absurdamente grande.

Quase derrubando a mesa do pátio ao se afastar, Keller fica em pé e passa os braços sobre as costas, tirando a camiseta com uma puxada. Um jeito bem masculino de se despir.

— Hora de nadar — ele diz com um sorriso zombeteiro que me deixa nervosa. — O que você acha, Nikki, quer nadar? — Ele me ergue da cadeira e me pega nos braços, ignorando completamente os meus protestos.

— Ah, meu Deus, Keller. Não! — eu grito enquanto ele faz o percurso até a lateral da enorme piscina retangular.

Ele me balança para frente e para trás, como se fosse me jogar.

— Um, dois... três!

No três, ele me balança mais alto, mas não me solta de verdade. Meu coração bate acelerado no peito.

— Por favor, Keller. Não sei nadar! — minto, gritando bem alto.

— Tudo bem, estou aqui com você. — Ele dá um sorriso e caminha até a pequena prancha de mergulho. Em pé bem na ponta, ele pula para cima e para baixo, comigo ainda em seus braços. Depois do segundo pulo, ele oscila no patamar.

— Keller, por favor! Você vai cair lá dentro! — Eu me penduro no pescoço dele. A cada pulo, ele me solta um pouco mais.

Outro pulo, seguido por uma aterrisagem quase desastrosa, e ouço a voz *dele*.

— Ponha a Nikki no chão, Keller! — Zack grita em tom ríspido. Viro meu pescoço por trás da enorme circunferência de Keller e vejo Zack em pé na beira da piscina.

Keller se vira, olhando para Zack e depois para mim. Ele pensa nas opções, então resmunga algumas palavras antes de me carregar de volta para o pátio. Ele me coloca ao lado de Zack e se afasta com uma saudação.

Zack olha para mim por um longo momento.

— Você está bem?

Assinto.

Ele balança a cabeça em resposta, então se afasta sem olhar para trás.

Talvez minha solução para o desconforto que sinto sabendo que Zack está por perto não seja a mais inteligente. Relutante, tomo a bebida que me oferecem e engulo-a de uma vez. Queima ao descer e o efeito é imediato. Embora o efeito instantâneo tenha mais a ver com as cinco cervejas que tomei uma hora antes dos *shots* começarem a rolar.

O cara bonitinho com o sorriso lindo que estava coletando as chaves na varanda enche meu copo de novo com um líquido claro. Parece bastante inofensivo. Eu, Allie e o coletor de chaves batemos os copos juntos e fazemos um brinde. Metade do meu espirra sobre o balcão enquanto tento, desajeitada, manter o copinho em minha mão trêmula.

— Vamos lá — ele implora com seu sorriso brincalhão. — Vocês têm que me dar suas chaves. São as garotas mais lindas daqui!

Allie finalmente se rende, jogando as chaves dela no aquário. Eu consigo ignorar a pressão para me juntar a eles, pedindo licença para levar meu eu-bêbado até o banheiro das mulheres. No meu estado intoxicado, levo bons dez minutos para fazer algo que deveria fazer em três.

Ao abrir a porta do banheiro, viro-me no corredor escuro e paro no caminho ao ver Zack. Uma garota que reconheço da escola está se esfregando nele. Fixamos os olhares, mas ele não faz nenhuma tentativa de falar comigo.

Tropeçando de volta até a cozinha, encontro Allie e o coletor de chaves onde os deixei. A sensação de aperto no peito dói tanto que mal consigo respirar. Enfio a mão no bolso, tiro as chaves de casa e começo rodá-las no ar.

— Aêêê!!! — o coletor de chaves grita vitorioso, dando um soco no ar para acrescentar mais efeito.

Minutos depois, sorrindo de um lado a outro, o coletor de chaves anuncia que está na hora de distribuir as chaves. Allie e eu estamos dançando juntas e meu corpo começa a sentir a música. Realmente sentir a música. Relaxada, inebriada, eu balanço com o ritmo, finalmente me esquecendo do que comecei a beber para esquecer. Missão cumprida.

Com os olhos a ponto de se fecharem, quase não vejo Zack me acompanhando. Keller o segue, parecendo irritado.

— Não foi ideia minha, cara. — Keller levanta as mãos como se para implorar inocência.

— Vamos — Zack me diz, rangendo os dentes.

— Não — respondo determinada. Não tenho que escutá-lo. Keller está em pé atrás de Zack de olhos arregalados.

— Você vai embora. Se eu tiver que te carregar, vou carregar.

Cambaleando um pouco ao tentar o melhor que posso para ficar parada, cruzo os braços sobre o peito e faço-o provar o que está dizendo. Zack olha para Keller.

— Acompanhe Allie até em casa mais tarde.

— Tudo bem — Keller responde rapidamente, olhando para Allie, que concorda com um balanço de cabeça.

Nem me dou ao trabalho de protestar quando Zack tira os meus pés do chão e me toma nos braços. De repente, estou cansada demais para argumentar. Encostando a cabeça no peito dele, respiro profundamente e fecho os olhos diante daquele perfume de sabonete que me faz relaxar. Nem abro meus olhos para ver o coletor de chaves ainda segurando o nariz ensanguentado quando passamos por ele sentado na varanda da frente.

— A que horas sua tia vem para casa de manhã? — Zack pergunta enquanto me coloca na cama. Devo ter dormido o tempo todo desde que saímos da sala de estar de Keller.

— Às oito — eu resmungo.

Ele se enfia na cama ao meu lado e me puxa para perto dele, enroscando os braços em volta da minha cintura, bem apertado.

— Senti sua falta — ele sussurra ao encaixar a cabeça no meu pescoço.

— Estou brava com você — sussurro de volta.

— Eu sei — ele responde.

— Mas também senti sua falta — admito, minha voz desaparecendo enquanto pego no sono, me sentindo mais em paz do que tenho me sentido nas últimas duas semanas.

Abro um olho e a claridade no quarto provoca uma dor nele que só pode ser comparada ao latejar na minha cabeça. Eu gemo. Os eventos da noite passada me inundam e passo a mão atrás de mim para encontrar apenas uma cama fria e vazia. *Será que sonhei que ele estava deitado na cama comigo?* Viro-me para olhar, mas o quarto está vazio; ele foi embora. Há um pedaço de papel dobrado em cima do criado-mudo, junto com dois comprimidos e uma garrafa de água.

Desdobro o bilhete. O som farfalhante do papel é ensurdecedor, embora quase imperceptível.

> *Sinto muito.*
> *Tome o Tylenol.*
> *Beba toda a garrafa de*
> *água, você precisa*
> *se hidratar.*
> *Pego você às 20h.*

Capítulo 29

Zack

Dizem que há cinco estágios do luto. Nem lembro quais são eles, mas parece que estive preso na raiva e na depressão por muito tempo. As pessoas tentaram me explicar, me ajudar durante o processo, mas eu não aceitei as mãos que me foram oferecidas. A culpa e a vergonha me isolavam de um lado, me fazendo sentir desconectado do resto do mundo do outro.

Tenho medo de acordar um dia e *não* pensar em Emily. Culpei Nikki por consumir meus pensamentos... por tirar o espaço que julgava pertencer a Emily. Mas talvez haja espaço para as duas.

É a primeira vez que venho visitar Emily sem estar com raiva. Não vim lhe dizer adeus ou contar a ela que estou seguindo em frente... porque tenho certeza de que nunca serei totalmente livre. Mas, em vez disso, estou aqui para lhe dizer que finalmente encontrei um lugar para ela. Um lugar que amarei para sempre e que me manterei comigo, em vez de brigar com onde ela sempre pertenceu.

Colocando o buquê de lilases que trouxe no túmulo dela, tiro alguns minutos para repassar os bons momentos que compartilhamos. As boas lembranças, não as ruins.

Enxugando as mãos suadas na calça jeans, respiro fundo e caminho até a porta de Nikki. Não faço ideia do que esperar. Durante duas semanas, fui um absoluto idiota, fingindo que ela não existia. E então, na noite passada, saio com ela em meus braços como um homem das cavernas. Que inferno, eu estaria puto comigo!

Quando a vi na festa, o quanto ela estava vulnerável por causa de tanta bebida, o tanto de mágoa em seus olhos quando ela me viu... eu sabia que precisava consertar o que havia quebrado. Tomei a decisão de me afastar de alguém de quem gostava antes, e é algo que vou me arrepender todos os dias pelo resto da vida.

Meus sentimentos não são importantes. Posso viver com a tristeza que tem envolvido meu coração e o apertado tanto que mal posso respirar. Droga, eu *quis* a dor desde que perdi Emily. Mas não posso mais magoar Nikki. E, definitivamente, não posso deixar que ela *se* machuque. Sou louco por essa garota. Talvez, só talvez, o destino tenha nos juntado por uma razão. Para curarmos um ao outro, não para destruirmos nossos corações partidos.

Só espero poder convencê-la a confiar em mim de novo.

Toco a campainha e espero. Ela atende a porta, mas não me convida imediatamente para entrar. Revelando o grande buquê de flores que estava escondido atrás de mim, ofereço-as com um bilhete dobrado, enquanto faço meu olhar de cachorro-que-caiu-de-caminhão-de-mudança pedindo perdão.

Ela tenta esconder, mas há um sorriso provocando seus lábios. Ela vira os olhos, balança a cabeça e então dá um passo para o lado, me deixando entrar.

— Como está se sentindo? — pergunto.

— Está se referindo à ressaca ou ao coração partido? — ela me pergunta, fazendo piada, mas vejo em seu rosto que não está totalmente brincando. Ocupando-se em colocar as flores na água, ela evita contato visual. Tiro o vaso que ela está enchendo de água de suas mãos e enfio as flores lá dentro, sem cerimônia, só para chamar sua atenção.

Suas costas estão para o balcão da cozinha e ela não se mexe quando dou um passo, invadindo seu espaço pessoal. Pego seu rosto com as duas mãos e espero até ela levantar os olhos.

— Estava me referindo à ressaca, mas também gostaria de ouvir sobre o coração partido — digo baixinho.

— Bom, o Tylenol e a água tiraram o pior efeito da ressaca. Meu estômago ainda está embrulhado, mas acho que vou sobreviver.

Meu dedo acaricia seu rosto.

— E o seu coração? — Eu me inclino. O meu próprio coração está batendo como um trovão no meu peito; tenho certeza de que ela também consegue senti-lo.

— Está... — ela procura a palavra. — Confuso.

— Seu coração está confuso ou sua cabeça?

Ela pensa por um momento.

— Minha cabeça, eu acho.

— Então o seu coração não está confuso? — Baixando a cabeça para encontrar a dela, falo diretamente aos seus olhos.

— Que bom. Fico feliz. O meu também não está.

— Mas eu não entendo o que aconteceu. — Os olhos dela brilham de esperança, então ficam desconfiados de novo. — Num minuto, tudo estava ótimo e, no outro, você não conseguia me olhar.

Eu realmente odeio que a tenha feito sentir-se assim. Ver a dor no rosto dela e ouvi-la em sua voz causa uma dor física em minhas entranhas. Como se eu tivesse tomado um soco e tudo o que posso fazer é não me dobrar de dor.

Engulo em seco. Preciso fazê-la acreditar no que ela significa para mim. Então lhe conto a verdade, mesmo sabendo que dividir a lembrança machucará a nós dois.

— A primeira vez que encontrei Emily, eu tinha nove anos de idade e estava no meio da rua usando cuecas do Batman. Acabou virando o apelido dela para mim. Foi a Emily quem comprou aquela máscara que você achou no meu quarto, para o meu aniversário de doze anos. — Fico quieto por um longo momento, tentando encontrar as palavras certas. Pego a mão dela, entrelaçando nossos dedos, e espero até ela me olhar nos olhos antes de começar. Então lhe digo a verdade, deixo as palavras saírem do meu coração, embora me assuste confessá-las.

— Eu nunca poderia não querer olhar para você. Que droga, Nikki, quando você entra num lugar, vejo você colorida quando todo o resto é branco e preto. Eu só estou confuso. Sinto que é errado eu ser feliz. Não mereço. Então tento me fazer sentir algo diferente.

O rosto dela parece triste.

— Às vezes, eu também me sinto assim. Como se não devesse estar sorrindo tão pouco tempo depois de minha mãe ter morrido. Sinto-me culpada quando estou gostando da escola, quando estou rindo com a tia Claire. Às vezes, até quando me sinto bem perto de você.

— E como lida com isso?

Ela dá de ombros e força um sorriso.

— Foco nas coisas que me dão esperança.

Atrás das palavras dela há muita dor. Mas ela consegue deixar para trás. Algo que eu preciso começar a fazer.

— Eu não tinha esperança até conhecer você. — Olho fixamente para ela. Nikki é absolutamente linda, e não só por fora. Seus lábios carnudos dizem palavras de cura. Seus grandes olhos azuis buscam o sol, mesmo em um dia nublado. Ela analisa meu rosto, tentando ver se estou sendo honesto; não a culpo por ser cautelosa.

— Estou com medo, Zack. Você me magoou. Me fez duvidar de mim mesma. Do meu próprio julgamento.

— Sinto muito. Sinto muito mesmo. Sei que magoei você. Mas, por favor, me dê outra chance. Não posso prometer que nunca mais vou fazer bobagem, mas posso prometer que vou tentar. Vou tentar todos os dias. — Faço uma pausa, levantando o rosto dela gentilmente para forçar seu olhar de volta ao meu. — Sou louco por você. Toda vez que te vejo sorrir, sabendo que coloquei o sorriso ali, fico feliz. *Você* me faz feliz. Não quero mais brigar.

Ela esboça um sorriso, quer aceitar o que estou lhe dizendo, mas ainda está em conflito.

— Sua cabeça está te dizendo para me dar um chute no traseiro e me mandar passear, mas seu coração está dizendo algo diferente, não é?

Um sorriso de verdade ilumina o rosto dela. É contagiante e meu próprio sorriso vem à tona pela primeira vez em semanas.

— É.

Envolvo meus braços em volta da cintura dela e puxo-a para mais perto.

— Quem fala mais alto?

Ela franze as sobrancelhas.

— Sua cabeça ou seu coração? Qual dos dois está gritando mais alto?

Ela baixa os olhos, depois os levanta de novo, nossos olhares se encontrando.

— Meu coração.

— Vá pelo seu coração. Deixe-me provar à sua cabeça que seu coração fez a escolha certa.

Ela morde o lábio.

— Vai conversar comigo quando estiver com problemas? Não vai me isolar?

— Vou — digo sem hesitação.

— Nunca mais vai me isolar sem explicação?

— Nunca.

Os olhos dela analisam os meus uma última vez.

— Tudo bem. — Ela solta o fôlego.

— Vai me dar uma nova chance? — pergunto, cheio de esperança.

— Vou, mas você está no período de condicional.

— Entendi. Condicional. — Aperto mais a cintura dela, fazendo-a ruborizar.

— Vou apoiá-lo como puder, mas precisa trabalhar em *você* mesmo.

— Eu vou.

— Quero só ver. — Ela me olha e ameaça.

— Mas... posso começar a trabalhar em mim amanhã?

Os olhos dela semicerram e as sobrancelhas baixam.

— Esta noite prefiro trabalhar em você. — Beijo os lábios dela. — Quero mostrar o quando estou arrependido.

Alternamos entre beijar e conversar durante horas; é difícil não passar dos limites. Mas esta noite tem a ver com seguir em frente. Juntos. Devagar. Então me obrigo a retomar o controle toda vez que começo a escorregar. Não é fácil.

Horas depois, o estômago de Nikki começa a rugir, quando estamos deitados um do lado do outro no sofá, os lábios dela inchados de tantos beijos.

— Com fome? — Dou uma gargalhada.

Ela sorri.

— Um pouquinho.

— O que você comeu hoje?

— O Tylenol que você deixou.

Puxo minha cabeça para trás para olhá-la por inteiro.

— Você não comeu nada?

Ela balança a cabeça.

— Estava muito enjoada.

Escorrego do lado de Nikki e me levanto do sofá.

— Bem, vamos consertar isso. O que a tia Claire tem na geladeira? — Vou em direção à cozinha.

— Só coisas saudáveis — ela diz sem muito entusiasmo.

— Tem certeza de que Allie e tia Claire não são parentes? — eu grito com a cabeça enfiada na geladeira. — Vocês têm aqui a mesma comida falsa que ela come.

— A tia Claire nem bebe leite de verdade. É de amêndoas ou soja. — Nikki fica atrás de mim e torce o nariz.

— Que horas são?

Ela olha no celular em cima do balcão.

— Onze e meia. — Alguma coisa no telefone lhe chama a atenção.

— Está tudo bem?

— Sim. Só algumas dúzias de mensagens de Ashley e umas ligações perdidas.

— Aconteceu alguma coisa?

— Acho que não. — Ela rola a lista de mensagens. — Contei a ela que você viria e ela só quer saber como estou.

Faço uma careta ao pensar na conversa que as duas devem ter tido sobre como eu agi nas duas últimas semanas.

— Sinto muito. Ela deve estar preocupada com você. Ligue para ela. O *Better Burger* fica aberto até meia-noite. Vou comprar alguns hambúrgueres e dou um tempo para vocês conversarem. — Dou-lhe um beijo na testa antes de pegar minhas chaves.

— Tem certeza?

— Positivo. O que você quer que eu traga?

— Qualquer coisa. Sou fácil de agradar.

Arqueio minhas sobrancelhas e sorrio. Beijando-a delicadamente nos lábios, saio deixando minha garota com o rosto vermelho.

Capítulo 30

Nikki

Escorrego pela parede para me sentar ao lado da porta da frente, ouvindo o barulho do Dodge Charger de Zack se afastar da calçada e sair para o *Better Burger*. Minha cabeça está girando, revivendo cada um dos momentos no sofá enquanto enfio a mão na minha calça jeans e puxo o bilhete que Zack me deu quando entrou. Esqueci-me que o tinha guardado no bolso até agora. Meu coração está a mil por hora quando o abro. Esse pequeno ritual com Zack se transformou em algo pelo qual sempre fico esperando.

> *Nikki,*
>
> *Você faz meu coração pulsar de alegria,*
> *Meu corpo tremer a cada toque,*
> *Minha mente esperar por cada palavra sua.*
> *Sou louco por você.*
> *Por favor, me perdoe.*
>
> *Zack*

Eu me belisco para ter certeza de que é verdade. Ele não pode ser de verdade. Vim para Long Beach para encontrar uma irmã que eu não sabia que existia e conheci um cara por quem sou apaixonada. Ele não é perfeito. E daí? Eu também não sou. Nós dois temos uma tonelada de bagagem emocional. Mas sinto a ligação com ele no fundo da minha alma. O destino tinha que nos juntar.

Tentando sair do torpor provocado por Zack, pego o celular para ligar para Ashley. Ele vibra enquanto meus dedos ainda estão passando pelo teclado. *Ashley.* E quem mais poderia ser?

— O seu timing está perfeito, Ash — eu digo enquanto tento sair da terra da fantasia.

— Já ouvi isso antes. É apenas um das várias coisas maravilhosas da sua melhor amiga. Há tantas outras. — Ashley ri de si mesma.

— Como você está? — ela continua. — O cara do bilhetinho partiu seu coração de novo nas últimas horas? Porque, se ele fez isso, vou colocar meu dedão para fora e pegar uma carona com o próximo caminhoneiro pavoroso que passar por essa porcaria de cidade. Vê só que boa amiga eu sou! Estou a fim de arriscar ser assassinada por um caminhoneiro horrendo só para dar um chute no traseiro do cara mudo do bilhetinho se ele te magoar de novo.

Ela tem um jeito peculiar de dizer, mas o ponto é sincero. Ashley tem boas intenções. Ela caminharia até a Califórnia se soubesse que eu preciso dela.

— Exatamente o contrário, Ash. Tudo está ótimo. Conversamos, ele se desculpou e explicou por que esteve passando por um momento ruim, e as coisas estão bem. Sinto que fizemos muito progresso. Ele está aqui agora. Bem, não neste exato momento. Ele saiu para comprar hambúrgueres, mas vai voltar logo. Nunca senti isso por um cara antes, Ash. Nunca. Não sei explicar.

— Ah, não. Você está me assustando. Esse cara te deixou maluca. Por favor, não me diga que está se apaixonando, Nikki. O amor é perigoso e você não está pronta para isso. Mal está preparada para uma paquera idiota.

As palavras dela me chateiam, me colocam na defensiva.

— Como se você estivesse preparada para isso, Ash. Dá um tempo. Você se apaixonou quatro vezes no ano passado e eu tive que aguentar todas elas. E isso aqui é diferente. Muito, muito diferente. *É real.* Quer queira acreditar ou não. — Meu tom faz Ashley perceber que não quero que ela faça nenhuma piada neste momento.

— Calma! Acredito em você. Só estou preocupada. Esse cara está brincando com o seu coração desde quando chegou aí. Eu não confio nele. É só isso. — Sei que Ashley tem boas intenções, mas não há como explicar o que está acontecendo entre Zack e mim. Nosso elo não é algo que eu consiga colocar em palavras, assim não espero que ela entenda.

— Ele vai voltar a qualquer minuto, Ash. Posso ligar mais tarde? — Sinto-me mal por cortá-la, não quero ofendê-la, mas estou me sentindo bem pela primeira vez em semanas e não quero que ela me desanime.

A campainha da porta toca quando estou em pé no quarto colocando meu cabelo no lugar.

— Hambúrgueres, batatas fritas e milk-shakes de chocolate. — Zack segura duas sacolas de papel enormes quando eu abro a porta. — A tia Claire me expulsaria se descobrisse. Na verdade, ela provavelmente me expulsaria mesmo se eu estivesse trazendo tofu orgânico, se soubesse o que estou pensando com relação à sua sobrinha.

— E o que você está pensando com relação a mim? — É óbvio pelo tom de voz dele, mas quero ouvi-lo dizer em voz alta.

Zack coloca as sacolas em cima da mesa e me puxa para seus braços. Os olhos dele descem até os meus lábios.

— Quer que eu lhe diga? — ele provoca.

— Será? — pergunto timidamente.

Com um sorriso diabólico no rosto, Zack balança a cabeça.

Engulo em seco. Minha voz mal é um sussurro.

— Me diga.

— Estava pensando em que gosto você teria. Em como seria ter você embaixo de mim. O sonzinho que faz quando começa a gozar.

Não tenho certeza se ele ouve, mas um gemido quase inaudível escapa da minha garganta.

Ele me beija.

— A tia Claire não chega até às oito horas de amanhã, certo?

Balanço a cabeça. Inconscientemente, lambo meus lábios.

Zack rosna. Dá um passo para trás e balança a cabeça.

— Vá. Coma. Vou jogar um pouco de água fria no rosto.

Ele sai em direção ao banheiro, resmungando.

— Coma rápido.

Deito-me na cama ainda acordada quando o sol nasce, repassando em minha cabeça a noite inteira com Zack. Não sei como conseguiria dormir. A visão de Zack deitado ao meu lado na cama, apoiado nos cotovelos, aparece em minha cabeça.

— Você é virgem? — ele perguntou casualmente, enquanto desenhava círculos delicadamente com o dedo em volta do meu umbigo exposto.

— Sou. — O dedo dele parou momentaneamente no meio do caminho. — Isso te incomoda? — pergunto, curiosa com a parada repentina dele.

Ele não respondeu verbalmente. Apenas balançou a cabeça lentamente, com um sorriso.

— Então por que hesitou?

— Estava tirando um minuto para agradecer a Deus — ele respondeu com um sorriso malicioso.

Não estou acostumada a conversar sobre sexo com garotos. Ou com qualquer um, para ser sincera. Principalmente porque nunca houve nada sobre o que falar. Assim, levei alguns minutos para tomar coragem e perguntar.

— Você é? — Quase me senti idiota por perguntar. Ele teve um relacionamento longo com Emily e... bem, olhe só para ele. Muitas garotas se jogam em cima de um cara como Zack.

Fiquei chocada quando ele assentiu.

— Sei que é difícil de acreditar, já que qual tipo de garota seria capaz de manter as mãos longe de mim? Mas sim, sou virgem. E, devo dizer que, na verdade, agora não estou nem aí. Estou feliz por nós dois sermos. Se decidirmos que estamos prontos, vai tornar o momento muito mais especial.

Eu quase derreti.

Não é só a conversa sobre sexo e os "amassos" que me mantêm acordada. Apesar de termos feito o suficiente das duas coisas para manter minha mente ocupada durante um dia inteiro. Alguma coisa maior aconteceu entre nós na noite passada. Mais do que uma desculpa ou um perdão, nós demos um grande passo à frente, concordando em nos abrirmos e sermos honestos, sem esconder as coisas que nos fazem o que somos. Nós nos conectamos de uma maneira que nunca senti com ninguém antes.

É por isso que me sinto culpada. Não contei a ele sobre a minha irmã. Queria. Realmente queria. Mas o momento nunca me pareceu adequado. Eu o fiz prometer ser aberto e sincero comigo daqui para frente, no entanto, ainda estou mantendo meus próprios segredos.

Capítulo 31

Nikki

Na segunda-feira à tarde, Zack me encontra em frente ao armário antes da aula de Inglês. O corredor está começando a esvaziar, com os alunos entrando nas classes antes de o sinal tocar. Duas portas à frente da nossa classe, Zack segura minha mão e me puxa na direção da saída de emergência, me levando para baixo da escadaria.

— O que está fazendo? — Dou uma risadinha quando ele me encosta na parede.

— Estou ficando sozinho com você. Esse lugar precisa de mais lugares com privacidade.

— É uma escola, Zack. Não acho que levaram em conta a necessidade de privacidade quando a construíram.

— Bem, é uma pena. — Ele dá um passo mais perto de mim, colocando cada braço ao lado da minha cabeça encostada na parede.

— Vamos chegar atrasados.

— Não estou nem aí. Não consegui parar de pensar na sua boca desde que fui embora na noite passada. — Os olhos dele recaem sobre meus lábios. O sinal toca, mas nenhum dos dois faz qualquer movimento para sair dali.

— Minha boca? — sussurro ofegante, repetindo as palavras, sem estar realmente fazendo a pergunta.

Com um sorriso malicioso no rosto, ele balança a cabeça e chega mais perto. Nossos narizes estão quase se tocando. Ele ergue uma mão e seu polegar roça meu lábio inferior.

— Esses lábios me perseguem. Toda vez que fecho meus olhos, os vejo. — Ele respira fundo. — Preciso beijar você agora. Não conseguiria esperar mais duas aulas até depois da escola. — Os lábios de Zack tocam os meus e ele me beija. Ele me beija de verdade. Fico tão perdida enquanto ele devora completamente minha boca, que nem percebo que os livros caem das minhas mãos, no chão.

— Uau! — eu digo, sem fôlego, quando finalmente nos separamos para respirar.

Ele encosta a testa na minha.

— Nem me diga. Agora ficarei na aula de Inglês com uma ereção.

Fico vermelha, mas absolutamente amo o que o nosso beijo provoca nele.

— Que bom que se juntaram a nós hoje, Sr. Martin, Srta. Fallon — o Sr. Davis diz enquanto entramos na aula com cinco minutos de atraso, meus lábios inchados do nosso beijo. — Seu atraso acabou de voluntariar um dos dois para ser o primeiro a compartilhar a lição de poesia com a classe. Qual de vocês será?

Zack olha para mim; os olhos dele se arregalam por um segundo e ele olha para baixo, então de volta para mim. Eu sigo a trilha dos olhos dele silenciosamente e vejo um inchaço notável em sua calça. Meus olhos se arregalam. Zack parece estar se divertindo quando me olha de novo.

— Eu vou, Sr. Davis — me voluntario. Zack dá um sorriso e senta-se rapidamente.

Ando até minha carteira, pego a lição de poesia que era para hoje e releio-a rapidamente. Eu a escrevi uma semana atrás. Quando a redigi, estava magoada e triste e parece que foi há uma vida. Também nunca pensei que outra pessoa, além do Sr. Davis, leria aquilo. Meus pensamentos são pessoais demais para serem compartilhados.

— Sr. Davis, acho que a lição não está comigo — minto.

O Sr. Davis semicerra os olhos e vem em minha direção. Ele pega o papel que estou tentando, fervorosamente, enfiar no fundo da minha pasta e dá uma olhada.

— Aqui está. — Ele aponta para a frente da classe. — Vá. Ou sente-se e tire um zero e o Sr. Martin pode ler o dele hoje.

A curta caminhada até a frente da classe parece mais como se eu estivesse caminhando numa prancha da morte. Respiro fundo e olho para Zack. Ele está me observando intensamente com uma expressão confusa. Não ergo os olhos enquanto leio as palavras.

Despedaçada como vidro.

Um milhão de cacos ao redor dos meus pés descalços.

O sol estava brilhando.

Agora as nuvens baixas cobrem o que um dia foi um céu claro.

Tento seguir em frente.

Não consigo.

Os cacos que ficaram cortam meus pés a cada passo do caminho.

Fazendo-me lembrar

Dos pássaros que um dia gorjearam uma canção

que era música para o meus ouvidos.

Agora meu mundo está em silêncio.

O sangue escorre das feridas nos meus pés.

A dor não me deixa fugir.

Gostaria que ele tivesse ficado calado

Que nunca tivesse me deixado ouvir sua voz.

Que nunca tivesse me deixado entrar. Para depois me mandar embora.

O sangue secará. Os cortes cicatrizarão.

A dor nunca será esquecida.

A sala está em silêncio quando eu termino de ler. Caminho de volta até a minha carteira sem levantar os olhos e escorrego nela suavemente, desejando poder desaparecer. Sinto os olhos de Zack na parte de trás da minha cabeça, na carteira atrás de mim, mas não tenho coragem de encará-lo.

Um tempo depois, o sinal toca. Zack está em pé ao lado da minha carteira antes mesmo de eu enfiar meus livros na mochila.

— Nikki, poderia esperar um momento, por favor? — o Sr. Davis chama da frente da sala, quando a classe começa a ficar vazia. Olho para Zack e ele parece tão estressado quanto eu me sinto.

— Te encontro no estacionamento. Vou matar o treino hoje — ele diz em voz baixa.

— Também tenho treino.

— Vai matar o treino também. — O tom dele me diz que não é algo que ele pretende discutir. Eu assinto e ele sai um olhar preocupado no rosto, me deixando com o Sr. Davis.

Zack abre a porta do carro para mim. Estamos os dois ainda quietos quando ele se senta no banco do motorista. O rangido do motor é o único som no silêncio do carro quando saímos do estacionamento da escola.

— Está com fome?

— Não muita.

Zack balança a cabeça e entra na estrada. Liga a música para preencher a enorme distância que nos separa. Dirigimos por um tempo em silêncio até ele parar em uma estradinha. Um farol que eu nunca tinha visto brilha à distância.

— Você conhece todos os faróis na Califórnia? — Tento aliviar a tensão que paira no ar.

Ele sorri.

— Dei uma olhada na internet quando você disse que gostava deles. Provavelmente já passei por eles milhões de vezes e nunca nem notei que estavam ali, antes de você.

Subimos pela escadaria úmida e estreita até o topo do farol, em silêncio. Passando por uma janela estreita, nos sentamos com as costas na parede, nossos pés pendurados na beirada. O som das ondas batendo na costa me acalma... ou talvez seja o garoto sentado ao meu lado.

Quando vira o rosto para mim, a expressão no rosto dele é tão séria, tão intensa, que me assusta por um minuto. Ele tira um pouco do cabelo que escapou da minha trança e coloca-o atrás da minha orelha.

— Sinto muito por ter feito você se sentir daquele jeito.

Há dor e tristeza em seu rosto.

— Não é culpa sua.

— É sim. — A voz dele fica um pouco mais alta e insistente.

— Você está só passando por um momento ruim. Eu entendo. Perdeu alguém que amava. Sei que disse que se sentia culpado por estar feliz, mas tenho certeza de que foi mais do que isso. Provavelmente parecia desleal estar comigo. Não é a mesma coisa, mas às vezes me sinto do mesmo jeito com a tia Claire. Nós nos divertimos conversando ou fazendo compras ou outra coisa e então eu fico triste depois porque sinto que estou desonrando minha mãe. Como se estivesse deixando outra pessoa tomar o lugar dela. — Faço uma pausa. — Escrevi aquele poema quase duas semanas atrás. Muita coisa mudou desde então. Nós mudamos. Não vamos mais olhar para trás, vamos continuar indo em frente.

Ele balança a cabeça e sorri.

— Como fui tão sortudo ao conhecer você? Não consigo encontrar as palavras para dizer o que preciso dizer, mas aí está você, sabendo exatamente o que eu estava sentindo. — Ele fica quieto por um longo momento antes de levantar o olhar. — Só vou dizer mais uma vez, porque preciso. Sinto muito por ter magoado você.

Eu sorrio.

— Aceito sua desculpa.

— Em frente, a partir de agora, prometo — Zack diz e parece que o peso que ele tem carregado aliviou um pouco.

Há uma tranquilidade confortável em nossa conversa e percebo que *nós dois* precisamos seguir em frente, sem bagagens, para isso funcionar.

— Ummm... Zack, preciso contar uma coisa — digo apreensiva.

Os olhos dele colam nos meus em um segundo, seu rosto ficando ansioso.

— Isso não parece bom.

Penso em como lhe dizer sem revelar o quanto minha vida é enrolada, mas, quando olho nos olhos dele, sinto a força que preciso. Ele me diz que seja lá o que for, estará tudo bem e ele não me julgará, sem dizer uma só palavra. Então, respiro fundo e começo.

— Tenho uma irmã.

As sobrancelhas de Zack se erguem em surpresa.

— Ok. — Ele espera para a outra bomba cair.

— A quem eu nunca conheci. — Um passo de cada vez.

— Ok. — As sobrancelhas dele franzem um pouco mais, mas ainda não há nenhum julgamento.

— E só soube da existência dela quando minha mãe morreu.

— Onde ela está?

— Não sei. Acho que deve estar aqui na Califórnia.

— Você quer encontrá-la?

— Mais do que tudo.

— E por que não vai atrás?

— Eu não sei o nome ou qualquer coisa sobre ela. Exceto que éramos gêmeas. Mamãe abriu mão dela no nascimento, porque tinha problemas de saúde. Minha mãe tinha seus próprios problemas de saúde, sérios, e me criar sozinha já foi um desafio.

— E você não sabe quem são os pais adotivos?

Balanço a cabeça.

— Então como nós vamos descobrir? — Zack pergunta.

Nós. Ele disse *nós.* E, neste momento, a ligação entre nós fica mais profunda. Durante as próximas duas horas, conto a ele todos os detalhes. A carta da minha mãe. A Sra. Evans. A tia Claire. Tudo.

E quando falamos tudo, Zack envolve os braços ao meu redor e me segura com força.

— Juntos — ele diz e eu me afasto para olhar para ele.

Seus cativantes olhos azuis brilham com o reflexo do mar azul atrás dele.

— Vamos encontrá-la juntos. E se ela for só um pouco parecida com você, tenho certeza de que vou amá-la.

O sol vai sumindo atrás do oceano, recusando-se a apagar seus raios divinos mesmo quando é engolido pelo horizonte. Sentamo-nos em silêncio e apreciamos a paisagem enquanto a luz do dia se transforma em escuridão.

Zack me puxa do seu lado e me coloca montada entre seus joelhos dobrados. Os braços fortes enroscam em volta da minha cintura, bem abaixo dos meus seios. Ele beija minha testa.

— Qual é a sua data comemorativa predileta?

— Dia dos Namorados — eu respondo, sem ter que pensar na minha resposta. Não lhe disse que nesse dia também é meu aniversário.

— Dia dos Namorados, hã? A maioria das pessoas diria Natal ou Ação de graças, imagino.

Dou de ombros.

— Não eu. Qual é o seu?

— Dia dos Namorados.

Sorrio.

— Você acabou de inventar?

— Talvez. — Consigo ouvir o sorriso na voz dele, embora não consiga vê-lo. — Eu meio que gosto muito do Dia de Ação de Graças também.

— Por quê?

— O dia todo de futebol americano, as mulheres cozinhando e não precisa comprar presentes — ele responde como se fosse a única resposta óbvia.

— Então está jogando tudo isso para cima e fazendo do Dia dos Namorados sua data comemorativa predileta. Assim, do nada?

— É.

— E por que faria isso?

Ele pega meu queixo e vira minha cabeça, dando um beijo suave nos meus lábios.

— Porque é a sua data comemorativa predileta.

— Sim. Mas pense em todas aquelas tradições do Dia de Ações de Graça das quais está abrindo mão pelo Dia dos Namorados.

Zack esfrega o nariz no meu, então beija ao redor dos meus lábios.

— Vamos criar novas tradições. Tradições do Dia dos Namorados só para mim e você.

Ele me beija algumas vezes, depois passa a língua pelo meu lábio inferior. Sinto as sensações em lugares que não são a minha boca.

— Novas tradições — eu sussurro.

Zack assente, e uma faísca nos olhos me diz que estamos pensando na mesma coisa, embora nenhum dos dois diga.

— Novas tradições.

Ele dá um sorriso largo e beija respeitosamente meus lábios. Só espero que consigamos nos segurar por mais sete semanas e fazer o nosso primeiro Dia dos Namorados juntos muito especial para os dois.

Capítulo 32

Nikki

Paro na rua em frente à casa de Zack, abaixada, as mãos nos joelhos para recuperar o fôlego. Aquela sensação me toma novamente. É sinistra, como se alguém estivesse me observando. Limpo o suor da testa, puxo o fone do meu ouvido e dou uma olhada ao redor, sem encontrar ninguém. Então, noto as cortinas se mexendo dentro da casa do outro lado da rua. A casa de *Emily*. Olho fixamente por um momento, mas, minutos depois, a cortina fica imóvel. Meus próprios medos e suspeitas estão definitivamente me vencendo.

Zack atende a porta antes mesmo de eu apertar a campainha. Ele sorri para mim e pega minha mão, me puxando para perto dele. O beijo que me dá nos lábios me faz esquecer de todo o resto.

— Conseguiu voltar ao sótão depois que ela saiu hoje de manhã? — Zack pergunta assim que a porta se fecha atrás de mim.

Assinto, mas não digo nada, olhando ao redor.

— Não tem ninguém em casa. Meus pais foram a San Diego visitar minha tia. Só voltam à noite.

— Ah.

— Foi no Hospital de Long Beach?

— Não, foi no Hospital Universitário de North Shore. Pesquisei no Google. Fica a mais ou menos quarenta quilômetros.

— Sei onde é.

— O site deles disse que é preciso ir pessoalmente e mostrar um documento de identidade para solicitar arquivos médicos ou preencher alguns formulários e reconhecê-los em cartório — eu explico.

— Está com sua carteira de estudante?

— Sim.

— Então vamos.

— Mas... — Olho para minha roupa de ginástica. — Estou toda suada.

— Você parece quente.

— Estou com calor. Corri muito e hoje está quente.

Zack mexe as sobrancelhas.

— Não foi isso que eu quis dizer.

— Ah. — Enrubesço.

Ele meu puxa para ele de novo.

— Gosto de você assim.

— Com o cabelo escapando do rabo de cavalo, o rosto vermelho e o suor escorrendo pelo corpo?

Ele assente, um sorriso malicioso no rosto.

— Você suada e enrubescida é o jeito que mais gosto. Me faz lembrar de duas noites atrás no seu quarto.

A temperatura em meu rosto já suado aumenta ainda mais.

— Você só sabe pensar em uma coisa.

— Verdade. Somente Nikki o tempo todo.

Zack me beija de novo e geme.

— Vamos lá, vamos pegar a estrada ou acabaremos não indo a lugar algum hoje.

Passamos por uma placa na estrada para o Hospital Universitário de North Shore e meus nervos ficam à flor da pele. Zack aperta minha mão esquerda, que esteve segurando desde quando começamos a viagem.

— Você está bem? — Ele me olha de relance e volta os olhos para a estrada.

Foi ideia de Zack voltar ao sótão e procurar o nome do hospital para tentar conseguir meus dados. Ele tem sido incrível desde quando lhe contei sobre a minha irmã. Pesquisando online e descobrindo tudo sobre a lei da Califórnia. Não me sinto mais sozinha nisso.

— Obrigada por me levar.

— Não precisa me agradecer. Estamos nisso juntos.

Estacionamos e caminhamos até a porta da frente de mãos dadas. Paro por um segundo enquanto a porta da frente automática desliza, se abrindo. Zack olha para trás.

— Ei, você está bem? Não temos que fazer isso hoje, se não estiver pronta.

— Eu sei. — Solto uma lufada de ar. — Estou pronta.

O segurança nos direciona para o Departamento de Registros Médicos e seguimos por uma série de corredores até chegamos à última curva. Zack aperta minha mão, me lembrando de que está ali, a cada passo da jornada.

— Acha que é aqui? — Zack brinca quando chegamos à porta azul com uma placa de "Registros Médicos" ridiculamente grande.

— Talvez. — Sorrio e tento parecer calma, mas é difícil esconder minha ansiedade.

Zack abre a porta, segurando-a para que eu passe primeiro. As dobradiças enferrujadas soltam um rangido alto, chamando a atenção de uma mulher de cabelos grisalhos sentada em uma das mesas. Todas as outras pessoas dentro da sala enorme nos ignoram.

— Posso ajudar? — A voz dela é mais agradável do que eu esperava.

Hesito e Zack toma a dianteira.

— Sim, obrigado. Precisamos de alguns registros médicos.

— Claro. — Ela caminha até a mesa de formulários perto de nós. — Preencha este azul aqui. Também vou precisar de uma cópia do seu documento de identidade.

Com a mão trêmula, completo a solicitação para documentos médicos, puxo minha carteira de estudante do bolso e a entrego à mulher. Ela sorri e a examina.

— Você nasceu em 1996.

— Sim — eu concordo.

— Então ainda tem dezessete anos, correto?

— Sim, dezessete. Farei dezoito logo, logo.

— Sinto muito. Não posso disponibilizar seus registros médicos a não ser que tenha dezoito anos. Seus pais podem autorizar o acesso aos registros, se quiser pedir para virem até aqui.

Zack fala por mim:

— Os pais de Nikki morreram. Estávamos esperando encontrar alguma informação nos arquivos sobre a irmã dela que foi adotada.

A mulher me olha com tristeza.

— Sinto muito. Um responsável, talvez?

— A tia Claire? — Zack se vira para mim e sussurra em dúvida.

Volto minha atenção para a mulher.

— Não tenho ninguém que possa assinar.

Tia Claire tem registros do meu nascimento. Ela obviamente sabe que tenho uma irmã, mesmo assim não disse nada até agora. Quanto mais o tempo passa, mais o aviso na carta da mamãe parece real. Eu realmente gostaria de acreditar que o aviso fazia parte da paranoia dela; fora isso, a tia Claire é fantástica.

— Já tentou o Serviço Social na prefeitura de Long Beach? Talvez eles possam ajudar.

A mulher está tentando ser gentil. Forço um sorriso, completamente sem sucesso.

— Não tive a melhor das experiências com o Serviço Social. Volto de novo quanto tiver dezoito anos.

A mulher assente.

— Obrigada pelo seu tempo — agradeço.

Estamos quase na porta quando a voz dela nos faz parar.

— Espere. — Ela vem até a porta e estende o braço, indicando duas fileiras de cadeiras. — Me deem um minuto. Tenho uma amiga no Serviço Social. Deixe-me ligar para ela. — Ela pisca e volta para sua mesa para usar o telefone.

Alguns minutos depois, ela volta e me entrega um pedaço de papel.

— Aqui está o nome e o número da minha amiga. Ela pesquisou no sistema e você está lá. Vai puxar seus registros. Disse que poderá levar alguns meses para conseguir as pastas dos arquivos, mas vai te ligar quando eles chegarem.

— Obrigado pela sua ajuda — Zack diz em tom amigável. — Foi muito gentil da sua parte parar o seu trabalho para fazer uma ligação.

— Espero que consigam encontrar o que estão procurando. Se eles não ligarem, volte aqui quando fizer dezoito anos e peça para falar com a Macy. Ajudarei você com os documentos para encontrar o que precisa.

— Obrigada.

Zack passa o braço ao meu redor enquanto serpenteamos pelo labirinto de corredores.

— Vamos continuar procurando. Tem de haver alguma coisa em algum lugar.

Precisa ter. — Ele me abraça apertado.

Assim que chegamos à porta da frente, Zack para abruptamente. Um homem mais velho bem-apessoado, de terno, caminha em nossa direção.

—Zack? O que está fazendo aqui? — o homem pergunta de um jeito amigável, mas com um tom de preocupação na voz.

— Estou ajudando uma amiga. Mas já acabamos. É bom ver você. — As palavras de Zack são educadas, mas os modos dele são rudes. Ele diminuiu o passo, mas não parou, apesar de o homem ter claramente parado para conversar.

— Quem era aquele, Zack? Por que você saiu tão rápido? — pergunto quando estamos fora do alcance para sermos ouvidos.

— Só um amigo dos meus pais. Ninguém importante. Não queria explicar nem responder perguntas. Seus assuntos não são da conta de mais ninguém. — Ele dá um beijo na minha testa. — Vamos para casa.

Eu me viro para a entrada quando chegamos à porta. O homem ainda está lá, em pé na porta, nos observando.

Capítulo 33

Zack

Seis semanas se passaram desde o dia em que Nikki leu o poema que escancarou seu coração partido para a classe. E eu me imbuí da missão de recompensá-la, todos os dias. Cada dia fica melhor. Em vez de descobrir coisas que não gosto à medida que nos tornamos cada vez mais íntimos, descubro mais coisas nela para amar. Nós nos tornamos praticamente inseparáveis durante as duas últimas semanas. Até mesmo à noite. Nas noites que a tia dela trabalha no hospital, eu fico até de manhã. Meus pais estão tão delirantes por eu estar feliz que nem se importam que eu não venha para casa algumas noites durante a semana. Além do que, agora tenho dezoito anos.

Embora meus pais não se importem, tia Claire definitivamente teria algo a dizer sobre isso. Tenho a estranha sensação de que não gosta de mim, embora Nikki insista que ela seja apenas superprotetora. De qualquer forma, de jeito nenhum serei pego quando ela voltar para casa daqui a duas horas. Meu alarme desperta às seis horas e saio da cama, tentando ao máximo não acordar Nikki. Então, percebo que ela não colocou a camiseta de volta na noite passada.

Com a ereção matinal e a visão dos lindos seios nus dela, deixo de lado a noção de que tenho que deixá-la descansar, mesmo que tenhamos ficado acordados metade da noite, nos "amassando". Cada vez fica mais difícil parar. Mas, pelo menos, ambos sabemos que há um alívio num futuro não muito distante.

Concordamos em esperar até o Dia dos Namorados para ficarmos juntos pela primeira vez. Nikki não faz ideia de que nesse dia era o aniversário de Emily, e, a princípio, fiquei hesitante ao pensar em passar o dia fazendo amor com outra pessoa. Mas, na noite em que ela sugeriu isso, eu teria concordado com qualquer coisa para manter aquele lindo sorriso em seu rosto.

Abaixando-me de volta na cama, rastejo pelo corpo de Nikki, me posicionando em cima dela. Primeiro, beijo seu pescoço até ela gemer, acordando-a, que não reclama. Ela enrosca os braços ao redor das minhas costas e as unhas cravam enquanto minha boca passeia pelo seu colo. Um gemido baixinho escapa dos lábios dela e o som me deixa maluco. Meus beijos ficam mais exigentes, mais fortes, mais rápidos, mas famintos. Beijo-a em todos os lugares, exceto o lugar que concordamos ser proibido por ora, me demorando ao percorrer o caminho da ponta de seus dedos do pé até o pescoço.

Nikki geme enquanto eu pairo em cima dela, nossos corpos, cheios de desejo, perfeitamente alinhados. Envolvendo as pernas nas minhas costas, Nikki me puxa para mais perto. A sensação é incrível. Meu membro duro pressiona fundo dentro dela. Sinto a pulsação de nossos corpos, ainda que através de duas camadas de roupas íntimas.

— Me diga de novo por que estamos esperando. — Solto um gemido ao enfiar a língua faminta dentro de sua boca. Meus dedos pressionam os quadris dela, e eu nos viro, para que ela fique por cima. Há algo absurdamente sexy em vê-la tomar o controle da situação. E ela o faz. Nikki me beija e então desce até meu pescoço, mordiscando ao final de cada beijo. Aquilo me deixa absolutamente louco. Em seguida, ela vai mais para baixo. Retribuindo a adoração que acabei de dedicar de uma ponta a outra do seu corpo, ela desce a boca até o meu peito, beijando meus músculos peitorais. Mas a posição é mais do que consigo aguentar. Os seios nus dela estão pressionados contra meu membro duro e meu corpo começa a se mover para frente e para trás antes de eu me dar conta.

— Nikki. — Respiro. Ela olha para mim, os olhos estão entreabertos e sedutores, e eu sei que é impossível durar desse jeito. Assustando-a, viro-a de costas de novo e a beijo respeitosamente nos lábios antes de pular para fora da cama.

— Zack. — Ela suspira, parecendo tão frustrada quando eu me sinto.

— Tenho que ir. — Procuro freneticamente minha calça de moletom.

— Não... — ela resmunga e puxa o lençol por cima da cabeça.

Coloco a calça de moletom, puxo a camiseta por cima da cabeça e beijo-a por cima do lençol.

— Ligo para você mais tarde. Vista-se antes que sua tia volte para casa.

Ela joga um travesseiro nas minhas costas. Pego meus sapatos e praticamente corro porta afora.

O shopping é um lugar que eu detesto profundamente. Correção. O shopping é um lugar que eu detesto... sem o Keller. Na fila do quiosque de pretzel a uns dez metros do banheiro dos homens, ouço a voz dele ecoar pela porta do banheiro.

— Milho! Quando eu comi milho? — ele grita, sua voz grossa impossível de não ser ouvida.

Todos os caras na minha frente morrem de rir. As garotas torcem o nariz e parecem totalmente enojadas. Ele surge um minuto depois, todo sorridente enquanto levanta as mãos acima da cabeça para mostrar a todos na fila.

— Limpas! Dessa vez eu as lavei! — ele exclama, como se fosse uma novela.

Balanço minha cabeça e faço o pedido.

— Cara, não é à toa que você não tem namorada. Você é perturbado.

— É tudo parte do meu processo de seleção. — Keller bate o dedo na têmpora, indicando que é esperto.

— Estou com medo de perguntar.

Keller sorri.

— Se uma garota não consegue rir das minhas piadas, ela não é para mim. — Ele dá de ombros.

— Quer dizer que está esperando uma garota achar que você é engraçado em vez de nojento?

— É — Keller diz com orgulho.

Dou uma gargalhada.

— Plano fantástico.

— Também achei.

— Vai ficar sozinho por um bom tempo, seu idiota.

— Nikki ri das minhas piadas. — Ele dá um sorriso malicioso. — *E* ela é muito gostosa.

— Pare de olhar para a minha namorada.

— O que devo fazer? Cobrir meus olhos quando a vejo? — ele me provoca.

— Sabe o que eu quero dizer. Pare de olhar para ela *desse* jeito.

— Acho que não consigo. Ela tem um traseiro daqueles, cara. — Keller imita um traseiro bem torneado com as mãos.

Se fosse qualquer outra pessoa no mundo, estaria deitada no chão neste momento, admitindo que estava dando em cima da minha namorada abertamente. Mas Keller... bem... ele só está sendo Keller. Então, eu me viro e dou um soco em seu braço, forte o bastante para deixar uma marca, mas nem de longe chegando ao ponto de lhe dar uma surra.

— Aiii! — Keller esfrega o braço. — Por que fez isso?

Sem noção. Totalmente sem noção. Caminhamos pelo shopping por mais uma hora em busca do presente de Dia dos Namorados perfeito para Nikki, mas nada parece ser a escolha certa. Paramos na última joalheria do shopping. A vendedora parece perplexa quando Keller lhe pergunta, com uma cara absolutamente séria, se ela pode acompanhá-lo ao departamento de lingerie. Por sorte, Keller vê alguns caras do time do lado de fora da loja e eu tenho alguns minutos para dar uma olhada sem ser expulso de mais uma loja.

— Para quem está procurando um presente hoje? — a vendedora pergunta, hesitante.

— Para minha namorada.

— Para o Dia dos Namorados?

— É.

— Está procurando algo em especial?

— Não. Acho que estou esperando alguma coisa pular em cima de mim.

A jovem vendedora sorri.

— Conte-me um pouco sobre ela, talvez possa me dar uma ideia para direcioná-lo ao lugar certo.

— Na verdade, ela não usa muitas joias. Bem, às vezes, ela usa esses colares de miçangas. Não são joias de verdade, mas ela os usa porque eram da mãe dela. — Olho ao redor e tudo parece formal e frio demais para dar a Nikki. — Para ser sincero, nem tenho certeza se uma joia seria o presente certo para ela — admito com um balançar de ombros desanimado.

— Ela usa os colares da mãe? A mãe dela morreu?

— Morreu no ano passado.

— Hmmm. — Ela olha ao redor da loja. — Talvez eu tenha uma ideia.

Ela se afasta por um momento e volta com uma bandeja de veludo preta. Uma longa corrente de ouro está delicadamente presa nele, com um coração lindo e grande pendurado ao final. Ela a coloca na minha frente.

— É uma antiguidade, então é um pouco diferente do que a maioria do que se vê hoje. — Ela pressiona algo ao lado do coração e ele abre. — É um medalhão. Tem lugar para duas fotos. Talvez possa colocar uma foto da mãe dela de um lado e a sua do outro. — Ela vira o coração. — A parte de trás pode ser gravada, você poderia até mesmo escrever uma pequena mensagem.

Um coração para representar a data comemorativa favorita dela, um lugar para uma foto da mãe e uma foto minha *e* um lugar para escrever uma mensagem.

— Vou levar.

Capítulo 34

Nikki

Nervosismo e ansiedade formam um coquetel potente. Diferente da minha experiência limitada com o álcool, esse coquetel me dá náuseas e vontade de vomitar. De jeito nenhum conseguirei dormir esta noite.

Meu celular toca e sorrio com a *selfie* ridícula que aparece, indicando que é a Ashley. Tiramos uma foto no meu último dia no Texas. Estávamos deitadas na grama, nossos cabelos longos espalhados ao nosso redor enquanto olhávamos para cima, sorrindo abertamente para a câmera. Passou-se quase um minuto depois de termos tirado a foto para Ashley perceber que tinha uma enorme aranha do tamanho do Texas rastejando em seu rosto. A foto capturou aquele exato segundo quando ela ainda estava sorrindo, mas a aranha aparece bem em cima dela. Absolutamente impagável.

— Tem planos para o Dia dos Namorados? — ela pergunta, brincando. Durante o último mês, passamos de conversar duas vezes por semana para uma hora de conversas profundas todo santo dia. Às vezes, mais de uma vez. Ela sabe o quanto estou ansiosa para amanhã.

— Dia dos Namorados? Não, estava pensando em talvez ficar em casa e me atracar com um bom livro. — Fecho silenciosamente a porta do meu quarto. Tia Claire está em casa e não quero que escute minha conversa com Ashley.

— Acho que estou mais animada por fazer o trabalho sujo do que você mesma. Parece tão calma. — Toda vez que converso com a Ash, ela tem um nome diferente para o sexo. Hoje até que não está tão horrível, mas, na semana passada, nós estávamos fritando o bacon, balançando o trailer, descascando a mandioca e a minha favorita, uma que eu ainda não consigo entender: descabelando o palhaço.

— Estou longe de estar calma. Todas as manhãs eu acordo em pânico com alguma coisa que possa dar errado. Hoje eu me vi vomitando nele antes do bacon chegar à frigideira. — Viro de barriga para baixo na cama. Meu rosto está tão perto do travesseiro que consigo sentir o cheiro do Zack, seu shampoo deixando para trás um perfume que associo com ele em minha cama. Inspiro profundamente e sorrio ao exalar.

— O que você está fazendo?

— Nada — minto.

— Você acabou de cheirar alguma coisa?

— Não!

— Mentirosa, o que você cheirou?

— Nossa... — eu rosno porque ela me conhece tão bem. — Meu travesseiro — confesso.

— Tem o cheiro do Zack?

— Tem, se é que você precisa mesmo saber.

— Preciso. — Nós duas rimos. A tia Claire definitivamente ficaria brava se soubesse que não lavo minhas fronhas há semanas. Mas não suporto a ideia de abrir mão daquele cheiro. Ele me faz companhia quando Zack sai da cama de manhã.

Conversamos um pouco. Ela me conta sobre um novo cara que está namorando, mas de quem não gosta de verdade, e eu falo mais sobre a escola e a noite passada com Zack. Ele me levou a outro farol para ver o pôr do sol; o sexto que visitamos até agora.

— E então, comprou alguma coisa especial para usar amanhã? — Ashley pergunta.

— A tia Claire me deu um vestido de verão lindo que eu ainda não usei, então pensei em vesti-lo. É azul, a cor favorita de Zack.

— Estava falando sobre o que planejou usar debaixo do vestido.

O pânico se instala. Nem pensei em usar algum lingerie especial.

— Ah, meu Deus. Não pensei nisso! É para usar alguma coisa especial na primeira vez? Uma camisola ou algo do tipo?

— Acalme-se. Acho que não existe nenhuma regra. Só achei que você tivesse pensado, já que se preparou tanto para o dia.

O nervosismo que eu temporariamente tinha conseguido deixar de lado durante os últimos dez minutos volta a ponto de me cegar.

— Você está certa. Tem sido uma grande preparação. E se não for o que esperamos que seja?

— E o que você espera que seja?

— Não sei. Especial. Emocionante, acho.

— Bem, o que você vai usar não tem nada a ver com isso. Então, eu não me preocuparia.

Tia Claire bate na porta para me dizer que está na hora do jantar.

— Preciso ir — digo a Ash. — Te ligo amanhã.

— Assim que acabar de fornicar.

— Fornicar? Alguém tem lido o dicionário.

— Você gosta mais de "sentar na cobra"?

— Melhor ficar com fornicar.

— Se você insiste.

— Ligo para você amanhã.

— Mal posso esperar.

O cheiro de waffles belgas paira no ar na manhã seguinte, e meus lábios sorriem antes mesmo de eu abrir os olhos. Tia Claire sabe que são meus favoritos. Nunca tinha experimentado waffles antes de vir à Califórnia. Sinceramente, não tenho certeza se sabia que poderia fazê-los em casa, muito menos com um sabor tão incrível como ela faz.

Ando pela casa, meus pés se arrastando preguiçosamente sobre o chão, embora meus sentidos estejam bem acordados por causa do cheiro.

— Feliz aniversário, dorminhoca! E Feliz Dia dos Namorados. — Tia Claire sorri quando eu entro na cozinha.

Como um waffle, depois um segundo, fuçando com meu garfo o restante. De repente, penso no quanto é estranho ter alguém cozinhando para mim o tempo todo. Um fogão em um trailer não é exatamente parecido com o que tia Claire tem. Além disso, mamãe não era uma boa cozinheira. Ela nunca comia muito, achava que, se tivéssemos leite dentro do período de validade e cereal, tudo estava bem. Os jantares geralmente consistiam em comida congelada esquentada no forno ou *fast food*. Nenhuma delas era boa para o diabete da mamãe, mas ela sempre foi teimosa. Mesmo quando comecei a trabalhar em um supermercado nos meses antes de ela morrer e trazia frutas e legumes frescos para casa, mamãe dizia que não estava com fome.

Tia Claire deve ter me visto mergulhando em algum lugar triste pensando em minha mãe, porque pula da cadeira como um bichinho de estimação que vê uma recompensa, exclamando:

— Quase me esqueci dos seus presentes! Não saia daí! — E desaparece em direção ao quarto dela apressadamente.

Sou tomada por um surto de culpa quando ela volta com uma pilha de presentes lindamente embrulhados, mais do que jamais recebi de uma vez só algum dia. Ela está com pressa para cozinhar para mim e me dar os presentes antes da escola, e eu estou escondendo um segredo enorme dela. Hoje me sinto mais culpada do que já me senti nos últimos meses. Talvez seja porque estou me perguntando se alguém fez um café da manhã especial para minha irmã no aniversário dela. Uma irmã sobre quem finjo não saber nada para a tia Claire. Cada dia minha desonestidade fica pior.

Tia Claire empilha as caixas aos meus pés. Os presentes estão com fitas e laços pendurados, embalados em papel vermelho brilhante coberto de corações rosa para comemorar meu aniversário no Dia dos Namorados.

— Abra-os! — ela insiste enquanto inspeciono a beleza dos pacotes. Ela coloca a primeira de uma das caixas grandes no meu colo. De alguma forma, minha tia sempre parece saber quando estou transbordando com emoções que me deixam incomodada, me puxando de volta para uma conversa e longe do espaço mental estranho em que me encontro.

Há três caixas do mesmo tamanho e uma bem pequena, que me deixa muito curiosa. Quero ir direto para a pequena, mas, em vez disso, abro-as conforme a tia Claire vai me entregando. Obviamente, ela está fazendo um pouco de drama.

Dentro da caixa número um, encontro um lindo vestido verde musgo azulado, que parei para olhar em um manequim na Bloomingdale's quando estávamos fazendo compra no shopping na semana passada. A cor foi o que primeiro chamou minha atenção. O tom verde-azulado parecia a água em uma fotografia do Caribe. Além da cor, me apaixonei pela fileira de pérolas minúsculas fazendo o acabamento do decote arredondado. Não sou particularmente uma "patricinha", mas esse vestido era lindo e não tinha como não pensar no que Zack acharia ao me ver nele.

— Tia Claire, eu nem sabia que você me viu olhando para esse vestido! — Estou sem palavras. Nunca tive um vestido tão caro assim. –– Não precisava. Já faz tanto por mim.

As lágrimas enchem os olhos da tia Claire e, sem pensar, fico em pé e lhe dou um abraço.

— Obrigada! Adorei! É o vestido mais lindo que já vi — agradeço, passando o dedo pelas lindas pérolas que me chamaram a atenção.

Seguro o vestido, analisando o decote fundo das costas, que também é rodeado pelas pequenas pérolas.

— Parece algo saído de uma capa de revista — comento, ainda olhando-o fixamente, sem acreditar que seja meu de verdade.

— Vai parecer que você é que deveria estar na capa de uma revista, Nikki.

Você é linda e esse vestido vai ficar sensacional em você. É um pouco arrumado demais, mas achei que pudesse usar no seu encontro com Zack hoje à noite. Só se faz dezoito anos uma vez na vida. Sei o quanto está esperando por isso. — Ela pisca. — Não que você tenha me contato muita coisa.

Dou um sorriso amarelo.

— Zack ficará embasbacado. Bem, pelo menos espero que fique — eu digo. — Ele está planejando me levar a um jantar especial. Não tenho certeza onde. Ele quer que seja uma surpresa.

— Bem, deve ser um pouco intenso para o Zack, com o seu aniversário e o primeiro Dia dos Namorados de uma vez só — ela comenta. — Aposto que ele está preocupado, tentando fazer tudo sair perfeito.

— Não contei a ele que era meu aniversário — admito, me dando conta do quanto isso é maluquice.

— O quê? Por quê? — tia Claire pergunta com um choque sincero na voz.

Minto. Quero, de verdade, confiar na tia Claire, mas não posso lhe contar que nossos planos para hoje à noite já estão colocando muita pressão em nós dois.

— Não quero tanta pressão em cima dele. O Dia dos Namorados é difícil o bastante. — Dou de ombros, tentando ao máximo parecer casual.

Abro minhas outras duas caixas e encontro novas roupas de corrida. Três shorts da Nike, leves, alegres e coloridos na caixa número um, e três camisetas e um top esportivo na outra. Tia Claire é muito observadora. Ela sabe exatamente do que eu gosto. Os presentes são realmente o que eu teria escolhido.

Enquanto estou segurando meus novos shorts para sentir o quanto são leves como pena, tia Claire me dá a caixinha na qual estive de olho o tempo todo.

— Este é especial. Tem uma história que vai junto com ele. Abra-o — ela diz baixinho.

Rasgo o papel vermelho brilhante para encontrar uma caixinha de joia branca forrada de tecido. Os sentimentos me dominam de novo.

— Tia Claire, não precisava... de verdade.

Ela me corta antes de eu poder expressar que ela já tem feito demais.

— Abra-a, Nikki. É uma ordem. — Ela sorri, os olhos animados de expectativa.

Dentro da caixa, está um lindo anel de ouro branco com duas pedras de safira em formato de coração, uma ao lado da outra. Os corações de safira estão completamente rodeados com pequenos diamantes redondos. Estou sem palavras. Nunca estive tão perto de uma peça de joia tão sofisticada, sem contar que ninguém jamais me deu um presente tão caro assim.

Não tiro o anel da caixa.

— Não posso aceitá-lo, tia Claire. Não posso mesmo — digo com a voz tremendo de emoção. Estou tomada pela culpa. Não mereço um presente como este. Eu a usei, ao vir morar com ela só para encontrar minha irmã. Não mereço esse presente generoso. Não mereço nada disso.

— Eu lhe disse que havia uma história. O anel era da minha mãe. O anel da sua avó Anne. Meu pai mandou fazê-lo e o deu de presente a ela no dia em que sua mãe nasceu. Eu nasci no dia 15 de setembro, três anos antes de sua mãe nascer. Sua mãe nasceu no dia 18 de setembro. Quando seu avô descobriu que teria um segundo bebê de setembro, mandou fazer este anel para celebrar os dois bebês. Safiras são a pedra de nascimento para o mês de setembro. Sua mãe sempre adorou este anel. Quando éramos pequenas, eu e ela sempre o pegávamos da caixa de joias da nossa mãe e o experimentávamos, fingindo que éramos princesas.

Tia Claire continua antes de eu encontrar qualquer palavra:

— Você nunca conheceu sua avó, e sua mãe adorava este anel. Achei que poderia ser algo especial de ter. As duas estão cuidando de você lá do céu, Nikki. Achei que pudesse sentir que tem um pedacinho das memórias de sua mãe neste anel. — Ela ainda está sorrindo, mas uma lágrima escorre pelo rosto.

— Não sei absolutamente nada sobre a minha avó. Sempre tive medo de fazer perguntas demais — admito sem pensar, minhas próprias lágrimas caindo junto com as dela.

— Não precisa ter medo de fazer perguntas. Só tenho medo de lhe sobrecarregar com informações demais. Temos bastante tempo para falar sobre a família que você nunca conheceu. Não precisa ter pressa.

Por um momento, me esqueço da caixa do anel apoiada cuidadosamente na palma da minha mão e me preocupo que a tia Claire, de algum modo, tenha descoberto meus planos para encontrar minha irmã. As palavras dela parecem ser uma súplica para não ir tão rápido na busca por informação. Ou talvez seja só minha própria culpa.

— Sinto muito, Nikki. Não precisamos ser tão sérias no seu aniversário. É um dia feliz. Você está fazendo dezoito anos, é o Dia dos Namorados, você tem um lindo vestido e um grande encontro! — Ela muda o tom de sombrio para feliz, uma de suas melhores pseudo-habilidades de mãe.

Tia Claire pega a caixa da minha mão e tira o anel maravilhoso. Coloca-o no meu dedo direito em uma deslizada rápida — tão rápida que mal posso resistir. Ela segura minha mão e diz:

— Perfeito. Eu sabia que ficaria.

Surpreendentemente, o anel serve como se tivesse sido feito para mim.

Penso em como minha mãe se sentia quando era uma garotinha, correndo de um lado para outro fingindo ser uma princesa. É, de fato, um momento de alegria e tristeza. Nunca serei capaz de compreender como essas emoções podem conviver tão de perto dentro do coração.

— Não tem que usá-lo na escola, se está preocupada em perdê-lo. Guarde-o e use hoje à noite no seu encontro. Para ser sincera, é melhor nos apressarmos agora ou você vai se atrasar — tia Claire diz, correndo para limpar os pratos do café da manhã enquanto dobro o papel de presente vermelho brilhante e o coloco dentro das caixas para guardar.

— Tia Claire?

Ela se vira.

— Sim?

— Obrigada! Obrigada por tudo! — eu agradeço e lhe dou um abraço.

Capítulo 35

Zack

Fico feliz por minha mãe não estar na cozinha quando desço esta manhã. Ela com certeza estaria bisbilhotando se descobrisse que acordei uma hora antes do normal.

Fuço pelas gavetas da cozinha onde ela guarda os materiais de costura, encontrando a tesoura que procuro. Assim que pego-a e me viro para subir a escada, minha mãe acende a luz. Droga!

— Está tudo bem, Zack? Por que acordou tão cedo? — Ouço o nervosismo na voz dela. Faz nove meses desde o acidente de Emily e, apesar de estar de volta na escola e namorando Nikki, minha mãe ainda se preocupa toda vez que me vê quieto e sozinho. Hoje, mais do qualquer outro dia, pelo enorme elefante branco sobre o qual ela, sem dúvida, está se debatendo: o aniversário de dezoito anos de Emily seria hoje. Ninguém disse uma só palavra e estou agradecido por isso. Estou tentando focar em Nikki e em nossa noite especial, embora a culpa tenha se instalado no meu cérebro quando acordei esta manhã.

— Está tudo bem, mãe. Estava procurando a tesoura. Não se preocupe, é só para embrulhar um presente.

— Ah, Dia dos Namorados. Comprou um presente para a Nikki? — minha mãe pergunta, o tom conhecido da inquisição materna na voz dela.

— Comprei. Não poderia sair hoje à noite sem um presente, não é? Você me ensinou a ser melhor do que isso. — Dou-lhe um beijo no rosto, o que sei que a deixará feliz.

— Bem, eu sou uma ótima empacotadora de presentes, caso precise da minha ajuda. — Minha mãe definitivamente não vai deixar passar sem ver o presente. Eu cedo e tiro a caixa de cetim preta do meu bolso e lhe mostro.

Minha mãe abre a caixa e vê o medalhão.

— É lindo, Zack. — A voz dela está cheia de emoção. — A Nikki vai amar. Estou tão feliz que tenha encontrado alguém como ela, meu querido. Você merece ser feliz.

— Tem lugar para duas fotos do lado de dentro. Pensei que Nikki pudesse colocar uma dela e outra da mãe, assim poderiam ficar juntas no coração dela toda vez que o usar — explico, eu mesmo ficando um pouco comovido.

— Nikki é uma garota forte. Dá para ver. É preciso uma pessoa muito resiliente para passar pela morte de uma mãe sendo tão jovem. Você e Nikki têm um elo por causa da... — Ela para. Ela nunca mencionou o nome de Emily desde o funeral. Meu pai também não. Ambos têm medo de abrir uma comporta de emoções com apenas uma palavra.

— Emily — eu digo, terminando a frase dela. — A Nikki sabe sobre a Emily, mãe. Eu lhe contei uma noite lá no Point logo depois de nos conhecermos. Você está certa. Acho que é parte da nossa conexão. Nós dois passamos por algo que a maioria das pessoas não consegue entender.

— Você está tão maduro agora, Zack — minha mãe comenta com orgulho e tristeza na voz. — Não deveria ter que crescer tão rápido, mas não podemos mudar isso. E, nos últimos meses, vi o homem maduro, observador e carinhoso que você se tornou. Estou muito orgulhosa de quem você é e de como lidou com o último ano, Zack.

Não há palavras. Nenhuma que eu possa dizer neste momento, de qualquer modo. Abraço minha mãe com força e peço-lhe para embrulhar o presente.

— Seu perfeccionismo maluco pode ser útil de vez em quando. — Eu rio e lhe entrego a tesoura.

Depois que minha mãe volta de seu closet de papel de embrulho na sala de artesanato, ela se acomoda na mesa com cinco tipos de papéis diferentes para eu escolher.

— Escolha um — ela ordena em sua insistente voz feliz.

— A *Hallmark* tem menos opções do que você. — Mas eu, de fato, passo alguns minutos analisando os papéis para escolher o certo. Realmente quero que tudo saia perfeito esta noite.

Quando minha mãe corta o papel e começa a embrulhar, fico aliviado que ela não tenha tirado o medalhão da caixa e o virado para ver a gravação que mandei fazer na parte de trás. Eu não a teria impedido, mas teria ficado um pouco envergonhado.

O amor não precisa de palavras.
Você me conquistou antes mesmo de falar.

Teria que explicar o significado à minha mãe. Aqueles primeiros encontros sem palavras entre Nikki e mim são particulares, íntimos, algo que pertence só a nós dois.

O presente está lindo. Minha mãe passou dez minutos enrolando as fitas com a ponta da tesoura para dar o toque final. Pego o presente, beijo-a mais uma vez e subo as escadas para me aprontar.

Antes de chegar ao topo da escada, minha mãe pergunta:

— Ela sabe que hoje é...

Eu não a deixo terminar.

— Não, mãe, não quero que Nikki saiba que hoje é o aniversário da Emily. Não há razão para isso. Só a magoaria e estragaria um dia que é tão importante para ela. Então, não. Não vou contar a ela.

— Aproveite seu dia, Zack — minha mãe grita quando eu saio correndo pela porta da frente um pouco depois. — Te amo.

— Amo você também — grito de volta.

Enquanto me acomodo no banco do motorista do Charger, ligo meu celular e vejo cinco ligações perdidas de Nikki.

VI KEELAND e DYLAN SCOTT

Capítulo 36

Nikki

Não tenho muita certeza do porquê peguei o ônibus. Corro mais do que essa distância todos os dias. Acho que queria parecer madura e profissional quando chegasse.

O velho e enorme ônibus municipal para bem em frente à prefeitura de Long Beach. Metade das pessoas desce comigo. Fico parada olhando para o edifício, tentando decidir se devo entrar ou não.

Minhas pernas tremem e tenho dúvida se consigo subir os poucos degraus até a porta da frente. Gostaria que Zack tivesse atendido. Agora, estou pensando que teria sido melhor esperar por ele, mas eu não estava raciocinando quando atendi ao telefone. Prestes a entrar, tiro o meu celular para desligá-lo quando ele toca. Quase o derrubei quando a assistente social me disse que os arquivos tinham chegado e eu poderia marcar um horário para vê-los.

— Quando é o próximo horário? — perguntei.

— Tenho terça-feira, dia 28, às onze.

Duas semanas, pensei. Não conseguirei dormir durante esse tempo, sabendo que as respostas estão tão perto.

— Não tem nada antes?

— Estamos totalmente lotados. A não ser que consiga chegar aqui em meia hora. Tivemos um cancelamento hoje às nove horas.

Então, aqui estou eu. Sozinha. Possivelmente prestes a descobrir informações sobre a minha irmã — no dia do nosso aniversário. O dia pelo qual esperei ansiosamente durante meses. Agora finalmente aqui, estou tentada a desistir. Será que verei minha vida do mesmo jeito quando voltar para casa hoje?

Quase dou meia-volta e saio correndo duas vezes antes de finalmente chegar à porta. Entro pela lenta porta giratória de vidro, quase me esquecendo de sair quando ela gira até o lobby do edifício. O grande átrio cinza se parece muito com os muitos escritórios do governo nos quais entrei durante os últimos dezoito anos. Alguns vasos com flores de plástico são á única decoração para aquecer o insosso tom industrial.

Parece que foi em outra vida que me sentei nas surradas cadeiras verdes de corino dentro dos escritórios do governo do Texas, esperando minha mãe ser chamada para se reinscrever no sistema de cupons de comida ou vouchers para casa. A mamãe sempre recebeu assistência pública para me criar por causa de sua saúde frágil — tanto mental quanto física. A vida era difícil. Entendo isso mais agora do que quando passei por aquilo. Mas acho que esse é sempre o caso, de alguma forma, é mais fácil olhar para trás do que enxergar o que está bem em frente aos olhos.

Caminho em direção à mesa da recepção, pensando no quanto minha vida mudou nos últimos nove meses. Sinto-me culpada ao me dar conta de que a vida mudou para melhor. Ah, se tivesse mudado assim quando a mamãe ainda estava aqui.

A recepcionista está ocupada conversando ao telefone e nem um pouco interessada em levantar os olhos para me cumprimentar quando chego à mesa. Ela sabe que estou ali. Vejo os olhos dela se levantarem apenas o suficiente para me ver e me ignorar na mesma velocidade. Ela continua em sua ligação pessoal por muitos outros minutos, me deixando aqui pensando em dar meia-volta e sair.

O nervosismo me mantém grudada ali; sou incapaz de me virar e ir embora, apesar de estar aterrorizada em ficar. Finalmente, a recepcionista mal-humorada desliga o telefone e coloca os olhos em mim.

— Posso ajudar? — ela pergunta num tom que me diz que não necessariamente ama o seu trabalho.

— Tenho um horário marcado — respondo em uma voz praticamente inaudível. O medo toma conta.

— Você e todo mundo, querida. Dê uma olhada em volta. Você não é a única. Qual departamento? — ela rosna.

— Assistência Social. Estou aqui para olhar alguns arquivos — explico como se ela estivesse ouvindo.

Ela não está.

— Assistência Social. Assine o livro e sente-se na área com as cadeiras laranja. — Ela aponta para o canto do átrio.

Virando-me para acompanhar o dedo dela, vejo que, enquanto há dezenas de pessoas sentadas na área de cadeiras verdes, as cadeiras laranja estão vazias. Sorte minha, imagino. Vou em direção às cadeiras pútridas e me sento. Pelo menos agora estou sentada numa nova cor.

Olhando ao redor da sala, as cadeiras verdes estão, em sua maioria, lotadas de mulher com crianças pequenas. As crianças entediadas se penduram nas mães ou rolam no chão ao lado delas. Este deve ser o local para esperar pela assistência pública, uma área que conheço muito bem. Meu coração dói pelas crianças sentadas ali, a vida das mães delas provavelmente não é fácil. Instantaneamente, me sinto com seis anos de idade de novo.

Antes que minha mente mergulhe muito profundamente em tempos mais tristes, uma mulher chama:

— Nicole. Nicole Fallon.

Eu quase me esqueço do meu nome porque ninguém me chama de Nicole. Eu nem mesmo assino como Nicole.

Minhas pernas estão fracas de medo quando levanto para me aproximar da mulher chamando meu nome. Ergo a mão para mostrar que estou aqui, porque neste momento as palavras me abandonam. Ela me cumprimenta na metade do caminho.

— Olá, Nicole. Sou Valerie Hawkins. Falamos ao telefone hoje de manhã.

Vejo uma pasta na mão dela etiquetada *Nicole Fallon*. Meu coração dispara, imaginando se aquela pasta contém o nome da minha irmã.

— Sim, eu me lembro. Obrigada por me receber, Srta. Hawkins. Estou um pouco nervosa — admito. Algo que tenho certeza que ela consegue perceber sem eu ter que mencionar.

— Compreendo. As pessoas geralmente ficam nervosas. É normal. Vamos até o meu escritório.

A Srta. Hawkins lidera o caminho pelo corredor estreito. As paredes não são do mesmo cinza frio estéril do átrio, mas de um azul-hospital feio, pálido e deprimente. Não há nenhum quadro decorando as paredes, que estão manchadas e lascadas pelas muitas pessoas que se encostaram. A decoração combina com o humor dos ocupantes, tanto os visitantes quanto a maioria dos empregados.

A Srta. Hawkins abre a porta de madeira ao final do corredor com uma velha placa dourada que diz *Departamento de Assistência Social de Long Beach*. O escritório é abarrotado de cubículos cheios de funcionários. Espero que a Srta. Hawkins tenha um escritório particular em algum lugar, mas rapidamente descubro o contrário quando ela me enfia dentro de um cubículo não muito longe da porta de entrada.

— Sente-se, Nicole.

Ela puxa uma cadeira segurando uma pilha de arquivos e olha ao redor, procurando um lugar onde colocá-los, mas cada uma das superfícies já está tomada de pilhas de pastas lotadas. Colocando algumas no chão, ela posiciona uma cadeira vazia ao lado da mesa, para que eu possa ficar de frente para ela.

— É Nikki. Ninguém nunca me chamou de Nicole. Minha mãe gostava mais de Nikki. — Enfio as mãos embaixo das pernas para esconder o tremor. Minha cabeça está zonza, a sala roda um pouco e é totalmente possível que eu esteja, de fato, passando mal. Faço o melhor que posso para me controlar enquanto a Srta. Hawkins abre a gaveta de sua mesa e tira uma segunda pasta, a qual ela abre.

— Só preciso ver sua identificação, Nikki. — Ela levanta os olhos e sorri para ter certeza de que eu a ouço dizer Nikki em vez de Nicole. Ela já está sendo mais atenciosa do que a Sra. Evans.

Ela inspeciona minha identificação, sorri e me olha com carinho.

— Feliz aniversário. Dezoito anos é uma data importante. Difícil imaginar que já faz dez anos para mim. Aproveite. O tempo passa rápido. — Ela passa o dedo sobre a pasta e então cruza as mãos por cima dela. — Então, que tipo de informação você esperava encontrar hoje? — Ela vai direto ao ponto, educada, porém objetiva.

— Eu realmente não sei nada sobre minha infância na Califórnia. Cresci no Texas. Só voltei à Califórnia depois da morte da minha mãe. Vim viver com a minha tia, que eu nunca soube que existia antes disso. — Contei praticamente toda a história da minha vida para uma estranha em cinco segundos.

— Ok, bem, sua pasta tem os seus registros de nascimento. E também alguns arquivos das decisões da Corte sobre as visitas — a Srta. Hawkins explica.

Visitas? Visitas de quem?

— Não tenho certeza de que estou entendendo direito.

— Vamos começar com seus registros de nascimento. Tudo bem? — ela pergunta, tentando levar as coisas mais devagar.

— Sim, acho que seria bom. Obrigada.

Ela desliza a pasta mais grossa em cima da mesa, na minha direção.

— Quer que dê uma passada em tudo com você ou prefere ficar alguns minutos sozinha?

Fico grata pela escolha e digo-lhe que gostaria de alguns minutos sozinha.

— Estarei do outro lado da sala usando o telefone para ver alguns recados. Avise-me se precisar de mim — ela diz ao sair, me deixando quieta, sentada em cima das mãos.

Pego a pasta, minha mão tremendo. Meu nível de ansiedade aumenta quando eu a abro. A página presa ao lado esquerdo é um formulário de admissão do hospital. Garotinha B, bebê saudável. Três dias no hospital e liberada para a "Mãe".

Os arquivos são escassos. Não sei bem o que esperava, mas, de alguma forma, achei que fosse descobrir mais.

Lembro-me da Srta. Hawkins dizendo que também havia arquivos das decisões da Corte. Deslizo a segunda pasta pela mesa esperando que haja algo sobre a Garotinha A a ser descoberto. A grande pilha de papéis está presa por um elástico. A primeira página é uma decisão judicial de dezessete anos atrás, datada três dias depois do meu primeiro aniversário. Um texto aparece embaixo da data:

Depois da audiência e da evidência apresentada por ambas as partes, essa Corte declara que o Replicante tem permissão de visitar a filha, Nicole Fallon, em domingos alternados, das 9:00h às 17:00hs, dentro do condado de Long Beach.

É também declarado que o Replicante deve pagar uma pensão no valor de USD 880,00 por mês à mãe da criança, Carla Fallon, através do Departamento de Assistência à Criança.

É sabido que, baseado no salário atual do Replicante, de USD 116.000,00, o valor da pensão alimentícia presumida, de acordo com o Federal Child Support Standards Act, seria de USD1355,00 por mês. No entanto, neste caso, uma quantia mais baixa é autorizada devido ao fato de o Replicante e sua esposa serem pais de outros dois menores de idade. A Corte leva ainda em consideração, o fato de que a filha custodiada, Emily Bennett, nascida em 14 de fevereiro de 1996, atualmente tem despesas médicas consideráveis devido a complicações médicas depois de seu nascimento no ano passado.

A Corte sugere que ambas as partes trabalhem no sentido de desenvolver um relacionamento entre essas duas irmãs atualmente separadas.

Cumpra-se.

17 de fevereiro de 1997

Juiz Robert Brown

Emily Bennett? Emily Bennett nascida em 14 de fevereiro de 1996? Só pode ser uma terrível coincidência. Deve haver outras Emily Bennett em Long Beach. E quem é o Replicante? Achei que meu pai estivesse morto. *A corte sugere que ambas as partes trabalhem no sentido de desenvolver um relacionamento entre essas duas irmãs atualmente separadas?*

De repente, fica difícil respirar. O ar está espesso e meus pulmões não conseguem inalar oxigênio suficiente. E se me sentar aqui mais um minuto, com certeza vou desmaiar. Vejo a Srta. Hawkins ao telefone, mas sei que não posso esperar mais nem sequer um minuto. Rasgando a página do arquivo, saio correndo desesperadamente em direção à entrada principal.

Ar. Preciso de ar.

Quando meus pés finalmente chegam ao concreto do lado de fora, tomo fôlego, inalando o máximo que consigo de oxigênio. Dobrada, as mãos nos joelhos, inalo profundamente e exalo com força. Meus pulmões queimam, famintos depois da privação. Olho em direção à rua. Há um ônibus parando, no qual eu poderia entrar. Mas sei que seria impossível entrar em outro espaço fechado. Então, corro.

E corro.

E corro.

Ao final, eu caio. Sem fôlego e resfolegando no chão, levanto os olhos e percebo aonde meus pés me levaram. Cemitério Roselaw Memorial. Allie uma vez me disse que Zack foi encontrado várias vezes aqui deitado em cima do túmulo de Emily nas semanas após a morte dela. Meu coração apertava dentro do peito cada vez que a tia Claire e eu passávamos por aqui, fazendo-me lembrar do que ele deve ter passado.

Sentada tentando recuperar o fôlego, digo a mim mesma que não será o que estou pensando. Não pode ser. Minha irmã está *viva*. Minha irmã *não é* a Emily do Zack.

Quando finalmente tenho fôlego suficiente para caminhar, me recomponho e ando até o pequeno edifício de tijolos bem atrás do portão. Um senhor de aparência bondosa, sentado à mesa lendo o jornal, levanta os olhos quando eu entro.

— Posso ajudá-la, senhorita?

— Estou tentando encontrar alguém. Um túmulo, na verdade. Estou aqui para visitar uma amiga que morreu. Pode me dizer como encontrar o lugar? — pergunto, minha voz esmorecendo a cada palavra.

— Posso ajudá-la. Dê-me o nome e o ano de morte e posso procurar no sistema — ele oferece.

— Emily Bennett. Ela morreu no ano passado. — Só de dizer as palavras em voz alta as lágrimas já enchem meus olhos.

Ele aperta algumas teclas no computador.

— Achei. J-117. Aqui está um mapa do lugar. Não é muito longe. Pode caminhar até lá, se quiser.

Ele se levanta para apontar a direção a partir da porta e traceja o mapa com o dedo para mim.

Cinco minutos depois, estou em pé em frente a uma fileira de lápides com o sinal "J". Passo pelo J-1 e olho a longa fileira, me dando conta de que estou a apenas alguns metros de distância da resposta. Pequenas gotas de chuva começam a cair quando dou o primeiro passo na fileira J. Os pingos aumentam tanto em tamanho quanto em quantidade quando passo pelo J-51, 52... A chuva lava as lágrimas que estão se derramando pelo meu rosto desde que vi a primeira lápide. Emily não pode ter nascido no Dia dos Namorados. Por favor, Deus, faça com que o aniversário dela seja em outro dia.

À distância, vejo alguém colocando flores em um túmulo enquanto a chuva golpeia sua silhueta. Paro no meio do caminho. "Futebol da Escola de Ensino Médio de Long Beach" está gravado em letras vermelhas na parte de trás do moletom cinza — o moletom que eu já usei tantas vezes.

Escorrego silenciosamente atrás de uma grande lápide e baixo a cabeça no colo. Não posso ver Zack agora. Não quero ver ninguém. Só quero ver aquele túmulo.

Os minutos parecem horas, mas, um tempo depois, ele vai embora, cabisbaixo. A caminhada da tristeza. Estou passando mal.

Vou até o lugar onde ele estava, a chuva ensopando meu corpo e embaçando minha visão enquanto leio as lápides pelas quais passo. E então vejo os lírios. Lindos lírios frescos. Dois buquês, cada um colocado em um vaso sobre pedestais no chão molhado, nos dois lados da lápide. Dois visitantes estiveram aqui hoje.

Eu me ajoelho no chão com lama fresca em frente à lápide, assim a chuva não atrapalha minha visão.

Emily Lynne Bennett

14/02/1996 - 27/03/2013

Filha amada de Michael e Lynne Bennett

Irmã amada de Brent Jon Bennett

Nosso anjo foi chamado ao paraíso.

Meu corpo cai sobre a grama em frente ao túmulo dela. Perdi tudo de uma vez só. De novo.

198 VI KEELAND e DYLAN SCOTT

Capítulo 37

Nikki

— Por que você está aqui? — Uma voz feminina me assusta. Ergo a cabeça, tirando dos olhos o cabelo ensopado colado em meu rosto.

É *ela*.

— Por que você está aqui? — ela repete mais enfaticamente quando eu não respondo.

Quem é *ela*?

— Por que veio aqui? — A voz ríspida dela aumenta.

— Quem é você? — Ignorando a pergunta, eu finalmente encontro minha voz.

— Sou Lynne Bennett.

Com os olhos arregalados, minha cabeça vira rapidamente para ler a lápide de novo. Viro de volta para encará-la; ela está me olhando sem expressão. Tenho tantas perguntas, no entanto, não sei o que dizer.

— Vou perguntar de novo. Por que você está aqui?

— Emily era minha irmã.

— Emily não tinha irmã. Você e sua mãe maluca não são nada para Emily.

— Mas...

A mulher falou por cima de mim.

— Meu marido nunca amou sua mãe. Ela não passava de uma jovem manipuladora.

— Não entendo.

— Você não pertence a esse lugar. Não pode tomar o lugar dela. Ele nunca amará você.

— Quem? Quem nunca irá me amar?

— Você não vai tomar o lugar dela. Não para o meu marido. Não para Zack. Você simplesmente deveria ter continuado correndo naquele dia.

— Zack? Zack nem sabe que sou irmã da Emily.

A mulher ri insanamente.

— Você é tão louca quanto sua mãe era. Acredita mesmo que ele não sabe quem você é? Ele está usando você. Ele sente falta da minha filha. Vejo-o correndo com você, do mesmo jeito que ele costumava fazer com a minha Emily. Ele era tão apaixonado por ela, tão desesperado para mantê-la junto dele, que acabou encontrando uma cópia barata. Ele não está nem aí pra você.

— Eu...

— Você deveria voltar para aquele estacionamento de trailer. Não há nada aqui para você.

Olho bem nos olhos dela; ela nem pisca. Minhas roupas estão enlameadas e ensopadas. Ainda assim, esta mulher em pé segurando um guarda-chuva não tem um fio de cabelo fora do lugar ou uma gota de água nela. Eu pareço o lixo que ela pensa que eu sou.

— Vá embora! — Dou um sobressalto quando ela grita. Seu rosto inexpressivo e perfeitamente maquiado se transforma numa expressão de desprezo. — Vá embora! — Ela joga um grande buquê de lírios com um laço branco em cima de mim. Eles me acertam no rosto e caem, se espalhando pelo túmulo de Emily.

Eu me viro, dando uma última olhada na lápide da minha irmã, e então corro, sem olhar para trás.

Toco a campainha da porta pela terceira vez, mas ninguém atende. O carro de Zack não está aqui. A rampa da garagem está vazia. Estou enjoada. Confusa. Brava. Assustada. *Perdida.* Preciso ouvir Zack me dizer que ela estava mentindo. Era impossível ele saber que Emily era minha irmã.

Bato na porta. Talvez a campainha não esteja funcionando. Mas ninguém atende. Dou a volta, parando no caminho ao avistar a casa de Emily. A casa da *minha irmã.*

E então, de repente, estou tocando a campainha dos Bennett, embora eu nem me lembre de ter atravessado a rua.

Espero, mas ninguém atende.

Tento a maçaneta da porta. Está trancada.

Preciso entrar, embora não tenha certeza por quê.

Tento a porta lateral, mas também está trancada.

Continuo caminhando. O portão do quintal está aberto.

A porta dos fundos está trancada, e então prossigo até a porta de correr do pátio.

Ela abre.

Dou um passo para dentro. Não sei nem por que estou aqui.

A casa está quieta. Dou alguns passos. As fotos no mantel da lareira me chamam a atenção. Há uma de uma garota em uma roupa de líder de torcida, as pernas abertas em um salto no ar. Cabelos louros longos, grossos e ondulados, pele perfeitamente bronzeada. *Emily. Minha irmã.* Não nos parecemos em nada. Ela não tem os olhos da nossa mãe.

Vago pela casa sem saber pelo que estou procurando, o que estou fazendo aqui, até que o encontro no andar de cima. *O quarto de Emily.*

Parece que não foi tocado desde...

Há roupas espalhadas pela cama. Pego um dos vestidos e o seguro contra o meu corpo. Somos do mesmo tamanho.

Analisando o quarto, vejo a parede atrás de mim lotada de fotos. Há centenas delas. Todas posicionadas em direções diferentes, palavras aleatórias cortadas de revistas adicionadas à colagem. *Alegria. Amor. LOL. Prada. Família. Amigos.* Meus olhos param na maior palavra de todas. Letras grossas, cor-de-rosa, tipo bloco, todas maiúsculas: *ZACK.*

Analiso as fotos.

Emily e seus amigos.

Emily e os pais dela.

Emily e Zack.

Dúzias e dúzias de Emily e Zack.

Deve haver centenas delas.

Na escola.

Nos bailes.

Zack com uniforme de futebol americano.

Emily com seu uniforme de líder de torcida.

Sinto-me enjoada.

Uma foto em particular prende meus olhos. É de Zack e Emily ainda crianças, com não mais do que oito ou nove anos. Rostos sujos, ambos sorrindo largamente. Zack está pedalando uma bicicleta amarela brilhante, Emily está no guidão.

Minha cabeça está girando.

Estudo os rostos dele. Parecem tão felizes.

A parede de fotos começa a ficar embaçada, as fotos se misturam umas às outras. O quarto começa a rodar.

Preciso de ar.

Um enorme espelho está encostado na parede. Vejo meu reflexo. Lágrimas silenciosas escorrem pelo meu rosto, mas eu não consigo senti-las.

Preciso ir embora. Meus pés começam a se mexer, mas uma foto enfiada no canto da moldura me chama a atenção e eu paro. Zack e Emily, abraçados, sorrindo abertamente para a câmera. Mas não é isso que faz meu coração parar de bater. É o *farol* na frente do qual eles estão.

Não.

Arrancando a foto da moldura, olho para o rosto deles uma vez mais.

Eles estão felizes.

Apaixonados.

As palavras da mulher assombram meus ouvidos.

"Ele era tão apaixonado por ela, tão desesperado para mantê-la junto dele, que acabou encontrando uma cópia barata. Ele não está nem aí pra você."

Rasgo a foto em pedacinhos.

Não é o suficiente.

Procuro alguma coisa ao redor. Qualquer coisa. Pego um sapato e atiro-o no espelho, mas ele não quebra. Então, encontro outra coisa: um vidro de perfume. E, desta vez, junto forças antes de atirar o vidro pesado com minhas mãos trêmulas. Um estilhaço barulhento ecoa pelo quarto silencioso. Centenas de pedaços de vidros caem no chão. Dou meia-volta, a água ainda escorrendo por todo o meu corpo, e saio lentamente da casa.

Capítulo 38

Nikki

Acordo ao som de um motor roncando. A vibração vinda de baixo faz um tremor constante que não é silencioso o bastante para me embalar de volta no sono, mas a quantidade perfeita para me deixar enjoada. Meu pescoço dói de dormir toda esmagada no assento apertado, mas acho que não deveria reclamar, já que o ônibus está quase cheio e eu consegui dois bancos para me esticar.

Sento-me, olhando pela alta janela, e, durante um tempo, observo o quilômetros infindáveis de deserto passarem. É estéril e frio, bem como estou me sentindo. Apenas quatro das vinte e quatro horas de viagem de ônibus se passaram. Mais seis horas até fazermos baldeação na fronteira do Novo México. A senhora que se sentou perto de mim na estação de ônibus na noite passada sorri e me oferece uma garrafa de água.

— Obrigada. — Eu aceito-a, já que não comprei nada para a viagem. Não que tenha sido uma viagem planejada.

— Para onde está indo? — ela pergunta.

— Texas.

— Férias?

Penso por um momento antes de responder.

— Não. Indo para casa. — Minha voz é melancólica.

Ela assente.

— Bem, eu estou a caminho do Novo México. Minha irmã faleceu.

— Sinto muito.

— Na verdade, eu não gostava muito dela, mas obrigada mesmo assim. — Ela sorri carinhosamente para mim. — Você parece triste, está tudo bem?

— Está. Bem, na verdade, não. Mas ficará quando eu chegar em casa.

— A casa da gente geralmente é um lugar que ou amamos ou detestamos voltar — ela acrescenta. — Fico feliz que a sua seja um lugar que você ama.

— A sua é um lugar que você detesta? — pergunto com curiosidade. Baseado no que ela acabou de revelar sobre a irmã, definitivamente não parece ser um lugar que ela ama.

— Sim. Tenho detestado voltar nos últimos trinta anos.

— Você não vai para casa há todo esse tempo?

— Não. Voltei uma vez depois que me mudei. Não parecia mais minha casa. Muitas lembranças ruins.

Digiro a lembrança de ontem, pensando como um lugar que eu passei a amar rapidamente, um lugar no qual eu realmente me sentia em casa, passou a ser algo como um impostor em apenas algumas horas. Eu balanço a cabeça para ela, tentando ser educada, mas sem querer mais conversar. Ela entende a dica e pega no sono pouco tempo depois.

Ashley e eu ficamos trocando mensagens para ajudar a passar o tempo. Ela está na aula, mas isso não a impede de responder imediatamente. Não tenho certeza de onde eu estaria agora se não a tivesse como amiga. No minuto em que ela ouviu minha voz ontem, já sabia que as notícias não eram boas. Ela só não tinha ideia do quanto eram ruins. Continuo em estado de choque. Tenho medo de que, assim que ele passar, eu não consiga respirar de novo.

Depois de três horas de atraso na próxima estação, meu ônibus finalmente para. A fila para embarcar é mais curta do que a última, e fico agradecida ao ver que aparentemente vou me sentar sozinha de novo. Não fiz nada a não ser ficar sentada o dia todo, mas mesmo assim estou mais exausta do que jamais estive na vida.

Cochilo por alguns minutos depois de passarmos pela placa de *Bem-vindos ao Novo México,* e meu cérebro processa a manhã de ontem vez após outra em minha cabeça, até o disco finalmente furar. Os sonhos preenchem o lugar onde meu estado de consciência desaparece.

Tenho quatro ou talvez cinco anos e o homem vem me visitar de novo. Ele vem a cada duas semanas. Só fica por uma hora ou duas, mas sempre nos divertimos. Às vezes, ele me leva para tomar sorvete, outras vezes, como hoje, vamos ao parque. Ele me empurra bem alto no balaço. Bem alto. A mamãe tem muito medo de me deixar voar pelo ar, acha que sou muito pequena. Mas não sou. Sou grande e Mike não me trata como um bebê.

Depois do parque, saímos para comer hambúrguer. Em um restaurante, não do tipo onde se carrega a comida na bandeja até a mesa. O tipo onde outra pessoa carrega a bandeja para você. Ele me diz para colocar o guardanapo de tecido branco no colo e sorri quando eu o faço.

— Como sua mãe tem estado ultimamente? — ele pergunta. Ele sempre faz perguntas estranhas sobre a minha mãe.

— Ela está bem. Tem estado muito cansada ultimamente. Às vezes, é difícil para ela sair da cama. Mas eu consigo fazer torrada para nós — declaro com orgulho.

— Você cozinha mais alguma coisa?

— Claro. Faço ovos e nuggets de frango e macarrão.

— Usa a parte de cima e de dentro do fogão?

— Está falando do forno?

Ele dá um sorriso forçado.

— Sim, estou falando do forno. Onde sua mãe fica quando você está cozinhando?

— Às vezes, ela fica na cama. Já falei que ela anda muito cansada ultimamente. O médico lhe deu remédios novos. Tenho que levá-los para ela às oito, meio-dia e quatro da tarde, e de novo antes de eu ir para a cama.

— Então você também administra os remédios da sua mãe?

— Administro? — Eu torço o nariz como se algo cheirasse mal.

— Significa dar o remédio a ela.

Ah. Então, sim. Ele sempre faz tantas perguntas. Mas ele as pergunta rápido, uma depois da outra, então parece que estamos brincando de algum jogo. Ele sorri quando eu respondo algumas certas. Eu gosto quando ele sorri. Ele não sorri muitas vezes. Ele e a mamãe brigam muito quando ele vem me buscar. E então fica de mau humor. Eles brigam mais quando ele vai me levar para casa. Acho que a mamãe não gosta muito dele. Mas Mike ama a mamãe, ele diz isso toda vez antes de ir embora.

— Você tem amigos, Nicole?

— Para falar a verdade, não — digo, me sentindo mal. Não quero desapontá-lo, mas não há tempo para amigos com a mamãe doente ultimamente.

— Não seria bom ter uma irmã?

Assinto enfaticamente. Eu adoraria ter uma irmã. Daí, eu poderia brincar o dia todo e ainda ficar de olho na mamãe.

Mike está quieto no caminho de volta para casa. Estacionamos na rampa da garagem, ele me dá um beijo na testa e tira uma flor do banco de trás, como ele sempre faz. Um lírio roxo. Eu corro até o meu quarto assim que o recebo, como sempre faço. Jogo fora o lírio antigo e coloco o novo. Mantenho-o ali até a próxima vez que ele vem. O lírio fica todo despedaçado, mas ele sempre vem antes de estar completamente morto.

Ouço-os brigando um minuto depois. Mike grita algo sobre as filhas dele.

Parece que ele realmente quer passar mais tempo com elas. Espero que isso não queira dizer que ele não virá mais me visitar. Ele é bom comigo e me leva para sair. A mamãe não sai muito mais.

A briga fica mais alta e a mamãe grita para ele ir embora. Ela parece bem descontrolada. Eu ouço com o ouvido encostado na porta até a da frente bater e o carro sair da rampa da garagem. Então, vou ver a mamãe, como eu sempre faço.

— Mamãe? O que está fazendo?

Ela está enfiando as coisas freneticamente dentro de um saco de lixo.

— Temos que nos mudar amanhã — ela diz com aquela expressão no rosto que tenho visto muito nos últimos tempos.

Eu não quero me mudar de novo, parece que acabamos de chegar aqui. Gosto deste lugar. Há até algumas crianças que moram perto. Estava esperando poder fazer alguns amigos. Mas a mamãe parece descontrolada. Odeio vê-la assim.

— Tudo bem, mamãe. — Caminho até onde ela está sentada no chão, enfiando as coisas da gaveta de baixo dentro do saco. Tiro o saco das mãos dela. — Você se lembrou de tomar seu remédio às quatro horas? — eu pergunto.

Ela balança a cabeça.

— Volte para a cama. Vou levar o remédio para você e depois empacoto as caixas para nós.

O ônibus range ao fazer uma parada brusca. Meus olhos se abrem instantaneamente. De repente, fico enjoada. Corro para o fundo do ônibus e abro a porta do banheiro, que graças a Deus está vazio. Vomito antes mesmo de ter a chance de escorregar o trinco da porta para trancá-la.

As lembranças vêm como uma comporta que esteve segurando uma inundação violenta. A comporta se quebra, me engolindo tão profundamente que fica difícil respirar. Lembranças de Mike. A foto dele clara como o dia pela primeira vez com meus olhos bem abertos. Mike... Dr. Michael Bennett... O pai da Emily. Todas aquelas fotos de família dele na parede do quarto de Emily. Ele costumava vir me visitar. Me levar para brincar. Eu era pequena, mas agora me lembro. Por que não lembrei antes? Por que ele nunca me disse que era meu pai?

Lembro-me do dia em que joguei fora o último lírio. Estava despedaçado e preto, pedaços caíam dele cada vez que eu o tocava. Por que ele parou de vir me ver? O que eu fiz de errado?

É impossível pegar no sono durante o restante da viagem de ônibus. Nove horas já foram, as coisas passam do lado de fora da janela, mas tudo é um borrão. Nada faz sentido. É muita coisa para ser coincidência.

Repasso a cena da Sra. Bennett pegando no meu braço no dia em que saí correndo da casa de Zack. Ela exigiu saber o que eu estava fazendo lá. Ela sabia quem eu era? Será que Zack também sabia quem eu era o tempo todo?

Agonizo sobre o desconhecido por cada minuto de cada hora do restante da viagem. Ao final, a única coisa da qual tenho certeza é de que meu coração está destruído.

Capítulo 39

Zack

Ela não foi à escola nem apareceu no nosso encontro. A princípio, pensei que talvez estivesse assustada, com medo de ir até o fim com o nosso plano para a noite passada. Mas ela não atendeu minhas ligações nem respondeu minhas mensagens de texto, então, depois de um tempo, fui até a casa da tia dela. Ela parecia triste, mas disse que Nikki tinha descoberto alguma informação sobre a mãe naquela manhã e provavelmente precisava de um tempo sozinha.

Eu me lembro de precisar de um tempo afastado de tudo e de todos depois que a Emily morreu, querendo tirar um tempo do mundo. Então voltei para casa. Fiquei chateado por ela não ter vindo até mim; eu a teria ajudado. Ou só a abraçado, se era disso que ela precisava. Não tínhamos que ir em frente com nossos planos.

Mas agora é de manhã e ainda não tive notícias, e minha preocupação se transformou em pânico. O que está acontecendo? Volto à casa da tia dela às seis da manhã. Só quero saber se ela está em casa e a salvo. Ela não precisa nem conversar comigo.

Toco a campainha, mas ninguém atende. Há uma sensação de vazio na boca do meu estômago e, a cada minuto que passa, sei que algo está muito errado. O carro da tia dela está na rampa da garagem, então sei que está em casa. Espero alguns minutos para lhe dar um tempo; talvez ela precise se vestir para atender a porta. Mas ninguém aparece. Meu coração bate forte de ansiedade. Sinto que ele poderia sair pelo peito. Espero mais, mas mesmo assim ninguém aparece. Então começo a bater. Bato com tanta força que a porta começa a se soltar das dobradiças. Ainda sem resposta. Começo a gritar. Dois vizinhos aparecem em seus robes antes de a porta finalmente se abrir.

— Abra a porta! Abra a porcaria da porta!

O rosto da tia Claire está inchado como se ela tivesse chorado e ela dá um passo para o lado, fazendo sinal para eu entrar.

— Onde está a Nikki? — pergunto, indo em direção ao corredor do quarto de Nikki antes que a tia Claire possa responder. Engulo em seco ao encontrá-lo vazio. Algo dentro de mim, lá no fundo, sabia que estaria.

— Onde ela está? — grito. Os ombros da tia Claire se erguem diante da fúria na minha voz e lágrimas começam a escorrer pelo rosto dela. Passo os dedos pelo cabelo, puxando as raízes com força.

— Sinto muito. Não tive a intenção de assustá-la. Mas onde ela está? Ela está bem? — A raiva e o pânico se enroscam em um nó no meu estômago, deixando-me com a sensação de que vou vomitar. Se qualquer coisa aconteceu a Nikki, eu não sei o que farei. Puta merda, eu amo aquela garota. Mais do que qualquer coisa. Por favor, Deus, permita que ela esteja bem.

— Sente-se, Zack. Vou passar um café. Precisamos conversar.

Uma hora depois, meu cérebro ainda está a toda velocidade. Não tenho certeza de quais emoções estou sentindo. Estou... anestesiado; em choque, sem dúvida nenhuma.

— Por que você não contou a ela?

— Não sei. Tenho feito essa mesma pergunta a mim mesma, vez após outra, durante as últimas vinte e quatro horas. Por que deixei que isso viesse de alguma mulher que ela não conhece, em um escritório frio do governo? — Ela enterra o rosto nas mãos. — Quando se mudou, achei que ela fosse frágil, não tinha certeza se conseguiria aguentar mais alguma coisa. Ela era tão ligada à mãe, eu não queira estragar com segredos as lembranças para as quais ela estava tentando encontrar um lugar no coração.

— Ela não é frágil — eu lhe digo com tom de voz defensivo.

— Sei disso agora. Assim que passei a conhecê-la... conhecê-la de verdade... percebi isso. Ela provavelmente é a pessoa mais forte que eu já conheci na vida.

— E por que não lhe contou, então?

— Porque, a essa altura, ela tinha encontrado um pouco de felicidade. — Tia Claire faz uma pausa. — Ela encontrou *você*, Zack. E eu estava com medo do que aconteceria a vocês dois se eu contasse a ela. Vocês dois passaram por tanta coisa.

— O Sr. Bennett sabe que ela está morando aqui?

Muitas perguntas soltas rodopiam na minha cabeça. Não tenho certeza de por que pergunto, mas subitamente me lembro da reação de Nikki ao vê-lo pela primeira vez no meu quintal. Ela o reconheceu, mas não tinha certeza de quem era.

— Agora ele sabe. Voltei para conversar com ele no hospital na noite passada, quando Nikki não apareceu em casa. Ele está angustiado. É complicado. Ele era o médico da mãe de Nikki e ela era muito jovem. Mas ele a amava. Queria ficar com ela e com as garotas. Mas a doença da minha irmã a tornou irracional. Ela não o deixava ajudar. Quando parou de tomar os remédios, realmente acreditou que ele fosse roubar Nikki. Ele fez o melhor que pôde com Nikki. Foi tudo o que ela permitiu que ele fizesse.

— Ele era casado com a Sra. Bennett quando ele e a mãe de Nikki estavam juntos?

— Sim.

— A Sra. Bennett sabe que Emily tem uma irmã?

— Sabe. Ela odiava a minha irmã. Fico feliz por nunca ter conhecido Nikki, ela teria enchido sua cabeça com coisas terríveis sobre minha irmã — diz com remorso.

É coisa demais para absorver de uma vez só. Preciso espairecer, entender tudo isso. Fico em pé para ir embora.

— Tem certeza de que ela está em segurança no Texas?

Ela assente.

— A amiga dela, Ashely, prometeu que manteria contato. Ela não me conta muita coisa, só que ela está triste. Mas pelo menos sei que está em segurança.

— Vai ligar para a polícia?

— Não há muita coisa a se fazer. Ela tem dezoito anos agora.

— Quando ela... — Então eu me lembro que não preciso perguntar sua data de nascimento. Já sei. É a mesma de Emily.

Caminho até a porta e me viro com uma última pergunta, embora eu saiba que ela não tem a resposta.

— Por que ela não veio me procurar?

Minha mãe abre a porta da frente antes de eu virar a chave.

— Zack, tentei ligar para você.

— O que está acontecendo, mãe? — Ela tem aquela expressão preocupada que eu passei a detestar.

— O Dr. Bennett está aqui.

— Aqui?

— Sim. Ele quer falar com você.

Entro na cozinha e encontro o Sr. Bennett esperando. Parece ansioso. Vê-lo me deixa com muita raiva.

— O que você quer? — pergunto entredentes.

— Zack! — Minha mãe está horrorizada.

— Tudo bem, Jane. Zack está bravo e tem todo o direito de estar.

Minha mãe olha do Dr. Bennett para mim. Nenhum dos dois oferece nada mais. Ela pega a dica.

— Vou deixá-los sozinhos para conversarem. — Ela se dirige a mim. — Estarei lá em cima se precisar de alguma coisa.

Balanço a cabeça.

— Posso ver que você falou com a Claire.

— Eu não deveria ter que fazê-lo.

— É complicado, Zack.

— Por que os adultos acham que tudo é tão complicado? Você tirou vantagem da mãe de Nikki e manteve Nikki em segredo em relação a ter uma irmã. Uma irmã *gêmea!*

— Não tenho orgulho do que fiz. Mas eu amava a mãe de Nikki.

— A Emily sabia?

— Não.

— Por que não contou a elas?

— É compli... — O Dr. Bennett pensa melhor na resposta quando olha para o meu rosto.

— Não era só nas garotas que eu tinha que pensar, Zack. A Sra. Bennett e a mãe de Nikki também tinham que ser levadas em consideração.

— Então manteve o segredo da sua esposa? Tenho certeza de que a Sra. Bennett estava muito preocupada com o que outras pessoas pensariam. — Minha voz está embargada com desdém. Não apenas pelas ações do Sr. Bennett, mas pela Sra. Bennett também. Eu nunca gostei muito dela. Todas as inseguranças e o materialismo que pesavam sobre Emily foram criadas pela mãe.

O Dr. Bennett respira fundo. Ele é inteligente. Sabe que não haverá resposta que me satisfaça.

— Para que veio aqui? — pergunto com impaciência.

— Preciso lhe perguntar se esteve no quarto de Emily hoje.

— O quê? Não. — Faço uma pausa. — Não vou ao quarto de Emily desde que ela...

— Alguém esteve no quarto dela.

— Do que está falando?

— Cheguei em casa e encontrei o espelho quebrado.

— Talvez ele só tenha caído. Aquela coisa nem era presa à parede.

— A porta do pátio estava escancarada e a foto, rasgada perto dos cacos de vidro.

— Que foto?

— Uma foto de você e Emily. Aquela que ela deixava no espelho.

Passo um slide visual na minha cabeça. Ela tinha tantas fotos, não consigo me lembrar qual estava no espelho.

— Que foto era?

— Vocês estavam em uma viagem do primeiro ano do secundário, no norte, no Portal do Anjo. Estavam em pé em frente ao farol.

Estou correndo há horas.

Estou perdido, embora saiba exatamente onde esteja.

Nuvens cinza pairam baixas no céu, refletindo como eu me sinto.

Exaurido pela emoção, meus olhos ardem das lágrimas que nunca parecem diminuir.

Mil pensamentos passam pela minha cabeça enquanto corro.

Tento deixá-los de lado.

Mas, quanto mais corro, mas rápido eles vêm.

Então tento com mais afinco.

Cada passo alcança o asfalto mais rápido do que o último.

A queimação nas minhas panturrilhas se espalha pelas minhas pernas, mas continuo.

Cada vez mais rápido.

Desesperado para afastar meus pensamentos.

Minhas mãos começam a tremer.

Meu corpo começa a tremer.

Ao final, minhas pernas desistem e caio no chão.

Tudo muda de alta velocidade para câmera lenta.

Meu corpo bate no concreto.

O impulso da velocidade da minha queda rasga a pele dos meus joelhos, meu cotovelo, meus braços, meu queixo.

A dor é boa.

Ela suga a energia da minha mente e, finalmente, pelo menos por um momento, paro de pensar.

Capítulo 40

Nikki — Brookside, Texas

— Realmente não consigo entender essa fascinação. — Ashley dá de ombros quando nos acomodamos no topo da torre da caixa d´água de Brookside. — Além do mais, esta coisa está tão enferrujada que acho que vamos cair a qualquer segundo.

— Olhe em volta, não é lindo? — pergunto ao apontar lá embaixo para o campo árido e queimado pelo sol, que está começando a se pôr ao longe.

— Sinceramente? Acho meio sinistro aqui em cima.

— Sinistro? O que tem de sinistro aqui?

— Sei lá. Acho que é meio... — Ela tem dificuldade em encontrar a palavra certa. — Solitário.

Talvez Ashley só esteja pegando minha vibração, porque é exatamente assim que tenho me sentido nos últimos dias: solitária. Embora Ashley tenha estado comigo desde que voltei ao Texas, a tristeza e a solidão me consomem.

— Como você poderia se sentir sozinha quando eu tenho sido uma companhia tão maravilhosa?

Bato meu ombro no dela pela primeira vez desde que voltei. Estou num estado lamentável e nós duas sabemos disso.

— Você é um tipo de draga — ela brinca, ainda que seja verdade.

— Sinto muito.

— Não seja ridícula. Mesmo você sendo uma péssima companhia, ainda prefiro ficar aqui com você a estar no estacionamento de trailer tomando conta dos rebentos da minha mãe.

— Nossa, obrigada. Sou melhor do que os rebentos. Isso me faz sentir fantástica.

— De nada. — Ela força um sorriso.

Meu celular toca dentro do bolso. Ele tem ligado desde que fui embora, mas não consigo atender. Só vai tornar as coisas ainda mais difíceis.

— Vai atender?

— Não.

— Por que não?

— Por que atenderia? Só para ouvi-lo dizer que nunca gostou de mim de verdade... que só estava me usando para ocupar o lugar dela.

— Sua tia Claire parece achar que ele realmente gosta de você. Ele já foi à casa dela uma dúzia de vezes para tentar conseguir meu endereço.

— Por que eu deveria confiar em qualquer coisa que a tia Claire diz? Ela sabia de *tudo*. Por favor, pode parar de atender o telefone quando ela ligar?

— Tudo bem. — Ela bufa.

— Além do mais, a tia Claire não sabe da metade das coisas que Zack aprontou. Se ela soubesse, ela não acreditaria que Zack era tão verdadeiro.

— Do que ela não sabe?

— A mãe de Emily *me contou* que ele sabia. Ela não hesitou em nenhum momento. Ela me disse, claramente, que ele estava me usando para substituir a filha dela. Ela o conhece desde que era pequeno. Nós corríamos juntos. Ele corria com Emily o tempo todo. Essa era a coisa deles. Ele a levava aos faróis.

— Tudo bem. Mas vocês eram gêmeas, Nikki. É tão estranho assim que vocês duas gostassem de correr e de visitar faróis? — Ashley dá de ombros.

— Ele mentiu na minha cara. Ele me disse que passava pelos faróis o tempo todo e nunca nem os notou até me conhecer. Mas tinha uma foto de Emily e Zack em pé na frente de um farol no quarto de Emily. E quando encontramos o Dr. Bennett no hospital, ele mentiu de novo. Ele me disse que o Dr. Bennett era um amigo da família. Por que mais ele mentiria?

— Não sei. Mas alguma coisa não bate.

— De que lado você está? Nem sabia que você gostava de Zack.

— Estou sempre do seu lado. Estava preocupada que ele pudesse te magoar.

— Parece que você tinha uma boa razão para se preocupar.

Ela suspira.

— Tudo bem. Não vou ganhar essa discussão. Vou só continuar com o "eu te disse". Não tem que me perguntar duas vezes. É tão raro que eu tenha razão nas nossas vidas. — Ela sorri.

— Obrigada. Isso me faz me sentir melhor. — Forço um sorriso. — Sabe o que mais está ferrado?

— Tem mais alguma coisa? — ela brinca.

— Eu perdi uma irmã e estou sofrendo mais por causa de Zack.

— Você nunca teve uma irmã de verdade para perder.

— Também nunca tive Zack.

Sentamo-nos num silêncio cômodo até ficar escuro.

— Pronta para ir, Srta. Kunas?

— Não acho que deva continuar me chamando pelo meu nome de celebridade se eu não vivo mais na Califórnia.

— Então vai ficar no Texas para sempre?

— Você é tudo o que tenho — digo com sarcasmo, embora seja verdade.

— Isso é bem triste. — Ashley sorri e levanta-se, me oferecendo a mão. — Venha, vamos descer desse lugar deprimente.

Capítulo 41

Nikki

Quatro dias depois

— Você checou o celular sessenta e três vezes em uma hora. — Ashley despenca no sofá, do meu lado. Seu tom me faz perceber que ela está levemente mais impaciente com relação à minha obsessão de checar meu celular desde que cheguei aqui.

— Está contando quantas vezes checo meu celular? — Uso sarcasmo para encobrir o fato de que estou realmente consumida por isso ultimamente.

— Então me deixe entender isso direito. Você quer que ele ligue para você *não* atender o celular? Só quero entrar na sua cabeça e entender que porcaria está passando aí.

— Ele não ligou nenhuma vez nos últimos dois dias — respondo com desânimo. Ashley é uma grande amiga, mas ninguém poderia entender o humor no qual me encontro nos últimos dias.

—Talvez seja porque você não atendeu as 987 ligações dele nos dois primeiros dias em que estava aqui. Já pensou nisso? Talvez ele tenha entendido o recado e sacou que você não quer falar com ele. Ou quer?

Ashley tem boas intenções. Sei que não faz sentido, mas não quero falar com Zack e, ao mesmo tempo, não quero que ele pare de ligar. Em vez de explicar, mudo de assunto.

— Vou ao Kroger´s esta semana para ver se consigo meu emprego de volta.

— Você realmente tem a intenção de sair da escola e tirar um Certificado de Equivalência Escolar? Você era a melhor aluna da Brookside antes de ir embora — Ashley me repreende. Parece que trocamos de papéis ultimamente. Ela não levou muito tempo para se sentir confortável em seu novo tom maternal de dar sermão.

— Preciso economizar para ter um lugar meu, Ash. — Estou de volta no Texas há quatro dias e a mãe de Ahsley já mencionou algumas vezes o quanto está apertado no trailer. Penhorar o anel de safira que minha tia me deu pagou pelas passagens de ônibus e ainda tenho um pouco de dinheiro sobrando, mas definitivamente não é o suficiente para seguir minha vida sozinha.

Acho que nunca superarei a culpa de vender um anel que um dia foi da minha avó. Tenho tão poucas lembranças da mamãe sorrindo. O anel me deu visões da mamãe e da tia Claire, jovens, rindo juntas, enquanto brincavam de colocar fantasias, fingindo ser princesas.

Preciso espairecer.

— Vou dar uma corrida. Quer vir?

— Correr? — Ela olha para mim como se eu fosse louca. — Eu nem andaria, se pudesse escolher.

Não contei a Ashley que minha corrida me levaria ao cemitério; tenho estado deprimida o suficiente nos últimos dias. Desde que voltei ao Texas, tudo o que quis fazer foi ver a mamãe. Só gostaria que não fosse uma lápide o que iria ver.

A única indicação do lote da mamãe é um simples marcador de ardósia, tão diferente da lápide enfeitada que indica o túmulo da minha irmã. Já faz tempo que estive aqui, a terra que deixei para trás se transformou em grama verde. O lugar dela se parece com o de todo mundo aqui. Sinto-me mal por não haver nada que faça seu lugar chamar a atenção.

Sento-me por um momento, pensando no quanto minha vida mudou desde a última vez em que estive aqui. Eu também estava triste naquele dia.

— Sinto saudades, mamãe — eu murmuro. — Pelo menos a Emily tem você. — Uma lágrima escorre pelo meu rosto. — Por que eu que fui deixada para trás?

Capítulo 42

Zack

Dois dias depois

— Meu traseiro está amortecido. — Keller muda de posição no banco da frente do Charger.

— Está combinando com o seu cérebro, então — rebato rapidamente.

— Quanto mais temos que ir? — ele pergunta.

— Você é pior do que uma criança de cinco anos de idade.

Ele dá de ombros e começa a se entreter jogando balas de goma no ar e tentando pegá-las com a boca. O chão do meu lado está coberto com todas as que ele deixou cair.

— Como é mesmo o nome da garota com quem vamos nos encontrar?

— Está falando sério? Acabei de falar o nome dela dez minutos atrás. O nome dela é Ashley.

— Ela é gostosa?

— Não faço ideia. Nunca a encontrei. Você já sabe disso tudo, idiota.

— Esqueci. Pelo menos, como é a voz dela?

— Sei lá. Legal, acho. — Concentro-me na estrada interminável à minha frente. Estamos na estrada há dezoito horas, sem contar as seis horas que paramos em um hotel barato ontem à noite.

— É melhor ela ser gostosa, já que eu concordei em vir até aqui com você — ele avisa, jogando uma bala de goma roxa no ar, que o atinge no nariz antes de bater no chão.

— Você não concordou em vir. Eu não te convidei.

— Estou aqui, não estou?

— Porque apareceu na minha casa na hora em que sabia que eu estava saindo e gritou "viagem de carro".

— Isso, então concordei em vir.

— Tanto faz. — Balanço a cabeça. Não faz sentido tentar explicar a diferença para Keller. Na verdade, sou grato por ter companhia. A viagem tem sido longa e tediosa, meus olhos ficando pesados atrás do volante mais de uma vez.

Meu coração acelera ao passarmos pela placa que diz *Bem-vindo ao Texas*. Mal posso esperar para vê-la. Tem sido uma tortura a última semana. Eu estava subindo pelas paredes quando Ashley finalmente me ligou ontem.

— Você sabia que a Emily era irmã da Nikki? — ela me perguntou no minuto em que atendi o telefone.

— Não! — exclamei. — E quem está falando?

— É a Ashley. Sou...

— Sei quem você é.

— Sabe?

— Sei, a Nikki falava de você o tempo todo. Está com ela?

— Estou. Bem, não neste exato minuto. Ela está correndo. De novo.

— Ela está bem?

— Não. É uma poça.

— Uma poça? — perguntei, sem entender o termo.

— Sabe como é. Chora o tempo todo. Não tenho muito tempo. Ela é tipo minha sombra ultimamente... Tenho certeza de que estará de volta em alguns minutos.

— Onde você está?

— Estamos na minha casa. Ela resolveu sair da escola e começar uma carreira no supermercado Kroger´s desde que você parou de ligar porque realmente só amava a irmã dela. Ela acha que você estava tentando substituir a Emily com a cópia mais fiel que pudesse encontrar. Estava?

Meu coração aperta no peito.

— É claro que não. Eu a amo, Ashley.

— Bem, quando você parou de ligar para ela dezenove vezes por dia, ela meio que achou que você não a amava. Sabe o que quero dizer.

— A tia dela e a minha mãe me disseram para lhe dar um pouco de espaço. Elas disseram que ela precisava processar tudo e que eu a estava pressionando rápido demais. Que merda, nunca mais vou ouvir ninguém! Meu instinto me disse que elas estavam erradas, que eu precisava continuar atrás dela. Achei que dando espaço a ela só a faria preencher os espaços vazios com coisas que não existiam. Eu não estava errado.

— Bem, a tia dela e a sua mãe inverteram tudo. Ela passou de deprimida a brava. Melhor estar preparado se vier. Ela provavelmente vai despejar tudo em cima de você — Ashley adverte.

— Obrigado, mas eu dou conta. Vou sair amanhã de manhã — informo à Ashley, sem pensar nem esperar. Estou de saco cheio de seguir os conselhos idiotas de todo mundo.

— Eu disse a ela que iríamos àquela torre da caixa d'água deprimente da qual ela tanto gosta amanhã. Ela acha que aquilo a ajuda melhorar, ou alguma idiotice do tipo — Ashley retruca e entendo por que Nikki gosta tanto dela. Vai direto ao ponto. Sem muito filtro.

— Onde é a torre da caixa d'água deprimente? É para lá que vou — eu disse sem lhe dar opção.

— É em Brookside.

— Me dê o endereço.

Ainda estou chocado que ela tenha me passado o endereço. Meus pais não estavam exatamente felizes por eu estar faltando à escola e atravessando um quarto do país, mas, de fato, não se opuseram veementemente. Acho que eles sabiam que eu iria, independentemente da ameaça deles.

Chegamos à torre da caixa d'água exatamente no horário em que Ashley nos disse para encontrá-la.

Keller sai do carro comigo.

— Você vai ficar aqui embaixo — eu digo. — Espere um pouco para ver se a amiga dela, Ashley, está com ela; se estiver, vou pedir para ela descer. De qualquer forma, pegue o carro e vá achar um hotel para hoje à noite.

— Posso dirigir o Charger? — Os olhos de Keller se iluminam como os de uma criança na manhã de Natal.

— Tenha cuidado com ele. — Jogo as chaves para ele.

— Terei. — Ele sorri largamente. É impossível Keller não acelerar a toda velocidade no minuto em que sai do estacionamento, mas não estou nem aí. Há só uma coisa na minha cabeça, e é encontrar Nikki.

Não estou nem sem fôlego ao chegar ao topo da escala de cinquenta e três degraus. Meu corpo inteiro está tomado de adrenalina; eu poderia escalar o Monte Kilimanjaro se isso significasse ver Nikki lá em cima.

Caminho pela passarela estreita até o outro lado da torre larga. Como era de se esperar, elas são as únicas aqui. Ashley se levanta, deixando Nikki à vista, que levanta os olhos para ver aonde a amiga está indo no mesmo minuto em que a vejo. Fico sem fôlego.

Estou bravo. Estou aliviado. Estou tão confuso e cheio de emoções misturadas que não tenho certeza se grito com ela por ter ido embora ou se a abraço e nunca mais a deixo ir. A única coisa da qual tenho absoluta certeza neste momento é que sou totalmente apaixonado por essa garota. Com tudo o que eu tenho. Ela é minha alma e meu coração. Nunca na minha vida senti algo tão forte por alguma coisa. É quase como se minha vida inteira tivesse sido uma série de testes, só para que pudesse ter as respostas erradas e saber quando finalmente está tudo certo.

Ashley sorri desconfiada, balança a cabeça e passa por mim sem falar nada, rapidamente descendo as escadas. Nikki e eu seguramos o olhar um do outro por um longo momento. Vejo dor e tristeza em seus olhos, o que quase me faz perder o controle bem ali.

Chego perto dela aos poucos, dobrando os joelhos para ficarmos olho no olho. Sinto que meu coração está completamente exposto, e ela pode escolher ficar com ele ou quebrá-lo em milhões de pedaços. Mas, por ela, vale a pena correr o risco.

— Oi — digo baixinho.

— Oi — ela murmura de volta. Seus olhos azul-esverdeados brilham com o que penso ser esperança. Chego mais perto. Ela olha para longe, incapaz de aguentar a intensidade do meu olhar. Gentilmente, pego o rosto dela e forço-a a olhar de volta para mim.

— Não entendo. — Ela faz uma pausa. — O que você está fazendo aqui?

— Vim atrás de você.

— Por quê? — Ela hesita, os olhos fugindo dos meus.

— Tem que perguntar por que vim atrás de você? Não sabe como me sinto com relação a você?

— Achei que soubesse.

— Como eu me sinto em relação a você não mudou. Exceto que, talvez, meus sentimentos tenham ficado mais fortes.

— Mesmo? Sempre mente para as pessoas por quem tem sentimentos fortes?

— Eu não menti.

— Você me disse que mal se lembrava de ter passado pelos faróis, que eles eram nosso lugar especial. Eu *vi* a foto de você e Emily no espelho, Zack.

— Foi numa viagem de escola no primeiro ano do secundário. Fizemos um passeio de barco ao redor do porto. Eu nem lembro que havia faróis lá.

— E o Dr. Bennett no hospital? Ele é só um amigo da família?

Solto um suspiro.

— Sinto muito. Não fazia ideia de que ele era seu pai. Juro. Você tinha acabado de descobrir que não poderia encontrar sua irmã por alguns meses. Estava decepcionada, chateada. Eu não queria piorar as coisas. — Pauso. — Sei que é complicado, mas ele é um amigo da família. Ele é nosso vizinho há dez anos.

— Mas por que a Sra. Bennett me disse que você sabia, se você não sabia?

— Eu sei que ela encontrou você no cemitério e o que ela falou. O Dr. Bennett me procurou e me contou. Ele está arrasado por você ter descoberto dessa forma. Ela só queria você fora da cidade. Estava preocupada que as pessoas pudessem descobrir que o marido dela teve um caso. Mas ele não é como ela, Nikki. Nem um pouco. Ele amava sua mãe e ama você. Ela é uma pessoa amarga. Minha mãe me contou que ele saiu de casa ontem à noite. Acho que precisou disso para fazê-lo perceber o quanto as coisas estavam realmente ruins.

Posso ver em seus olhos que Nikki está assustada. Eles se acalmam quando encontram os meus, mas ela rapidamente se afasta.

— Você quer que eu seja a Emily quando está comigo, Zack?

Semicerro os olhos. Ouvi-la fazer essa pergunta me causa dor física.

— Eu nunca desejei outra coisa quando estava com você, a não ser que o tempo parasse.

Ela me olha desconfiada.

— Não entendo por que esse foi o nosso caminho, mas sei que o destino nos juntou — digo sem pestanejar.

A expressão de Nikki suaviza. Nossos olhos se encontram, mas ela rapidamente afasta-os de novo.

— Olhe para mim. — Os olhos dela voltam rapidamente para os meus. —

Estou apaixonado por você. — Nossos olhos finalmente travam. Coloco seu cabelo atrás da orelha e seguro o rosto dela com as duas mãos. — Quando você não está por perto, me sinto sozinho em uma sala cheia de gente. — Faço uma pausa. — Tudo é melhor com você. *Eu* sou melhor com você.

Uma lágrima escorre pelo rosto dela.

— Sem choro. — Limpo a lágrima com a ponta do polegar.

Ela hesita, mas sorri um pouco.

— Meu Deus, senti saudade desse sorriso. — Baixo os olhos para os lábios dela.

Ela sorri um pouco mais.

— Também senti saudade desses lábios.

Apesar de todas as curvas deliciosas do seu corpo, é o sorriso dela que acaba comigo.

Capítulo 43

Nikki

Os lábios de Zack esmagam os meus, a intensidade e a crueza do beijo me chocando, a princípio, mas rapidamente eu me derreto nele. Estou sem fôlego quando ele puxa sua cabeça para trás. Mas desabo, tudo desaparecendo à nossa volta, quando ele me beija de novo, desta vez maravilhosamente gentil. Nossos olhos travam, ele olha para mim enquanto cultua minha boca com beijos suaves como penas, de um lado a outro, e depois de volta mais uma vez. E então ele me beija tão profundamente, tão cheio de emoção, que rouba meu coração juntamente com o meu fôlego.

Ficamos assim por um longo tempo. Roubando beijos e sorrisos, à medida que a luz do dia se transforma em escuridão e a lua brilha resplandecente sobre nós.

— Eu quase me esqueci. — Zack enfia a mão no bolso e tira uma caixa. — Feliz Dia dos Namorados.

É um lindo medalhão antigo em formato de coração. Zack o abre para mim.

— Pensei que talvez pudesse colocar uma foto sua de um lado e uma da sua mãe do outro, assim sempre estarão perto uma da outra. — Ele sorri.

— Eu adoraria isso. Obrigada.

Há uma gravação na parte de trás, mas está muito escuro e não consigo decifrar as palavras.

— Não consigo ler — digo em voz baixa. — O que está escrito?

Zack olha fixamente para mim e vejo-o engolir em seco antes de falar.

— Diz que o amor não precisa de palavras. Você me conquistou antes mesmo de falar. — Ele faz uma pausa, colocando a corrente em meu pescoço. — Agora você tem meus dois corações.

As lágrimas rolam pelo meu rosto. Ele as limpa.

— Por favor, não chore.

— Mas são lágrimas boas, não ruins.

— Mesmo assim. Acaba comigo ver lágrimas no seu rosto lindo.

Eu sorrio. Ele tira o medalhão do espaço entre os meus seios.

— Gosto de onde ele fica. — Ele sorri maliciosamente enquanto aponta para o coração na corrente onde está pendurado.

— Tenho outro presente.

— Outro?

Ele põe a mão no outro bolso e tira algo.

— Feliz Aniversário.

— Esse é...

— É. — Ele sorri.

— Ah, meu Deus. Como você sabia onde encontrá-lo?

— Ashley contou que você vendeu um anel que sua tia lhe deu. Então, fiz sua tia ir a todas as lojas de penhores nas redondezas para me ajudar a encontrá-lo.

Minha tia. Sinto-me mal por tê-la abandonado, mesmo com ela guardando tantos segredos de mim.

— Como está a tia Claire?

— Preocupada com você. Ela está realmente abalada por você ter descoberto tudo e não ter sido ela a lhe contar.

— Ela mesma poderia ter me contado.

— Eu sei. — Ele me beija suavemente nos lábios. — Mas isso não significa que ela não ame você e não esteja preocupada. Ela própria precisa lhe explicar tudo, mas estava tentando te proteger.

A luz do sol se foi e o vento nordeste sopra forte em cima da torre. A brisa me faz tremer.

— Vamos. Vamos sair daqui. Vou ligar para o Keller vir nos buscar.

— Keller?

— Sim. Ele resolveu que eu o convidei para essa viagem.

— E convidou?

— Não.

Rimos juntos. Ao nos viramos para descer os degraus estreitos, Zack coloca um pedaço de papel dobrado dentro da minha mão ao pegá-la. Hoje, eu não quero esperar até que ele vá embora para ler. Paro e abro o bilhete, sorrindo para ele.

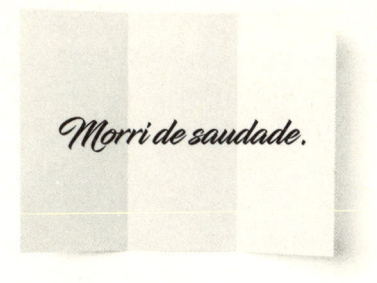

Olhando fundo nos olhos dele, digo:

— Também morri de saudade.

Capítulo 44

Nikki

Zack não estava preparado para dar meia-volta e dirigir vinte horas de volta à Califórnia, e precisávamos de um tempo sozinhos. Então, resolvemos ficar no Texas mais algumas noites. Ao final, falei com a tia Claire e decidi voltar para a Califórnia para morar com ela. O Texas não era mais a minha casa, independentemente do quanto queria que fosse antes que Zack aparecesse.

Assim, amanhã vamos embora. Estranhamente, Keller e Ash se deram muito bem. Eu nunca teria imaginado que os dois fossem gostar um do outro. E há mais coisa do que amizade acontecendo entre eles. Estamos planejando que Ashley vá à Califórnia neste verão.

Isso nos leva a hoje à noite. Zack alugou quartos para Ashley e Keller, assim finalmente ficaremos sozinhos. Estou mais pronta do que nunca para ficar com ele, e meu coração está cheio com uma combinação poderosa de amor e desejo quando ele sai do banheiro e caminha em direção à cama. Está usando cueca boxer cinza e justa, e posso ver que está tão pronto quanto eu.

— Gosto de você com a minha camiseta — ele diz com um sorriso sem-vergonha, alcançando o medalhão. O medalhão tornou-se o novo brinquedo dele; Zack parece precisar tocá-lo várias vezes ao dia. Ele nem finge mais que tem a ver com a joia. Passa os dedos para cima e para baixo nos meus seios, o medalhão pendurado na palma da mão dele. — Gosto de você sem a minha camiseta mais ainda. — Ele pega a barra e tira-a pela minha cabeça.

O quarto está quieto e consigo ouvir a respiração dele acelerar quando me vê de sutiã e calcinha de renda cor-de-rosa. Já fizemos umas brincadeiras bem picantes um com o outro antes. Até já nos vimos totalmente nus. Mas esta noite é diferente e nós dois sabemos disso. Tudo está prestes a mudar.

Ele fica em pé na ponta da cama, me olhando, aproveitando o tempo para me olhar de cima a baixo. O desejo que vejo faz meu corpo arrepiar.

— Última chance para mudar de ideia — ele diz, analisando meus olhos. Zack quer ter certeza de que estou pronta. Amo isso nele. Sempre colocando minhas necessidades em primeiro plano.

Balanço a cabeça e engatinho até ele na ponta da cama. Ele me despe dolorosamente devagar. Estou nervosa, mas sei que ele gosta quando eu tomo o controle da situação; assim, puxo-o até mim, cobrindo-lhe a boca com a minha, e ambos nos perdemos em um beijo que me deixa feliz por não estar em pé. Tiro sua cueca e ele geme quando minha mão toca seu membro duro.

Ele se posiciona no meio das minhas pernas, nossas bocas encaixadas em um beijo que aparentemente causaria dor física se nos desconectássemos. Zack alcança o criado-mudo e pega uma camisinha, desconectando-se rapidamente só para colocá-la. Por instinto, enrosco minhas pernas em volta dele, que joga a cabeça para trás. Ele está posicionado perfeitamente em cima de mim, mas fica parado.

Zack enlaça nossos dedos e ergue nossas mãos entrelaçadas em cima da minha cabeça.

— Sei que será maravilhoso estar dentro de você, mas isso é só um bônus. Preciso estar dentro de você para nos sentirmos ainda mais conectados.

— Também quero isso — respondo em um sussurro. Ele me beija carinhosamente enquanto me penetra devagar. Uma dor súbita me faz perder o fôlego, mas a dor passa quase tão rápido quanto surgiu. Nossas bocas encontram um ritmo que sincroniza com o movimento dos quadris dele, num vai e vem carinhoso. Ele vai devagar, indo mais fundo pouco a pouco, até ficar completamente encaixado. Acomodado, ele me dá tempo para me ajustar à sensação plena e incrivelmente maravilhosa de tê-lo inteiro dentro de mim.

Quebrando nosso beijo intenso e lânguido, ele puxa a cabeça para trás para me olhar, antes de se mexer.

— Tudo bem? — ele sussurra. Eu assinto. — Tem certeza?

— Estaria se você começasse a se mexer um pouquinho. — A sobrancelha dele se arqueia em surpresa e ele solta uma gargalhada rouca. Mas o riso é rapidamente substituído por algo mais profundo. Ele enfia a cabeça no meu pescoço e mordisca e beija todo o trajeto do meu colo até a orelha. O ritmo dele aumenta ao mesmo tempo em que seus beijos delicados se transformam em chupões, e suas mordiscadas leves ficam mais fortes.

Meu corpo sincroniza com o ritmo dele, estocada por estocada, e juntos balançamos para frente e para trás, completa e absolutamente conectados, de todas as formas. Mente, coração, alma e, agora, corpo. É maravilhoso e de perder o fôlego e a única coisa de que me arrependo é não conseguir ver cada centímetro de nós dois juntos ao nos tornarmos um só pela primeira vez.

Um gemidinho escapa dos meus lábios e incendeia ainda mais nosso desejo. Sinto a tensão do corpo suado e escorregadio dele e sei que deve estar perto. Ele joga a cabeça para trás, seu rosto tomado pelo desejo, mas, de novo, me coloca em primeiro plano.

— Eu te amo, Nikki.

A voz dele é profunda e intensa e qualquer dúvida que eu tinha é apagada. Meus olhos se enchem de lágrimas de felicidade.

— Eu também te amo.

Ele roda o quadril e seu corpo encontra um novo jeito de satisfazer o meu, de uma forma que eu nunca imaginei ser possível. Minha respiração acelera, meus olhos rolam para trás e espasmos se espalham pelo meu corpo.

— Linda demais — ele sussurra, os olhos absolutamente focados em me observar lhe dar o que ainda restou de mim. Ele me penetra com força mais algumas vezes; o rugido vindo do fundo de sua garganta é o som mais sexy que já ouvi na vida.

Mesmo quando diminuímos o ritmo e paramos, ele ainda me beija com mais paixão do que eu jamais imaginei poder ser real.

Passamos horas explorando, descobrindo o corpo um do outro, até finalmente desmaiarmos de exaustão. A última coisa que lembro é de me sentir em casa de novo. Sempre soube que a casa não era um lugar, só não sabia que poderia encontrá-la em uma pessoa que estivesse tão profundamente envolvida na minha vida antes mesmo de nos conhecermos.

Nikki — Dia dos Namorados

Três anos depois

Acordo com Zack resmungando ao tropeçar em uma caixa. De novo. Eu sorrio no escuro enquanto ele tenta, em vão, sair silenciosamente para sua aula matinal. Em vez disso, uma pequena sequência de palavrões enche o quarto quando ele manca em direção à cama, resmungando alguma coisa relacionada a um dedo quebrado. Não o deixo perceber que estou acordada quando ele se inclina e beija minha testa, colocando alguma coisa debaixo do meu travesseiro.

Espero até ouvir a porta da frente se fechar, então tiro o bilhete. Faz tempo que ele não me deixa nenhum. Embora sinta falta de recebê-los, isso os torna ainda mais especiais. Desdobro-o.

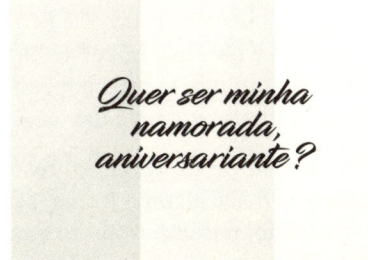

Quer ser minha namorada, aniversariante?

Como uma garota de quatorze anos, seguro o bilhete contra o peito e o aprecio pelo que é: um bilhete do garoto mais bonito na escola, por quem tenho uma queda gigante. Só que agora estamos começando nosso quarto ano de faculdade.

Duas semanas atrás, finalmente demos o grande passo e fomos morar juntos. Um apartamento pequeno perto do campus — não é o Waldorf —, mas eu o amo como se fosse uma cobertura chique. É engraçado porque, nos últimos três anos, passávamos quatro noites por semana juntos, então, não achava que seria tão diferente quando fôssemos viver juntos. Mesmo assim, é totalmente diferente. E não tem nada a ver com Zack não precisar escapar antes de a tia Claire chegar em casa. Eu lhe disse que ela não se importava, mas ele insistiu em fazê-lo até o dia em que me mudei; ele não queria esfregar na cara dela que estávamos dormindo juntos. Embora fosse impossível que ela já não soubesse.

Depois que voltei do Texas, tia Claire e eu passamos muito tempo conversando. Eu sabia, antes de conhecê-la, que ela guardava segredos de mim, mas meu coração ainda estava magoado por ela não ter me contado sobre Emily.

Descobri que ela ficou em Long Beach a vida inteira para ficar de olho na minha irmã. Ela também acompanhava minha mãe e eu. Enquanto crescia, lembro-me de receber grandes entregas uma vez por mês — frutas frescas, legumes, iogurte — e adorar o dia que o moço da entrega vinha todo mês. Mamãe nunca mencionou quem mandava as mercadorias, e chorei por uma hora quando a tia Claire me disse que era ela. Durante dezessete anos, ela amou a mim, mamãe e Emily, de longe; um anjo da guarda tomando conta de nós. Agora, tia Claire e eu temos uma à outra, e nossos anjos da guarda são a mamãe e a Emily.

Não levei muito tempo para perdoar a tia Claire por não me contar sobre meu pai e Emily. Ela só estava tentando me proteger. E eu apenas precisava enxergar as coisas claramente. Atualmente, penso nela como uma melhor amiga, embora nunca tenha contado a Ashley, porque ela ainda tem um pouco de bronca da tia Claire pelas coisas que aconteceram três anos atrás. Se contasse, Ash ficaria arrasada ao saber que meu relacionamento com a tia Claire concorria com o nosso.

E também havia meu pai. Fiquei longe dele durante os primeiros meses depois que voltei para a Califórnia. Era muita coisa para lidar. Mas Zack, uma hora, me convenceu de me encontrar com o Dr. Bennett para almoçar um dia. Nunca me esquecerei da minha entrada no restaurante naquela tarde de sábado. Eu o vi sentando à mesa, e nossos olhos travaram. Ele ficou em pé e, de repente, eu tinha cinco anos de idade de novo e ele era o Mike. Se Zack não estivesse em pé ao meu lado, eu teria caído no chão quando vi meu pai cair no choro. Ele me deu um único lírio roxo antes de eu ir embora naquele dia.

Olho para o criado-mudo, encontrando um lírio fresco. Ele tem me trazido um toda semana desde aquele almoço. De alguma forma, sei que sempre terei um. Ao longo dos últimos dois anos e meio, passamos muito tempo conversando sobre a mamãe. Ele a amava de todo coração, de verdade. Mas é complicado...

Tanta coisa mudou nos últimos três anos. Olho ao redor do quarto. Está lotado de caixas, mas já fiz algum progresso. Minhas caixas de papelão marrom e mofadas tiveram uma melhoria. Agora são caixas bonitas, em tons de rosa, da Box Store. Gosto de pensar que elas dão um ar chique e despojado ao apartamento, mas ousaria dizer que Zack teria outra escolha de palavras para descrever minha neurose, embora ele nunca tenha reclamado uma só vez por elas estarem em todo lugar.

Sexta-feira é um dia longo para Zack. Ele está na faculdade desde cedo e são quase sete da noite agora. Vai chegar a qualquer minuto. Geralmente, está exausto e dolorido depois de quatro aulas seguidas por horas e horas de treino torturante de futebol americano. Mas algo me diz que ele terá um novo ânimo quando der uma olhada no presente de Dia dos Namorados dele: minha nova lingerie vermelha, um espartilho justo e vermelho feito de uma renda maravilhosa com a frente de cetim. Parece uma segunda pele. O que é bom, porque a segunda pele combina com toda a pele à mostra quando eu me viro; a calcinha fio-dental deixa pouco espaço para a imaginação.

Ao ouvir as chaves dele na porta, abro-a, sabendo que suas mãos estarão carregadas de equipamentos. O equipamento cai ruidosamente no chão de madeira quando ele o derruba sem dizer uma só palavra e vem direto na minha direção. Colocando minha mão no peito dele, eu o paro antes do ataque. Dou-lhe um bilhete dobrado. É a primeira vez que lhe dou um, e ele arqueia a sobrancelha. Nenhum dos dois fala enquanto ele o desdobra.

Sempre serei
sua namorada.

Obrigada por me dar
tão mais do que eu
jamais sonhei.

Te amo.

Ele levanta os olhos, olhando dentro da minha alma com aqueles olhos azuis que me dizem tudo o que quero ouvir sem dizer uma só palavra. Pegando-me no colo, ele me carrega carinhosamente nos braços. Tão diferente de como ele provavelmente planejou me ter alguns minutos atrás quando abri a porta. Esta noite tem a ver com amor. Em outro momento, poderá ser louco e frenético. Que coisa! Adoro de qualquer jeito com Zack. Mas esta noite... esta noite será devagar e doce. Meu jeito favorito.

Ele entra no quarto me carregando nos braços e para repentinamente, absorvendo tudo o que não está lá. As caixas. Elas se foram. Cada uma delas. Quando os olhos dele finalmente encontram o caminho de volta para os meus, eu digo as palavras que esperei vinte e um anos para sentir:

— Estou em casa, finalmente.

Fim

Caros leitores,

Obrigada por se arriscarem em algo diferente comigo! Adorei escrever Deixados para trás e ter a oportunidade de explorar personagens mais jovens. Foi uma experiência incrível e adorei escrever em parceria com a Dylan Scott!

Agradecimentos

Obrigada a todos os blogueiros que se ausentam de suas famílias durante um tempo e aos amigos que apoiam os autores indie! Sem a ajuda de vocês, a comunidade indie não teria florescido e se tornado o que é hoje.

Um obrigada especial a algumas mulheres maravilhosas que muito têm feito para ajudar Deixados para trás a dar frutos. Nita, Sommer, Lisa, Caitlin, Carmen e Dallison, obrigada pela leitura crítica, edição, trailers fantásticos, capas lindas e por nos permitir lhes deixarem loucas com as mudanças!

Obrigada a todas as mulheres Ashby! Evette, Maya e Jenna, pela leitura crítica em família, para que pudéssemos ter um feedback de duas gerações de leitores! As opiniões e o feedback de vocês nos ajudaram a formatar a história do que ela é hoje.

Finalmente, muito obrigada a todos os leitores. Amamos seus recados, e-mails e comentários. Hoje, mais do que nunca, há muitas opções de leitura e ficamos muito felizes por terem escolhido passar um tempo conosco!

Com muito amor,

Vi e Dylan

Editora Charme

*Entre em nosso site e viaje no nosso mundo literário.
Lá você vai encontrar todos os nossos
títulos, autores, lançamentos e novidades.
Acesse www.editoracharme.com.br*

*Além do site, você pode nos encontrar em
nossas redes sociais.*

https://www.facebook.com/editoracharme

https://twitter.com/editoracharme

http://instagram.com/editoracharme